# 虛無的彌撒

## 破邪異端與炎魅魔女

秀弘——著
韭方——繪

# 【推薦序】推翻善與惡的刻板印象

執業律師　張業珩

一本小說的成立，不只要有充滿魅力的角色，更要有令人著迷的設定。

《虛無的彌撒》從故事開端不斷暗示「表」和「裡」，強調我們生活的世界，擁有無法解釋的另一面，存在著充滿惡意的邪靈魔物。主角白穎辰是雷霆特勤隊的專校學生，是介於世界表裡之間的第一線守護者，這樣的身分與另一位重要人物——月神美立於完全兩極的對立面。

《虛無的彌撒》乍看之下是很「基督宗教」的作品，實際上卻完全無涉信仰，是一部相當單純的奇幻小說。白穎辰雖然是驅魔師，自身信仰似乎也很真誠，卻選擇了非常「反上帝」的手段，以換取能夠達成目標的力量；然而，姑且不論力量本身與他的信仰有無違背，作為守護「表」之世界的雷霆特勤隊預備人員，他可說是直接踏入「裡」的領域，心態不正地選擇了「以惡制惡」。

與絕大多數擁有法律專業的作家不同，身為法律人的秀弘無意在小說中表現任何有關法秩序的橋段，他偏執地迴避法律議題，彷彿深怕任何現實專業摧毀美好的寫作環境似的。然而，如同自然法規範的原理：「越是強化不法事實的防治密度，就越凸顯不法事實的存在」，秀弘越是想要規避身為法律人的身分，潛意識對於矛盾事實的認知反而浮現出來。本書中，嘗試以惡制惡的白穎辰與多數人相同，嚴重誤解

「表裡」以及「善惡」的概念。秀弘利用月神美這名被烙上邪惡之印（原因為何，在此就不爆雷了）的善良角色，凸顯白穎辰與一般世人對於善惡的誤解，強化刻板印象對於大腦認知的影響，不管怎麼看都是非常「法律」的主旨——只是秀弘不直接承認罷了。

本書雖有魔能、惡魔、驅魔術、魔附現象和正十四會等西方宗教要素，究其本質卻與宗教無涉，多數篇幅與情節都在處理人物之間的衝突，以及白穎辰因為刻板印象的誤解而產生的仇恨。這樣的設計，某程度上與各個國家、各個文化都存在的意識形態衝突很像，種族歧視、文化歧視、階級歧視和貧富歧視，來自「第一印象」的束縛常常讓人無法做出正確的判斷，偏見和誤解產生於認知之前，錯誤認知又一步步堆疊成過去的經驗，經驗的堆積形塑了人格，根深蒂固地讓一個應當正常的人變得扭曲，成為「異常」。

故事中，於世人眼光位居光譜「最為邪惡」之處的月神美，卻比書中任何角色都更溫暖，生於此，長於此，最後甚至成為形同母親的角色，積極養育非己族類的「他人」；反觀作為光譜「善良」之處的白穎辰，為了一己之私，不惜違反自身信仰，墮入惡的一方，誤會無辜之人，險些鑄下大錯。

從《玄靈的天平》開始，秀弘的作品便不斷出現兩極化的概念衝突，有時是世界觀本身設計的衝突（比如說《天平》中有關生命重量的思辯），有時則是人物本身的衝突（例如本書的月神美與白穎辰），透過這種兩極化的設計，故事主旨變得更加強烈，也更打動人心。

《虛無的彌撒》就是這樣的作品，善與惡的矛盾和刻板印象的約束，將在各位讀者翻動書頁的同時，昭然若顯。

# 【推薦序】 秀弘的戰鬥型女主角與反歧視

永安聯合會計師事務所會計師　尹崇恩

秀弘筆下的人物似乎有個「公式」——「女主角總是比男主角還強」！

雖然不清楚這是刻意為之的結果，還是秀弘隱藏的個人偏好不小心暴露在外，總之，無論是《玄靈的天平》、《玄靈的天平Ⅱ》或本書《虛無的彌撒》，甚至其他於粉絲專頁公開的作品，都有這種現象。

秀弘的女主角人設往往有著比男性更堅強的意志和更寬容的接納度，還有無人能比的「能量」。這裡說的能量不見得是比力氣的那種，包括社經地位、智識水準和天生的超能力等，九降詩櫻、李輕雲、邱琴織、九降書樗、蜘蛛化的熒雨潼和本書的月神美與汪幼潔，每位都能獨當一面，輕易讓男性角色陷入苦戰——各種意思的苦戰啦。這種「戰鬥型女主角」（直白一點稱為「神力女超人」也行）不一定在各個層面都有戰鬥力，也不見得永遠居於優勢；以本書的月神美為例，她是孤兒，又是不被世界接受的特殊種族，各方面顯然不如身為漢人又是雷霆特勤隊專校學生的主角白穎辰，但她的心智力量很強，非常強！只要她有心，整本書應該無人能敵，但她卻非常善良，身處弱勢地位也不忘照顧他人，在育幼院希望之塾的栽培下成為挺身守護弱者的「真正強者」。

我想，秀弘之所以有這種設計，或許是隱隱約約想傳達現實世界的現狀吧。性別平權的觀念推行已久，我們臺灣至今依然存在不可見卻相當明顯的「性別天花板」，很多職業的上位者永遠沒有女性，多數商業集團的領導者也不是女性，家務層面更是以女性比例居高。偶而出現能幹俐落的女性，還會被安上「女漢子、女強人、女帝」這種乍看是褒，其實不必要的怪帽子。我也能夠察覺社會對於女性身分的壓制與勒索，更甚者是「女人何苦為難女人」的景況，上一代的婆婆媽媽沒有活出自己，便伸出魔手繼續凌虐下一代，這種彷彿出生時的性別就能決定一切的觀念，將是非對錯全部拋諸腦後。

秀弘的「戰鬥型女主角」可說反擊了臺灣社會隱藏於檯面下的各種歧視，事業成就高的女性即使沒人明說，也常暗中被人視為「異類」，或者閒言閒語暗地批評，認定是靠某些潛規則上位。各產業及專門職業領域的「透明天花板」從未消失，只是在平等的名義下藏得很漂亮，這種潛藏於無形的不平衡，隨著女性社經地位逐漸提升而稍微緩解，卻看不見消失的跡象。無論社會和經濟地位變得多高，只要重男輕女的傳統思想對女性的鉗制沒有扭轉，最終仍然無法改變「女子無才便是德」的觀念。這種「我過得不好，別人也休想過得好」的自虐性歧視傾向，在秀弘筆下得到一些舒緩，幾乎所有女性人物都有想要挑戰既定環境的叛逆個性，撇除奇幻層面的神奇力量，她們往往有顆善良的心和關懷世界的愛，知道自己不能等待男性拯救，以正向、積極、主動的心態面對挑戰，靠著自己的能力克服困難——雖然不一定在「力氣」上勝過男性，堅強的意志卻不輸給任何人，不只是忍耐，而是逆風前行，征服阻擋在前的敵人，澈底反轉在歧視環境的「斯德哥爾摩症候群」，獲得屬於自己的成功。

正因如此，秀弘筆下的女主角才會這麼迷人，在此邀請各位翻開書頁，在秀弘的小說中欣賞女性人物們活躍的身影吧！

## 【推薦序】人、惡魔與認知偏差交織而成的彌撒曲

美國國家衛生院訪問學者　馮啟瑞

仔細一想，我與《虛無的彌撒——破邪異端與炎魅魔女》這本書淵源蠻深的。

當時我在疫情爆發後的芝加哥，歷經長達兩個多月極其煎熬的防疫封城，在逐步解封但美國各地依舊人心惶惶的夏季某日，收到秀弘的訊息，要將寫好的書寄來美國給我，他問完地址後二話不說，在口罩還是稀缺的戰略物資、一堆航班停飛時，就把整箱「聖眷的候鳥系列」的自印刷本，遠渡重洋，從臺灣寄到芝加哥。其中當然有不少人已很熟悉的《玄靈的天平——白虎宿主與御儀靈姬》，而這本《彌撒》則是當時接續《天平》的作品。那時還不確定秀弘費時多年，用心寫下的這個龐大系列作品何時能讓大家看到，如今卻就連排序較後的《彌撒》都已即將出版，實在令人非常感動，同時對於自己能夠參與本書的正式問世，感到相當榮幸。

本書是整個「候鳥系列」中，我讀過最多次的耐看作品，先是抽空從撰寫博士論文的空檔閱讀全書，到數個月後打算「照慣例」寫個問卷時又斷斷續續瀏覽了一兩遍，最後卻因為太過忙碌而沒能完成，直到今年，在下一份工作開始前的回臺空檔，才真正好好讀過最新版本的《彌撒》，接著在咖啡廳與秀弘當面提問，聽他述說系列世界觀和隱藏的細節，才順利完成意見回饋的問卷——在這之後，我又心血來潮抽空

讀了一遍。

《彌撒》與《天平》等書共享同一個世界觀，裡頭存在不少《天平》系列的彩蛋，當然，直接從本書開始閱讀也完全沒問題！本書確實有不少《天平》出現過的名詞，但即便沒讀過也不影響對於故事走向的理解。《彌撒》本身就是一部精彩的故事：存在著多重宇宙的世界中，不惜一切手段找尋弒母對象並嘗試復仇的人類、來自不同世界且溫柔得不太像惡魔的「惡魔」與反而比惡魔還像惡魔的人類反派，交織而成的故事。老樣子，故事發生在依舊多災多難的臺灣本土，本書的故事卻帶有些許西方宗教的元素。此外，劇情裡置入不少疑點與認知差異，甚至在最後一段爆出大量伏筆，讓我又多讀了好幾遍，仔細思考故事中的細節到底發生什麼事情。每次重新閱讀，都會有新的體悟，更能理解為何「某個橋段」的「某個角色」會做這樣的決定。

附帶一提，身為讀完不少原稿的資深讀者，能夠保證後續的「聖眷的候鳥系列」作品絕對不會讓大家失望，全都非常精彩，請大家拭目以待。讀完《彌撒》之後，令我好奇歷經兩冊《天平》與本書之後，最後到底會如何演變成影響整個世界的大事件？前作的雁翔和詩櫻、本書的主角群以及尚未登場的英雄們，又該如何面對這起事件？

# 【推薦序】　當信仰成為惡魔之時

中正大學心理學系臨床心理學碩士班　沈士閔

總之，在世界的某個角落曾經有過這段對話——

「你要不要寫《玄靈的天平Ⅱ》的推薦序？」

「嗯……先不要好了。」

「是哦，那沒關係，但《虛無的彌撒》總該寫一下了吧？」

「好啦好啦我寫我寫我寫總行了吧。」

《虛無的彌撒》是秀弘老師數百萬言的著作原稿中，被我讀過最多版本的一部作品，這不只意味著秀弘老師在這份原稿投注難以想像的心力，同時也代表《彌撒》是經過諸多討論與修正，得來不易的稀世珍品。

與「玄靈的天平系列」以東方道教式原創民間信仰為背景，在新北市新莊區出發的奇幻冒險大不相同，本書《虛無的彌撒》以西方仿基督宗教式的文化為題材，於臺中市霧峰區曦鳶里誕生的魔幻傳說。看到這裡，讀過《玄靈的天平》及《玄靈的天平Ⅱ》的讀者們必然已經猜到一件事——沒錯，這次的受害者輪到臺中了！

本作《虛無的彌撒》裡，男主角白穎辰與女主角月神美這對歡喜冤家，在經歷各式各樣的事件之後，想起怎樣的過去，獲得怎樣的成長，又迎接怎樣的未來，就等著各位讀者翻開書頁，細心發掘了。

承上所述，讀過秀弘老師其他作品的各位，應該不難發現書中置入許多與其他系列相關的彩蛋，可能是與「天平系列」有關，亦可能與「祟家系列」有關，甚至是與未來的作品有關的細節，讀者們不妨在閱讀的過程中多加觀察，稍加思考，必能在增添閱讀本書的樂趣之外，更加了解「聖眷的候鳥系列」龐大美麗的世界觀。

★★★　客倌，前方有雷，請自行迴避或斟酌觀看　★★★

最後，身為曾經讀過「彌撒系列」傳說文本《虛無的彌撒曲》的人，稍微提一下過去版本的《彌撒》究竟有著怎樣的設定。

最早的原稿版本中，雷霆特勤隊的描寫甚少，多半只是出來幫穎辰等人善後，或是預先畫好場地，好讓正反兩派大展拳腳（簡稱「大型都更現場」，火車站終究躲不掉被破壞的命運）。舊版本並不姓「白」的穎辰，與月神美、張弈弦和汪幼潔都是普通學校的學生（甚至有成功高中實驗性男女合校的設定），為了追查駭人聽聞的連續殺人事件而與擁有特殊身分的神美扯上關係。此外，李輕雲的出現次數也比現在的版本頻繁，如同《天平》一書透過轉學的方式接觸穎辰等人那樣，積極地介入彌撒系列的世界。

輕雲到底有什麼目的？這就是擺在架上等人加購的東西囉！

# 目次

# 第一節　夜行者

我的母親曾說，驅魔儀典仰賴的是堅定不移的信念。

面對飽含惡意的邪靈，信仰只是手段，古老符文構成的奇異魔陣才是最核心的武器。所謂的上帝，所謂的神明，只是特定意象的表徵，重要的是勇於信賴的愛、堅忍不拔的意志和屹立不搖的希望。

有人說，放棄以神聖武裝近身擊潰目標的破魔之力，繪製魔術圖陣的驅魔之術是膽小的表徵，是不敢也不願面對邪靈的怯弱者，最真實的內心展露，然而我母親說，施展驅魔術並不代表膽怯，而是想在仍能感知彼此存在、察覺彼此呼吸的距離中，取得斡旋、談判與和解的機會。

我問她，未來能不能成為與她一樣的優秀驅魔師。

她瞇起雙眼和藹地笑，摸摸我的頭，說……

我的母親說——

我的母親什麼也沒有說。她在十年前的血月之日，嚥下了最後一口氣。

生著一對朱紅雙眼、血紅長髮及烏黑羽翼的惡魔，殘忍地奪走她的性命。

同時摧毀對世界環抱愛與希望，天真得近乎愚蠢的我。

★　★　★

這個世界存有表裡兩面；尋常的表，與超常的裡。

對講機不時傳出沙沙雜訊。

站在因為斷電而漆黑的玻璃門外，我屏住氣息，側耳傾聽。

門外是靜如止水的理性世界；門內，則恰恰相反。我很明白，自己所處的世界是象徵黑暗的裡側，沒有光明，沒有善意，也沒有希望。浩瀚的宇宙有其醜陋的一面，我的工作是將這些事物藏妥，宛如過時的童玩，找個陰暗角落好好擺著，不讓人發現。

對講機仍然只有沙沙雜訊。

率先入內的第二分隊毫無回應，杏恩養護中心彷彿沉沉睡去，瀰漫一股令人不安的靜謐。由於這次勤務屬於超常事例，亦即超越凡常之特異事件案例，雖說確實屬於俗稱「雷霆特勤隊」的超常事例與特殊應變勤務部隊管轄，我這種半吊子隊員卻無法參與，因此即便內心焦急，也只能原地待命，等候指示。

有人輕輕點了我的肩膀，回過頭，留著過長指甲的指頭驀然抵上臉頰。

原來是張弈弦學長。他是大我一屆，剛滿二十八歲的老前輩，是我所隸屬的第五分隊之分隊長。

「別那麼緊張啦，學弟。」

「是學長太悠哉了。」我放鬆緊縮的肩膀，「到現在還沒消息，這種狀況怎麼看都不太正常。」

「以我們的勤務類型來說，『正常』一詞恐怕有點奢侈。不過，你倒是第一次遇到這種狀況吧？」

弈弦學長笑起來的模樣，搭配瞇成一線的雙眼，彷若一尊彌勒佛。他有對烏黑平直的招牌濃眉，細心修剪的精緻程度堪比坊間愛美的女孩，腦中不禁浮現他每天費心打理的怪異模樣。

學長氣定神閒的姿態令我雙頰發熱，略感羞愧。對前輩而言，突發狀況根本是家常便飯，身為菜鳥的我卻緊張得胃裡翻騰。

真丟臉。

「學長，第二分隊到底出了什麼事？」

「首先，出勤時要叫我分隊長。」

「……是，分隊長。」

「很好。話說回來，這是我今天第六次——不，第七次聽到這問題。」學長露齒一笑，拍拍我的肩。「放心，雖說已確認涉及超常事例，卻只是普通的斥候任務，可能連最低限度的危險都沒有。」

見我不發一語，他輕聲笑了。

「你好像不能接受這樣的說法。」

「畢竟，你想嘛……」我努了努下巴，朝養護中心另一端示意。

一名俏麗颯爽的女孩盤起雙腿大剌剌地坐在門口，絲毫不把執行中的任務放在眼裡。她綁著短短的高馬尾，透明護目鏡推至額上，全身僅有基礎訓練用的運動型緊身衣，連最低限度的防護裝備都沒有。

「你說小潔啊。」學長搓搓下巴，「以一個毫無危險性的斥候任務而言，派她出來確實有點——」

沙沙。學長和我的對講機同時發出噪音。

彼此交換眼神，學長點點頭，按下接聽鍵。對講機裡傳來斷斷續續的人聲，較為清晰的反而是令人背脊發麻的叫喊。

「斥候任務是吧？」

學長哼了一聲，回過頭，向我身後的另外兩名隊員揮舞手勢，直到目不暇給的手勢全部停止，我也僅能辨別其中五成。學長將總共四人的小分隊拆為兩組，最菜的我當然跟在他身邊。

稍加整裝，我們依序踏入養護中心。

學長和我負責的範圍是養護中心左側長廊與深處的會客廳，另一組則負責右側的獨立個人房。養護中心因電源毀損而籠罩於黑暗之中，除了緊急供電勉強維持的消防設施和逃生標誌外，毫無光源，伸手不見五指。

糟糕的能見度嚴重影響行動，劣勢的環境讓我更緊張了。斥候任務，最為人詬病的正是資訊的不對等，敵暗我明的處境常讓隊員陷入困境。

學長貼著右牆走，我遵從教科書的內容，亦步亦趨地緊隨在後。

「學弟。」

「是。」

「你喜歡我嗎？」

「……啊？」學長在鬼扯什麼。

「老跟在後面，不正是想近距離觀察我緊實的翹臀嗎？」

「學長，我是依據——」

「外勤工作指南第一一四五頁，對吧？」

我眨了眨眼，呆愣數秒。外勤工作指南第一一四五頁寫的是什麼？完全沒有印象。雖然記得二人縱隊行進之時必須緊跟在後，卻不知道出自哪本書的哪一頁。

不過，學長丟來的頁數應該是對的……吧？

「我不知道。」我最終選擇坦白。

「很好。」弈弦學長回過頭來，露齒一笑。「那一頁講的是外勤工作對待女性對象的方式——倘若沒有女性同仁在場代為執行，男性同仁得於必要程度內先行搜索女性目標。」

「有這種規範？」

「這可是我記得最清楚的規範。」

他豎起大拇指笑得更燦爛了。沒事去記這規範，究竟安什麼心啊？

「書裡的東西到現場幾乎不堪驗證。你啊，最大的缺點就是固守教條。」

「沒辦法，這是我的信仰。」

「那就沒辦法了。」學長輕聲一笑，「有信仰的人，說強大是很強大，說脆弱也很脆弱。」

穿越長廊，經過緊掩的工具間，來到會客廳門前。會客廳那扇嚴密的對開式金屬防火大門給人一股莫名的壓迫感，外勤任務最讓人擔心的，莫過於難以探視內部狀況的不透明門窗。

學長擺擺手，要我蹲下。他背倚牆面，放下掛於腰間的帆布隨身包，粗枝大葉的動作讓裡頭物品敲出清脆的鏗鏘響。他從包內取出手掌大小的塑膠器械，將器械的分離部件遞給我。

那是指北針公司研發的次世代熱感應偵測儀。由於勤務內容為斥候偵查，我們的配備沒有紅外線或熱感應瞄準器，只能以獨立工具作為替代。

弈弦學長努努下巴，指向大門，要我負責把分離式感應器裝上門板。等我完成步驟，他將帶有投影功能的偵測儀置於地面，壓下啟動鈕。偵測儀啟動時毫無聲響，非常符合斥侯任務的隱密需求。

一道虛像畫面藉由儀器光源投射眼前，我將偵測儀的感應器擺妥，躡手躡腳地躲到學長身後。不一會兒，原先空無一物的虛像畫面驀然多出幾道輪廓。

「有了。」學長以氣音說：「一共六人。」

人形輪廓看似趴伏地面，卻毫無動靜。

「他們死了嗎？」

「這麼不吉利的蠢話下次就別說出來了。」學長皺眉苦笑，說：「況且，既然熱感應的顯像如此穩定，大概還有體溫，所以……」

他覷起雙眼露齒一笑，「都是活人。」

「對不起……」

貿然做出魯莽的發言，實在令我深感羞愧。

學長盯著畫面十幾秒，嘛嘴頷首。

「活是活著，但應該陷入昏迷了。」

「要進去嗎？」

「當然，不然怎麼結束這場夢魘？」

學長笑了笑，以順暢的連續動作將偵測儀收回隨身包。他組裝的速度又快又準，毫無遲疑和失誤。經驗的差距果真有如鴻溝，無法輕易跨越，理解這點之後，不禁悄悄吁出長長的鼻息。

明明已有兩個分隊、總共十人進入養護中心，至今別說武器擊發的聲響，連一點腳步聲和叫喊聲都沒有，實在安靜得太過詭異。學長對這種情況似乎習以為常，與平日一樣泰然自若，偶而吊兒郎當，偶而穩重專注。他輕碰會客廳大門，厚實的鐵門文風不動。

「上鎖了。雖在預料之中，卻還是挺失望的。」學長一面苦笑，一面轉頭問：「話說回來，學弟喜歡硬的，還是軟的？」

「我該用什麼角度理解這個問題？」

「沒有性暗示的角度。」

「性暗示的角度根本不在我的選擇之列。」

「那就用不含骯髒思想的角度。」

「……我腦中本來就沒有任何骯髒的思想。」

學長露齒竊笑，再次將手伸進有如百寶袋的提包，隨手一撈，毫不費力便取出正確的設備。那是一個手掌大的正方形黃盒子，長寬不超過六公分，中央有顆豆子大的紅點，整體來說是相當輕巧的應急工具。

這個黃色方盒，被我們戲稱為「綠豆糕」。

儘管同仁們私下老是開這玩意兒的玩笑，正式使用時，卻仍嚴陣以待，謹慎小心。

學長以雙手食指、無名指充作支點，小心翼翼地將綠豆糕抬起，挪至門前，花費數秒尋找合適的裝設點，才將綠豆糕緩緩靠上鐵門。盒型本體貼近門板，便像受到強烈磁力吸引般，喀地一聲緊貼上去。

那不是磁鐵，也不是黏膠，而是某種特甲級國家機密的神祕材質，並非我的級別能夠知曉的訊息。

「學弟，你用過綠豆糕嗎？」

「演習訓練的時候，曾經操作一次。」

「天啊，現在的新兵訓練真的很陽春。」學長嘆了口氣，輕拍我的肩膀。「雖然由我來說並不恰當，但一屆不如一屆還真不是你們的問題。」

從吊兒郎當的學長口中出現這句話，的確不太恰當。

「總而言之，在實戰中學習新知也是相當重要的管道。」

學長緊盯腕上的軍用手錶，可能正在估算爆炸延遲所需的後撤時間。我偷偷瞄向那枚綠豆糕，畢竟不曾近距離領教火力，不禁有些緊張，暗自嚥下一口唾沫。

過了半晌，學長挪來目光，自顧自地點頭。明白其意的我，無待催促，自動後退數十步。

學長默默摁下綠豆糕中央的小紅點，迅速轉身，飛快向後奔跑。

「咦？」

學長與我擦身而過，並且持續衝刺。雙腳急速交錯，沒命似的狂奔。

有必要離那麼遠嗎？綠豆糕不是——

正猶豫是否該追上去，驀然閃出一道刺眼的炫目強光。

難以招架的亮光之後，隨即迸出震耳欲聾的轟然巨響。

連忙抱頭掩護，身子側倒滾向角落，重重撞上堅硬冰冷的廊道牆壁。

開玩笑的吧，綠豆糕的火力真有那麼強？

我不記得演習時見過如此誇張的爆破威力。從剛才那記驚天動地的聲響判斷，小盒子的爆炸當量恐怕堪比一枚常規C4炸彈，要是學長沒有提前指示後撤，我恐怕早已渾身是傷。

「學長，」我望向嘻皮笑臉的學長。「請問剛才是怎麼回事？」

「啊，就是正常程序嘛。向後退……沒錯，向後退的正常程序！」

「請問您為什麼自己一個人跑那麼遠？」

「唉呀，爆炸的威力真可怕，教科書說退後十步，果然稍嫌不足呢。」

「……我能將此事回報勤務中心嗎？」

「學弟，書上寫的東西不能盡信，剛才那種爆炸絕不可能只需十步的距離。」

「咳哼。」我摁下對講機，「呼叫後勤總部，聽到請回答——」

「等等——學弟，等一等嘛！」學長的雙手重重放上我的肩。「我錯了，有話好說，不要隨便呼叫啦，我會被總長殺死的。」

看來他是真的怕了。

即使並未親眼見識，我也知道總長絕對是個狠角色。

冷不防地，學長斂起鬆懈的笑臉，眼神專注地盯向大門剛被炸飛的會客廳。室內一片漆黑，彷彿有股無法穿透的幽黑闇幕籠罩其間，視野所及之處的能見度幾乎為零。

隱約察覺來自黑暗深處的無形壓迫感。我想，廳堂內絕不只有陷入昏厥的人。

「學長。」

「我知道，不太對勁。」

四周靜得彷若深海，無聲無息，唯一的聲源是自己的沉重呼吸。

突如其來的細碎聲響打破寂靜。會客廳裡漸次傳來連續摩擦的細音，近似物體拖行地面的沙沙聲，相當規律，且非常清晰。學長使了眼色，取出胸前口袋裡那組比食指還小的微型手電筒，張開嘴巴咬於齒間。我極盡所能地避免製造任何聲響，小心取出基本武裝，也就是只能填入電擊彈，俗稱「伏特槍」的霧面塗裝手槍。學長則取出專屬的磨損版伏特槍，彎著腰，不動聲色地悄悄前進。

不知不覺間，我倆的站位構成戰術型交叉火力陣式，這是外勤指南守則中，二人行動時最簡單的守勢佈陣。守勢，為的是等待後援，學長顯然認為目前無法單靠火力突圍，甚或壓制。視野前方的黑暗讓人心神不寧，門內的聲響則越來越近，每回拖拉聲敲擊耳膜之時，在在顯示著不明威脅正逐步逼近的事實。

「請停止動作！」什麼都還沒看見，學長便向前喊道：「我們是雷霆特勤隊，請立刻報上姓名！」

沒有任何回應，那道令人心慌的摩擦噪音則持續接近。

「這是第二次警告。不准繼續靠近，並且立刻報上姓名！」

發出細碎聲響的主人漸漸來到門前，廊道上青綠色的緊急照明燈，幽微的光線映照來者，使其現出真身。

走出暗幕的是一名雙目如墨、彎腰駝背的年邁男性，身穿淡黃色的長袍，看來應是養護中心的院內服裝。他的雙臂彷彿失去骨骼，猶如水袖一般，以不自然的角度甩動。

駝背男人背後，另外踏出五道人影。

「學長……」

才剛開口，弈弦學長便扣下扳機，電擊彈準確打中駝背老人，啪嘰啪嘰的電流聲響充塞整條長廊。

「學長你怎麼——依照程序，我們應該……」

「學弟，你看清楚。」

定睛一瞧，駝背老人搖頭晃腦，低頭注視胸口不斷發出嗶哩嗶哩聲響的子彈。他的姿態與模樣，看起來絲毫不受強力電流的影響；別說影響，連常態的電擊反應都沒有。再怎麼說，電擊彈打在身上，光物理層面就有強大的衝擊力。

明明是個老人，挨了一槍還能毫髮無傷，安穩如常，根本是……

異常。無庸質疑的絕對異常。

我們不是警察，不負責取締違序的行為；我們不是軍人，不挺身抵禦侵攻的外敵；我們是雷霆特勤隊，是裡側世界的護衛，專門面對超凡的異常。

此時此刻，可能發生或已然發生的，非比尋常。

不是臆測，而是鐵錚錚的事實。異常正在我們眼前發酵。

「切換模式。」

學長咧嘴一笑，將伏特槍收回腰間槍套，扭扭脖子。他伸出雙手，五指攤平，收起，又再攤平，接著隨意甩動幾回。

「學長？」

他將食指豎於唇前，「暖身運動是很重要的。」

緊盯拖著規律步伐向前邁進的駝背老人，他扭動手腕，左三圈，右三圈。

「對付異常事物，必須使用異常手段。你說是吧，學弟？」

異常手段……我思忖眼前光景，估量可能利用的一切力量。

學長停止甩手，吁一口氣，慢慢扎起馬步。那副姿態像極了準備衝鋒的士兵，但我明白，學長並非肉身格鬥或近身作戰的行家，他的肌耐力和反應力甚至在我之下，於部隊全體更是位居後段。

學長平攤雙臂大張手掌，比劃著推打氣功似的動作，卻連一絲清風都拂不來，什麼也沒有發生。

「學長？」

「注意看。」

又盯了幾秒，前方步履蹣跚的老人仍緩慢前進。

「呃……學長？」

「仔細看。」

數名老人的胸口前浮現一道淺橘微光，光芒逐漸暈開發散，猶如懷中揣著一盞小夜燈。幽暗空間因為這抹微光忽然明亮起來，眼睛適應黑暗之後，已可看清來者面目。唯獨此時，我由衷希望並未看見此等駭人的臉孔，來者垂垂老矣，滿布皺紋的臉上，膚色灰白得泛出紫青血管，黯淡無神的雙瞳以及歪斜乾癟的大嘴，令人不禁背脊發麻。

學長毫無膽怯之色，撇撇嘴，說：「這下確定超出我們的責任範圍了。」

他拍拍我的肩，往出口的方向走。

「學、學長，我們就這樣走了？」

「難道你想拍照留念？」

「就這樣放著不管？」

「嗯。畢竟排除超常事例不在斥候任務的負責範圍。」

他頭也不回地走，完全不把逐步接近的駝背老人放在眼裡。

不在負責範圍，換言之，就是不歸我們管了；不歸我們第五分隊——負責斥候任務的實習生部隊管，此處的任務性質已由單純的斥候轉為接觸和戰鬥，負責戰鬥的主力是靜候於門口，蓄勢待發的候補生部隊。

我們實習生部隊充其量只是進來探路的。

「學長，現在就離開的話，是不是就沒有外勤點數了？」

「你指的是實習點數，還是績優點數？」

「實習點數。」

「不愧是積極進取的孩子。」學長露齒而笑，「通常遇此狀況，應該會立刻飛奔到安全範圍吧。」

「請問，是否代表我無法取得實習點數？」無視學長的調侃，我刻意在語尾加了重音。「實習點數與部隊身分息息相關，我有權利知道放棄任務的後果。」

「你沒有放棄任務。」

學長仍然掛著笑臉，並未受我的語氣影響。

「聽好，我們的任務在性質轉變的瞬間就結束了，上面指派的斥候任務有何意義，你明白吧？」

「偵查、探勘和搜索。」

「沒錯。剛才的狀況明顯轉為必須接觸甚至作戰的局面，這時任務的性質就轉變為……？」學長刻意拉高語氣，挑起眉毛，擺出提問姿態。

我低著頭說：「轉變為戰鬥任務。」

「沒錯，那我們是不是該撤了？」

無言以對。即使知道學長每句話都是對的，心裡卻難以接受。倘若每次外勤任務都這麼乾脆地撤退，實習生根本無法得到足夠的點數，晉升為候補生。

「當然，決定撤退也不只是任務性質的問題。」學長斂起笑容，繼續邁開腳步。「你看見的那些光芒，是我專屬的能力。」

「學長的能力？」

「是啊。」學長停下腳步，隨後又繼續前行。「雖是沒什麼用的能力，卻很適合用在斥候任務上。」

「學長是超能者，卻負責帶領我們這些實習生……」

「畢竟不是每個人都有資格進入超能班嘛。我只是個甲級人員，跟那些優秀的特甲級人員完全不能比。」他回過頭，臉上掛起苦澀的笑容。「你剛才看到的微光是我能力的一部分，只要目標對象擁有異於平常的能量，就會出現相應的特殊彩光；此外，只要曾經被我標示，未來都能依循這股能量，再次進行追蹤。」

「學長所說的『平常』，指的是我這種沒有特殊異能的人嗎？」

學長停下腳步，回過頭來望著我，瞳孔裡隱含著不知是同情，抑或惋惜的神色。

相望數秒，他才嘆一口氣，移開視線。

「帶有敵意並且擁有超常異能——無論是靈力、魔力或法力，都不在我們實習生部隊第五分隊的任務範圍中。」學長斂起面孔，換上嚴肅的語調說：「這樣你明白了嗎，白穎辰實習生？」

「明白了。」

嘴上明白，心裡卻滿是怨嘆。倘若給我足以相抗衡的力量，便能突破僵持的現狀，取得點數結束實習，成為候補生並等待鄰選為正規隊員的機會。

消極的行動與膠著的現況，著實令人不滿。

與我們方向相反，迎面而來的是五人一組的候補生分隊。

他們身穿帥氣的深藍貼身實戰服，彷彿遇上任何戰鬥都無庸防護似地，輕裝上陣，神色自若，一派輕鬆。走在正中間的是候補生第一把交椅，與我同年，身高只及我肩的汪幼潔，個頭嬌小的她神采煥發，英姿颯爽。

「唷。」學長舉起手，「想不到居然需要妳們出場。」

「真是的，我還想多打幾個關卡、多刷幾批素材呢！」

幼潔大剌剌的爽朗笑容，露出白皙整齊的牙列，瞇起眼睛望了過來。

「我們家小辰有沒有嚇到皮皮剉？」

「嚇得內褲都濕了呢。」學長咧嘴嘻笑。

「並沒有。況且，根本就沒有進行真正的戰鬥。」

面對幼潔時，我注意到其他候補生投來數道不屑目光。

在雷霆逐步精銳化的今日，僅次於正規部隊的候補生部隊變成實質的主力前鋒，活躍於各種超常事例。從我加入以來，令候補生難以招架而必須尋求正規部隊相助的任務屈指可數，幾乎可說並不存在。再者，實習生晉升為候補生的比率不到百分之一，多數實習生會在兩年之內離開雷霆部隊，回歸一般正常的百姓身分。通過重重艱難考驗，百煉成鋼的訓練程序，正是候補生自命不凡，視我為無物的理由。

「實習生當然不能戰鬥囉，萬一出事的話還得了。」幼潔拍拍我的臂膀，輕捏我的肩胛骨。「別著急，機會總是會有，命卻只有一條。」

其中一名身材壯碩的候補生插口說：「何況還是一條爛命。」

幼潔直接踹上那人的股間，對方瞬間跪地，連喊痛的叫聲都發不出來。一連串俐落的動作同時制止其他候補生正欲奚落的鼓噪，我則目瞪口呆，本著人類特有的同理心，想像那股撕心裂肺的地獄劇痛。

「總而言之，不准衝動行事。」幼潔鬆開擒住我肩頭的手，「還記得小學時，你最常被老師罵的原因嗎？」

「行事太過莽撞。」

「沒錯，而且還『太心急』。」

「還有『太可愛』。」學長悄悄補了一句。

「並沒有。」我皺起眉頭。

幼潔哈哈大笑，將額前的護目鏡拉下來，調整一回便重新戴好。她拍拍我的背，揮揮手，朝會客廳的長廊前進，嬌小的身影此刻看來竟如巨人一般高大。身在雷霆，實力就是一切；與我同班九年、擁有特殊異能的她，搭配鍛鍊有成的體能，一入隊就編進候補生之列。反觀我，空有雄心壯志與急切晉升的動機，卻苦無長才和實力，只能日復一日地原地踏步。天地不公，莫過於此。

赫然發現學長若有所思地注視著我，連忙清清喉嚨，拋開負面思緒。

「學弟。」

「是、是。」

擔心翻湧而上的怨念顯露在外，我不自覺地緊張起來。

「你該不會……」他微側著頭，說：「喜歡小潔吧？」

「啥？」

「畢竟小潔是候補生裡最強大、最年輕也最帥氣的女孩，我能理解你的想法，不過眼下重要的是任務，小情小愛還是回學校再說吧。」

「學長，我完全沒那個意思。」

「我明白。」他拍拍我的肩，擠出僵硬的微笑。

「不，您完全不明白。」我眉頭一皺，「幼潔不是我喜歡的類型啊！」

「那你喜歡怎樣的類型？」

「……反、反正是完全相反的類型。」

「完全相反，是嗎？」學長歪著頭，微瞇雙眼，沉吟半晌。「所以說，你喜歡的是長髮翩飛、身材高挑、皮膚白皙、眼神銳利、唇瓣紅潤、聲音酥軟、胸大臀翹的女生？」

「您講成這樣，就不怕被幼潔殺掉嗎……」

姑且不論學長列出來的特質能拼出怎樣的人，那些字詞完全與幼潔擁有的特徵相反。學長觀察後輩的能力還真不可小覷。我與學長有一搭沒一搭地聊起瑣事，漸漸將後方詭異的老人和實力強勁的候補生們遺忘，說時遲，那時快，建物突然發出震天巨響，一名高大壯碩的人影倏地飛來，撞破轉角的水泥牆。

定睛一瞧，是剛才出聲揶揄我的候補生。

學長上前檢查對方的傷勢，我正邁步跟上，另一名候補生緊接著摔飛過來，像被某種無形巨浪席捲似地，翻滾數圈，撞上盡頭的滅火箱。

「小辰……」

幼潔步出黑暗，雙臂和臉頰多出幾抹紅漬，飛濺而出的鮮血，一點一滴沾上領口。在我開口之前，幼潔揮動左手，小小的掌心似乎也沾染著鮮血。

「小辰，快跑……」

我無視這番話語，箭步上前，拉住幼潔的左臂，將她拉往長廊的方向。學長從隨身包裡取出突擊槍械，與我錯身而過，朝轉角處奔跑。他一面確認眼前狀況，一面拖行陷入昏厥的兩名候補生。

調整幼潔的臂膀，將其牢牢環於我的肩頸，負著她纖瘦的身軀前進。

「那些老人很難纏嗎？」

「不，不是那些……是別的東西。」幼潔喉頭一嗆，重重咳了幾聲。「那傢伙，才是這起事件的主使者。」

「哪個傢伙？」

幼潔抬起頭來，伸出顫抖的食指，說：「那傢伙。」

立於長廊盡頭，一名身穿黑色祝禱服的男子低著頭，口中默唸難以辨識的呢喃細語。那身黑袍中央有個赤紅的十字架，狀似標準的牧師裝束，頭頂的黑色扁帽邊緣寫著「XⅣ」字樣，無法辨別屬於何種教派。

這傢伙散發出來的詭異氣息，惹人不適，相當不妙。

右手伸入口袋，緊握小小的十字架，緊咬牙關準備禱唸驅魔咒。

「小辰，」幼潔輕輕掙脫我的攙扶，發出號令：「快抱緊我！」

被突如其來的叫喊嚇到，我連忙半蹲身子，雙手環抱她細瘦嬌小的身軀。幼潔猛地扯下破損一半的護目鏡，隨手拋擲。她屏住氣息，平舉雙手，原先空無一物的雙掌之間，出現螺旋般的風龍捲。那是幼潔專屬的特殊異能，只要有足夠的空氣，便能在雙臂可及的範圍內掌控風的流向。

黑袍牧師停止低喃，動也不動，佇足原地。幼潔雙手合十，原先人身大小的龍捲，轉瞬化為三公尺寬的巨大風牆。她輕喝一聲，雙掌向前推，旋動不止的風牆立即飛向黑袍牧師，倘若不加閃躲，必會絞成紙片。然而那人竟文風不動，絲毫未移半步，在我以為一切即將結束時，黑袍牧師緩緩抬頭，掩蓋於黑暗之中的面孔，竟柔和像個施予祝福的聖人，散發著異常的慈悲。

他舉起右手，輕輕揮擺，看似平常的手臂竟如蛇行，長長地延展數公尺，重重甩上幼潔的風牆，啪地一聲，將那堵無形風牆完全擊碎。

僅憑一條臂膀，便輕鬆瓦解雷霆最強候補生的異能攻勢。

幼潔咂咂嘴，彈動數回響指，一道道高速龍捲連番向黑袍牧師發動攻襲。小巧而強力的龍捲有如子彈，貫穿過對方甩動的臂膀空隙，刮破黑色衣袍，卻沒打中要害。她的雙手向兩旁張開，四周空氣驀地朝手心集中，環抱著她纖細腰間的我，被驟起的強風吹得險些飛出去。

她的雙臂被兩道旋起塵土的巨大龍捲包圍，黑袍牧師終於移動，踏著細碎腳步向我們衝刺。幼潔猛力揮下雙手，大型的風龍捲勢如破竹，加速旋轉，向前狂襲。黑袍牧師側轉身軀躲過一道龍捲，旋即伸出鞭子般的彈性長臂，甩出兩個狀似螺旋的圓盤，以怪異手臂構成的逆時針轉盤瓦解幼潔的攻勢。

兩股力量在狹小的通道角力，對峙時間越拉越長，風龍捲先一步減弱。與此同時，來自龍捲的反作用氣流猛然襲來，我咬著牙，維持環抱幼潔的姿勢站穩身子，以背部迎接猛烈的逆風。

順應風力，我和幼潔一同摔向牆邊，她痛地輕叫一聲。

「這不是我們可以對付的敵人。」皺眉忍痛的幼潔揪住我的肩膀，「小辰，你沒有異能，面對那個傢伙絕對會死。我來拖住他，你先想辦法聯絡總部，就說……就說我們找到連續魔附事件的犯人了。」

取出腰間的對講機時，幼潔一把抓住我的手腕。

「對講機沒有用，這一帶的訊號被遮蔽了。這是陷阱。」

陷阱？這世上居然有人敢對雷霆特勤隊設下陷阱？

「你快走，把現場的資訊帶出去。」

幼潔掙脫我的臂膀，咬著牙，撐起身子。黑袍牧師佇立於不遠處，寸步不移，硬是不肯移動半分，莫可名狀的傲慢與壓迫感，散發難以招架的氣勢。

幼潔深吸一口氣，張開雙臂，準備發動下一次風能。

「小、小辰？」

我皺起眉頭，伸手一拉，她的身軀向旁傾斜，倒頭摔進我的懷裡。

這才意識到，這名力量強大的女孩竟如此嬌弱，如此纖瘦，是我無形中將候補生的存在感膨脹數倍，到頭來，她也只是個普通的女孩子而已。

「你做什麼，要是那傢伙打過來……」

「再怎麼說，都不能讓女孩子殿後。」

「我是候補生，你是實習生，按實戰規範第七條第一項規定，我有義務掩護你們撤退！」

「所以呢？」

「所、所以……」幼潔微微皺眉，「就……把我留下來，你快點走。」

「誰管妳。」拉住她的手臂，使勁將停不住嘴的女孩拖向後方。「規則什麼的我管不著，什麼優劣，什麼先後，大家的命都只有一條，能走的時候當然要一起走。」

我比誰都明白，自己沒有拯救眾人的力量，然而這並不代表因此擁有合理逃避的權利。拉緊幼潔，一面承受她的體重，一面穩住腳下步伐，努力不讓自己疲憊的身軀癱軟傾倒。我的體力並不好，雖說略勝學長一籌，卻比不上身邊這名體型嬌小、面容稚嫩的優秀少女。

即便如此，我仍步步向前，朝出口邁進。

此時風聲大作，未知的衝擊自左方襲來。正欲回頭，幼潔已然定住雙足，飛快生成一道巨大旋風，將我團團包覆。

下一秒，我倆同時被強大的衝擊力撞飛出去。劃開空氣的聲音極其響亮，有所反應之前，偌大的物理衝力打在背上，突如其來的痛楚使我摔倒在地，頭下腳上地側滾幾圈。視線裡的黑袍牧師逐漸變小，不是他向後退，而是我正以無法想像的高速向後摔飛。一聲巨響，我的身軀撞擊某種硬物，重重落地，全身癱平時喉頭湧起一陣噁心，大腦遭受劇烈震盪而無法思考。幼潔緊急生成的數道微小旋風，作為臨時的防護屏障，環繞在我身邊，削弱突如其來的衝擊，卻無瑕顧及自己，就這麼以人身承受來自裡側世界的異常攻擊，撞碎了牆邊的布告欄，嘴裡發出一聲悶哼，很快便昏厥過去。

她居然優先保護沒有力量的我，這種多餘的體貼，讓人惱火。

痛楚在大腦逐漸冷靜之時襲上身來，一根根骨頭彷彿四散開來，各處關節同時向中樞神經發出警訊，四肢不住發顫，彷彿某種生物即將從體內竄出一般，萌生身軀各處擅自起舞的荒誕錯覺。

一時之間，大腦失去控制身體的能力，連恐懼的思緒也一併消散。

仰望猶如夜空的天花板，我的視線被某個棕色的圓形物體遮住。

排球大小的絨毛熊頭，上下顛倒，與我四目相接。

「你好。」

絨毛熊眨了眨粉圓般的烏亮小眼。

「想不想跟我簽個契約？」

## 第二節　惡魔要約

封閉的靜謐空間，杯子狀的明亮白燈打在桌前的三人身上。

他們並排而坐，隔著擺滿機密文件的會議長桌，與我相望。我的雙手被裝設電擊系統的鈦合金手銬牢牢扣住，十指勉強能動，手腕卻無法旋轉，難以掙脫。

手銬冰冷的觸感和物品蘊含的意義，使我起了一身雞皮疙瘩。

神情凝重的弈弦學長坐在長桌左側，右側則是我的直屬教官，同時也是我的教區區牧——祭恩平牧師。端坐中央，外觀與我年紀相仿，擁有一頭湛藍中長髮和海藍眼眸的少女，則是雷霆特勤隊的總長。

身為教官，祭牧師會議是主要發言人，也是最有可能與我同負連帶責任的長官。學長是分隊長，懲處很快就會下來，雖不確定處分內容，但鐵定不好過。

祭牧師清清喉嚨，皺起眉頭，雙眼瞪視過來。

「根據張弈弦分隊長的報告書，白穎辰實習生，你在這起事件的後期行動可說是一片空白。」

教官口中的事件，是指發生在霧峰區曦鳶里的杏恩養護中心魔附事件，那是雷霆部隊與黑袍牧師首次接觸的事件。學長雖是我的現場指揮官，實際與我待在一起的是幼潔，而她卻在半途陷入昏迷，失去了意識。

「白穎辰，你應該明白，實習生參與戰鬥任務是違反法令的。況且，你的分隊長並沒有准許你加入作戰，更有違背直接命令的可能。」

「是。」

「當天只有你一人面對那個傢伙？」祭牧師搖搖頭，改口說：「當天只有你直接面對『狂信者』嗎？」

「不是。」

狂信者，是雷霆特勤隊加諸於黑袍牧師的代號。雖不知道這些經典的稱號由誰決定，綜觀先例，諸如虎騎士、御儀姬和雙頭蛇等，這位神祕的取名者語感還真不錯。

「你不是一人單獨面對的？」

「不是。」

「還有誰見過狂信者？」

「報告教官，除我之外，候補生部隊全員都有見過狂信者。」

祭牧師望向學長，弈弦學長點點頭，確認這項訊息。祭牧師翻動眼前的厚重資料，打開黑色的卷宗夾，抽出裝在夾鍊袋中的某張紙。

「當天行動，除了你和張弈弦分隊長外，其他人目前都還處於昏迷狀態，尚未清醒。」

「……是。」

儘管嘴上精簡答覆，心裡卻驚訝得險些叫出聲來。

那天，我陷入短暫的大腦停擺，清醒後，發現自己被拘禁於雷霆總部的禁戒隔離室，對幼潔和其他人的情況一無所知。不得不說，進入這間詭異的會議室，見到平安無事的學長時，著實鬆了口氣。

「教官，請准許發問」

「說吧。」

「請問幼潔……汪幼潔候補生的狀況如何？」

祭牧師翻動資料，確認一眼才抬起頭來。

「一樣是陷入昏迷。」他停頓幾秒，說：「你和汪幼潔候補生是義務教育的同學，對嗎？」

「是。」

「在這起事件中與她的互動如何？」

「報告教官，我曾親眼目睹她撞上牆壁，陷入昏迷的瞬間。」

「那時養護中心崩塌了嗎？」

「崩塌……？」我眨眨眼，皺起眉頭。

「原來如此，沒人告訴你這些訊息。」祭牧師抬起頭，挪正眼鏡。「在候補生部隊回傳緊急訊息之後，杏恩養護中心因為不明的魔能流動，發生結構性碎裂，進而下陷崩毀。」

祭牧師雙手平擺桌面，身子微傾向前。

「關於這點，必須先解釋把你請來此處的原因，方便釐清事件的真相。」

祭牧師轉頭望向藍髮總長，以眼神尋求意見。

不發一語的藍髮少女輕輕點頭，饒富興味地撐住下巴，揚起嘴角淺淺一笑，絲毫沒有加入會議的意思。祭牧師抿抿嘴，再次挪動眼鏡，對總長置身事外的姿態並不感到意外。

「雷霆特勤隊的決策中樞認為，白穎辰實習生，你就是養護中心崩塌事件的元兇，並且有縱放魔附事件之犯罪嫌疑人的可能。在本起案件偵查終結前，你是無罪的，卻也不是完全清白。」

祭牧師斂起五官，直視我的雙眼，輕嘆口氣。

「即刻起，白穎辰實習生，你不再是雷霆特勤隊的成員了。」

★★★

我用手背揉揉眼睛，不敢相信眼前之物。

「你沒看錯啦！」

深褐色的絨毛娃娃，擺出可愛的叉腰姿勢，她的聲音很細、很尖也很輕，用人類的角度判斷，應是具備陰柔特質的雌性。

「我是真實的，毫無虛假，絕非幻想。」

「雖然妳這麼說……」

「看好了！」

熊娃娃伸出又肥又短的絨毛熊掌，分別置至眉前兩端，上身向左微傾，擺出狀似頭疼的不明動作。

我眨眨眼，默不作聲。

「等等，你該不會……」熊娃娃哈哈大笑，「你不知道這動作？」

「不知道。」

「那這個呢？」

她走向牆角，隨手拾起一根長條木片，就地旋轉一圈，左手伸向前方，右手揪住木片抵在腰側。

我想了想，說：「這是……御儀姬？」

御儀姬是北部地區的名人，以高超的棍術、強大的靈能和絕世的美貌聞名，不只在御儀宮擔任神職領袖，更是九降集團的潛在接班人。熊娃娃模仿的是被倖存者錄下，登載於《元週刊》和《八門報》的招牌動作，那是背對鏡頭的御儀姬在機場捷運劫持事件中，與代號雙頭蛇之恐怖份子對峙的經典場面。媒體影像並未揭露這位恐怖份子的異能形態，身為雷霆後備新力軍的我卻了然於胸，雙頭蛇不只是代號，而是貨真價實的雙頭蛇怪。

超級英雄的招牌姿勢被一隻會動的熊娃娃模仿，實在令人無語。

「沒錯，就是御儀姬。」熊娃娃丟下木片，「這下你相信我的真實性了吧？」

別說相信，反倒更懷疑了。不管怎麼看，她都只是毛色相對漂亮，外型卻稀鬆平常的絨毛熊娃娃罷了。

然而，這隻娃娃竟能自主思考，甚至自由移動。

「妳到底是什麼東西啊？」

「我？」熊娃娃嘿嘿一笑，手擺眉前，作勢行禮。「你可以叫我泡泡熊。」

「泡泡熊？」

「回歸正題。」

泡泡熊再次俯視平躺的我。

「要不要跟我簽個契約？」

又是這個問題。

我大嘆一口氣，全身動彈不得，肺部彷彿已與胸腔分離，每次呼吸都沒有吸入空氣的實感，就像身體不是自己的一樣。

「妳口口聲聲說著契約，到頭來也沒說明附帶什麼條款。」

「條款？那是啥？吃的嗎？」

這傢伙……

「跟妳簽訂契約對我有什麼好處？」

「嗯，唔，欸，呃，嗯。」

泡泡熊一連換了五個動作，極力思忖我提出的艱澀問題。不，這個問題一點也不艱深，理論上是能夠秒答的簡單發問。

「嗯，簡單來說就是惡魔的力量吧。」泡泡熊笑嘻嘻地俯視著我。「這個好處如何？」

「力量？」

「力量，惡魔的。」

她換了排列組合複述一遍。

雷霆受訓的經驗告訴我，扯上神靈、惡魔、實驗或病毒等事，都將伴隨難以想像的風險，不只是肉體靈魂的賭注，更是道德倫常的抉擇。

惡魔，無論從哪種角度評價，都是極為明確的負面詞語。

我非常痛恨惡魔這個族群——如果他們可以稱為族群的話，惡魔不只是裡側世界最卑劣、最冷血也最邪惡的存在，更奪走了我生命中最重要的人，是我亟欲獨當一面，成為雷霆正規隊員的真正理由。

「我對惡魔沒什麼好感。」

「坦白說，」泡泡熊聳聳肩。「我不在乎你喜不喜歡惡魔。」

「那妳在乎什麼？給我惡魔的力量，對妳有什麼好處？」

「這問題也太幼稚了。」泡泡熊噗嗤一笑，「來來來，現在開始由我提問，你來回答。」

「這與我的問題有何關連？」

「問題一，」無視我的發言，她逕自說道：「我剛才說，你能藉由簽訂契約得到的好處是？」

「惡魔的力量。」

「問題二，以物品的所有權來說，能夠給予的人通常會是？」

「所有權人。」

「問題三，能將惡魔力量交給你的我，理當就是？」

「……惡魔。」

圓滾滾的熊臉露出大大的微笑，相當滿意似地不斷點頭。

作為一名惡魔，她的外觀不帶任何邪惡、黑暗的負面之感，深棕色的絨毛身軀，圓圓大大的頭部，粉圓一般的小巧眼珠，無處不是可愛討喜的特徵。

然而，我很確定她不是在開玩笑。

「惡魔的契約……」我不禁低喃。

「沒錯，就是這個！」她雙手叉腰，笑得更開心了。「針對你的問題……作為要約人的我究竟能得到什麼好處？哼哼，那可不是凡人能夠體會的。聽好，我們這類稱作惡魔的生命體，同樣必須汲取營養維生，尤其是我這種連基礎靈肉都沒有的可憐傢伙，更是需要飽滿、美味、高級的健康食品。」

「所以才找上我？」

她闔上雙眼，重重點頭。

「契約立基於互信、互利和互助的前提上，換句話說，給你莫大的力量，代表你得給我絕佳的利益。」

「我不認為自己需要妳的力量。」我瞇起眼，「何況還是惡魔的力量。」

「是嗎？」泡泡熊咧嘴一笑。「你看起來比誰都渴望擁有足以扭轉一切的壓倒性力量呢。」

「別開玩笑了，我只想好好睡覺，吃頓飽飯。」

「然後忘記身為凡人的無助，遺忘深埋內心的苦痛？」

連續兩則激問，令人不禁懷疑眼前的熊娃娃是否知道那些被我封存的過去，以及始終不願碰觸的殘酷現實。也許察覺我的表情變化，泡泡熊雙手叉腰輕笑起來。

「放心，惡魔之力並不包含讀心術，就算是我這種上級惡魔，也沒能習得此等神之技藝。」

「可愛的熊娃娃居然是上級惡魔……」

「我是不得已的呀，這又不是我真正的肉體。一般而言，上級惡魔要不是俊男美女，要不就是正太蘿莉，總之就是正常人類最愛的那些類型。」

慢著，最愛正太蘿莉的正常人類是怎麼回事……？

決定先不細究她提出的尖銳問題和衍生的隱喻。

「那麼，我能給妳怎樣的『絕佳』利益？」

「也不是什麼多重要的東西……」

泡泡熊嘻嘻笑著，頭頂細毛輕飄而起，猶如風中飛散的蒲公英種子。

「我想要你的靈魂。」

的確不是什麼重要的——

「等等！」我不禁叫出聲，「靈魂？那個不知究竟是否存在，平均分布體內的超自然無形物？」

「存在啦，而且姑且算是有形物。」

來自梵諦岡的古老學說，眨眼間被可愛的熊娃娃顛覆了。

「不行。」

「真小氣，反正你又用不到，何必這麼珍惜。」

「誰說用不到，沒有靈魂的我不就等於死了？」

「是啊。」

……居然輕描淡寫地肯定了。

姑且不管惡魔契約的真實性，以靈魂為代價的交易，已經違背凡人的道德底線。為了更崇高的目標，我需要力量；為了達成目標，我必須擁有生命。然而，必須活著才能完成的目標，並沒有獻出靈魂的餘裕。

「我拒絕。」

「真是食古不化。」泡泡熊皺著眉頭，踏上我的胸口，一屁股坐下。「你們這個世界的人就是這麼不乾脆，拘泥小節又不顧大局，成事不足且敗事有餘……不過，把我搞成這副德行的傢伙也是你們世界的人啦。」

我們這個世界？莫非惡魔居住的世界，定義上不屬於我們的世界？

傳統神學認為，大能的天使墮落為惡魔，居於地獄，卻遍布人間；倘若如她所說，分有「這個世界」和「別的世界」，恐怕所謂的地獄指的正是位於他處的不明異界。

看似輕盈的熊娃娃，坐在身上卻如鐵板一般沉重。

她斜眼睨著我，神情頗為不悅，不斷發出「哼哼哼」的鼻息。癱倒在地的我，軀幹和四肢無法動彈，連挪動指尖都辦不到。看來，黑袍牧師造成的傷害導致軀體全面毀敗，又或者受損的是大腦，使我喪失控制肢體的能力，僅剩脖子尚能微幅轉動。

「喂，你該不會想死吧？」泡泡熊的聲音非常冰冷。

「我有其他選擇嗎？」

「如果我不在的話——沒有。」

她哼笑一聲，從毛茸茸的腹部內側取出一根香菸。

我故作輕鬆地說「不要用這麼可愛的外貌抽菸啦」，卻被華麗地無視了，她將菸頭刺進圓鼻子下方那個不確定算不算嘴巴的位置，吸了一大口，卻沒吐出白煙。泡泡熊瞥來一眼，又吸了一口，仍然沒有吐煙。——不知菸到底都抽去哪了。

「妳在做什麼？」

「抽菸。」

「我問的是妳『現在』在做什麼？」

「如果我什麼都不做，你會死在這裡。」

「養護中心外面有我的弟兄，不久後就會發動攻堅。」

「你聽。」她停止吸菸，側著頭，右掌擺於耳後。「聽見那聲音了沒？」

我的耳裡傳來緩慢又模糊的布料摩擦聲，聲音宛如來自遠處，看似短時間內無法抵達此地。我和幼潔暫時是安全的……暫時。

「那個是死亡的聲音。」

「其實是敵人的聲音。」

「既然你知道，」她又吸了一口。「那我就慢慢等了。」

「等什麼？」

「等你死啊。」

「我死了對妳有什麼好處？」

彷彿我問了什麼有趣的問題，她仰頭大笑，險些把香菸吹跑了。

「怎麼還來呀，這種可愛的問題。」

她把短得貼近菸頭的殘支扔到牆角，視環境保護法和其他消防法規為無物，毫無愧疚神色地咯咯嘻笑，再次取出另一根香菸。

「我啊，最在乎的就是樂趣。」她用空出來的左手，拍打我的臉頰。「看別人死，總是很愉悅的。」

「……真惡劣。」

「我是惡魔嘛。」

腳步聲越來越近，無法判斷是黑袍牧師，還是其他遭到魔附的怪異老人。

無論如何，我的死期可說是板上釘釘了，如泡泡熊所說，眼下若不與她簽訂惡魔契約，不管來的是哪種敵人，眨眼之間必成死屍一具。而她，鐵定會好好享受這個過程。

我咂了咂嘴，「妳果真是不折不扣的惡魔。」

「多謝。」

「姑且一問，倘若得到惡魔的力量，我就能安全離開此地？」

「放心吧，你不只能完成眼前的任務，還能達成心中的願望。」

她聳聳肩，哼笑一聲。

「無論那是怎樣的願望。」

安全脫身之外還能達成願望，甜美的誘人明擺著有詐。與惡魔交易換得的力量，或許能讓我在擺脫危機後一併提升綜合評價，直接晉升為候補生，接觸機密資料與從事特殊任務的機會大幅增加，找到「那傢伙」的機率也將顯著提升。稍加思量，的確不是太困難的選擇。

「好吧，泡泡熊——」

一聲震耳欲聾的轟然巨響，撼動狹窄的空間。這等力量，絕非出於雷霆之手。

「完成契約需要哪些步驟，快點！」

「哦……哦！」

被我驟變的氣勢駭住，泡泡熊愣了一秒才跳起身子，遞來一支黑色羽毛筆，筆身極其罕見，彷彿來自擁有烏黑羽翼的不明魔物。可以確定的是，這種怪物並非「這個世界」的原生物種，恐怕存在於惡魔的世界——假設真有「那個世界」的話。

以我為中心，泡泡熊趴伏在地，埋頭繪製，專心書寫。漆黑的羽毛筆描繪出赤紅的細線，一筆一畫間，簡單的線條漸次複雜，整齊有序，鮮豔圖騰與不明文字佔據大半個房間。泡泡熊飛快地將數個楔形文字拼湊起來，眾多詞語究竟組成什麼意義，則不得而知。

靜默得彷若凝結的空間，隨著文字書寫，本已微弱的光線轉趨昏暗，猶如一張淺灰網紗緩慢籠罩，視野逐步失去色彩，墨色成為主調，四周聲響變得模糊，就像泡在水裡一樣，視覺與聽覺同時麻痺了。

「現在，我將宣讀契約書的內容。」

泡泡熊發出不同以往的低沉嗓音，語尾之後另有回音，宛如數張嘴巴同時開口，彼此重疊卻又互不相掩的靡音，令我不禁起了雞皮疙瘩。

她停下羽毛筆，站起身來，張開雙臂。

「立約者貝爾芬格，於界域紀年之此刻，以偉大吾主別西卜之名預立此約。倘若約款內容正確無誤，締約雙方合意之時契約標的即刻生效；若有任一約款未得合意，本約即刻作廢。以上事項，立誓者白穎辰，你是否明曉並且同意？」

「我同意。」

「第一約款：立約者於契約生效時，應將惡魔力量之一部交予立誓者。」

「一部？不是全部嗎？」

「一部。」

「……好吧。」

感覺有詐。

但這傢伙說過會給予足夠脫身並追尋目標的力量，應不至於落差太大。

「再次確認，立誓者對於第一約款是否明曉並且同意？」

「嗯，就同意吧。」

「第二約款：立誓者於契約期限屆滿時，應將己身靈魂交予立約者。」

「之前確實是這麼說的。」

泡泡熊嘖了一聲，瞪視過來，似乎對這不乾不脆的發言感到厭煩。

「再次確認，立誓者對於第二約款是否明曉並且同意？」

「同意啦，哪次不同意。」

原來只要沒正面回答，約款等於未得合意，不會逕自生效。不得不說，就契約簽訂的嚴謹程度，人類倒是輸給惡魔好大一截。

「第三約款：契約期限以立誓者完成心中之期望時，視為屆滿。」

「慢著，妳知道我的真實目標？」

「不知道。」泡泡熊眨起左眼，「『還』不知道。」

「那這個約款要怎麼判定？」

「別小看惡魔契約的力量。」泡泡熊嘻笑幾聲，說：「惡魔契約締結之後，將成為介於實體與非實體之間，擁有獨立意志的無形物。它會主動探尋締約者內心的真意，換言之，就算你在期限條件上說謊，也不會因此豁免契約代價。」

她將圓滾滾的熊臉湊過來，換回原先較為女性化的聲音，在我耳邊悄聲說：

「惡魔是不會受騙的。」

突如其來的警告，讓我不禁嚥下唾沫。

「再次確認，立誓者對於第三約款是否明瞭並且同意？」

「是的。同意。」

「約款確認完畢，請立誓者以拇指為印、鮮血為墨，簽上姓名。」泡泡熊說完，便咧開嘴笑。「可惜你動彈不得，只好換個方式了。」

「什麼方式？」

「別擔心。」

「……妳的笑臉給人莫大的不安。」

泡泡熊抽出掛在我的腰間，作為雷霆特勤隊基本配備的戰鬥小刀，那是我們最為親近的好夥伴，是必須從搖籃帶到墳墓的貼身裝備。二十五公分長的刀鋒彷若槍用刺刀，刀柄有道金色閃電紋路，正因如此，雷霆隊員給了它「閃電小刀」的暱稱。

她將閃電小刀拋擲兩回，一派輕鬆地扳開我的左掌。

「等等，妳想做什麼？」

「簽章。」

「妳的動作不像簽章。」

「這是文化差異，別介意。」

「我很介意啊！妳該不會——」

泡泡熊不由分說地將刀尖刺進我的掌心，一股劇痛沿著臂膀攀上大腦，慘叫尚未出口，她便以迅雷不及掩耳之速，在我掌上刻出不明的楔形文字，並以涵蓋掌心的五芒星將奇異文字全部包圍起來。極力忍住隨時要迸出口的哀嚎，我的臉頰因疼痛而顫抖，牙齒震顫得發出喀喀聲響。

「真是個精神強韌的傢伙。」

「感謝……誇獎……」

可不能被她發現眼角那兩滴險些落下的淚珠。

泡泡熊將我的左掌翻轉一圈，手心朝下使勁猛壓，啪地一聲撞擊地面，莫大的痛楚讓我差點咬斷牙根。繪於地面的巨大五芒星，中間偏左的位置留下一道血掌印。

泡泡熊鬆開我的手，噘起嘴尖，滿意地點頭。

「這樣就完成了？」

「嗯。」

隨口提的問題獲得正面回應，讓人登時沒了頭緒。

「難道你以為會有什麼神光或特效嗎？」泡泡熊展露毫不在乎的笑容，拍拍我的肩。「放心，雖然我是不折不扣的惡魔，締結契約時倒不會要什麼小手段。」

「這麼說來，我現在擁有妳的力量了？」

「在你能駕馭的範圍內，是這樣沒錯。」

「聽起來不太安全。」

「在你能理解的範圍內，是這樣沒錯。」她拍拍短小的耳朵，拂掉因為靠近地面而沾染的灰塵。「有件事得說清楚，雖然只給你一小部分，對這世界來說，我的力量依舊強得難以負擔。坦白說，我也不確定操作起來會成什麼樣子……總之小心點吧。」

「這種警語應該在契約簽訂前講清楚。」

「嗯——我剛剛才想起來的嘛。」

真是個不能信賴的傢伙。

我搔抓因瀏海覆蓋而發癢的前額，頓時覺得不太對勁。

「咦？」

突然發現四肢已能自由行動，先前所受的傷，只剩幾乎無感的些微痠痛。關節和肌肉同樣回歸大腦管轄，輕輕轉動手腕，扭動腳踝，確認全身關節已無大礙，宛如大病初癒般沉沉地鬆了口氣。

非但如此，手臂上被破碎磚片劃開的傷口，彷彿施了魔法一般，消失得無影無蹤。

「這誇張的復原能力也是你的力量？」

泡泡熊微皺眉頭，抓起我的手臂仔細端詳，發出一聲細微的低吟。

「嗯……可以這麼說吧。」

「實在太神奇了。」

「是啊。」她偏頭而笑，「真的是太神奇了。」

此刻的我，迫不及待想試試這股剛到手的能力。扭扭脖子，拉拉背筋，動了動因躺臥而僵硬的肩頸與上背，做足活動前的基本暖身。泡泡熊的惡魔力量不包含感官增幅，卻給我更重要的無形助力：自信。信心滿滿的我不再是毫無力量的實習生，而是擁有特殊異能的超能者，若能完美壓制連候補生都無能為力的對手，必定有一舉晉升的機會。

「雖然這話由我這個惡魔來說有點奇怪，但你還是別太莽撞比較好。」

「放心，只是小試身手。」

吸一口氣，做好準備。

踏過那扇被我撞倒的鐵門，步出這間平躺許久的封閉暗房，返回依舊籠罩黑暗的長廊，過於漆黑的環境使視覺失去距離感，看在眼裡宛如不見盡頭的無限綿長。緊急逃生燈的微弱光線之下，黑袍牧師低垂帽緣，慢條斯理地緩緩前行。他的雙臂擁有自由延伸的異常力量，揮打過來的衝擊既迅速又強悍，是無法在近距離取得優勢的難纏對手。

然而，此一時，彼一時；此刻的我，並非彼時的我。

讓我大開眼界吧，惡魔的力量。

數公尺外，黑袍牧師抬起頭，雙眼雖被寬大的帽緣掩住，仍能立刻認出那抹毫無血色的蒼白嘴唇。周遭空氣彷彿下了暗號般瞬間凝結，靜得怕是連細針落地都能清晰聽聞。

他停下腳步，隔著帽緣與我對峙。

客觀上是對峙，我主觀倒認為是各懷鬼胎的臨陣觀敵。

黑袍牧師並不知道我此刻擁有的力量，此乃一大優勢，更是突襲取勝的機會，眼下的抉擇在於應該防守，抑或進攻。過往經驗不斷警告我，賭注總是伴隨風險，此時應該等待最佳時機，不宜貿然躁進，然而，體內鼓噪不安的衝動與沸騰奔流的血液，卻躍躍欲試，亟欲出擊。

眼角瞥向倒臥牆邊，昏厥不醒的幼潔。

「不可饒恕……」

分不清此刻憤怒的對象是黑袍怪人還是自己，難以壓抑的怒火與溢滿胸腔的恨意衝上腦際，腎上腺素急遽作用，緊握雙拳、咬緊牙關，渾身打顫地瞪視前方。

黑袍牧師依然動也不動，既然如此，我就滿足這份期待吧。

不懂如何運行惡魔之力，只得在腦內勾勒虛幻的魔能流動，想像力量迸然而出的浩大場景。深吸一口氣，很明顯的，那是一口名為緊張的氣息。

我舉起雙臂，咬牙一推，驅動腦中模擬的無形力量。

剎那間，地動天搖，左右兩側的水泥白牆轟然倒下。牆壁崩毀之處產生一道巨大裂縫，瞬間迸出強烈水流，有如萬馬奔騰，毀滅性的巨大沖力迎面而來。

映入眼簾的最後一景，是污水席捲一切萬物的絕望剪影。

★★★

「教官，請准許發言。」

會議結束時，我趕在祭牧師離開之前追了上去。

祭恩平牧師停下腳步，與身邊的藍髮總長交換一個眼神，轉過身來直視我的雙眼。他的臉上沒有憤怒，亦無責備，只有顯露於外的無奈和溢於言表的惋惜。

祭牧師曾說，我是少數有望成為正規成員的零能力者。而今，我因莽撞之舉導致任務失敗，造成大量雷霆同仁陷入程度不一的傷害，如此重大的過失，就算立即退隊或送交懲戒都不意外。

腦中不禁浮現幼潔的笑靨，真希望躺在病床的人是我。

「教官，請問我還能做些什麼嗎？」

「你做得夠多了。」

言外之意，明顯至極。

「教官，雷霆是我的一切，我想知道有沒有什麼方法……」

「穎辰，你對雷霆造成的損害其實並沒有看起來那麼嚴重。」祭牧師將手放上我的左肩，嘆了口氣。「這次的退隊處分是最高委員會的決議，不只是我，換作是總長出面，恐怕也無權干涉。」

所謂的最高委員會，是執掌權限和委員名單均屬不明的機密決策組織，不只是中央政府決定重要政策的要角，更是擁有至高權限的特別憲法機關。直屬於總統本人的雷霆特勤隊獨立於憲政五權之外，不受任何國家機關制衡，是超越軍、警、消三大國家公權力的特別情資部隊，而位居總統與雷霆之間，負責決定程序事項和行動方針者，正是最高委員會。

委員會的決議，對我們來說形同確定判決，一言定生死。

祭牧師環顧四周，確定四下無人，才壓低聲音說：「坦白說，我對這次處分有點不滿。位於第一線的長官都知道，你是不具備特殊能力的零能力成員，怎能成為最終究責的對象？——這不是貶低你的意思，只是……」他嘆了口氣皺起眉頭，「養護中心到底怎麼崩毀的？造成這項結果的是怎樣的手段？施加手段的又是何人？尚未釐清問題，最高委員會便迅速作出退隊決議，實在太過罕見，簡直就像在找——」

代罪羔羊。

祭牧師抿起嘴，沒將最殘忍的事實說出口。

太過反常的程序，讓人不禁覺得基於某個隱晦的理由，整起事件被中央政府迅速掩蓋了，而我，只是個小小的犧牲品。根據記憶裡模糊的印象，確實是我引發足以毀壞牆壁的強大水波，但之後的狀況卻記不清了。我想，祭牧師並不是真的想挖掘事件真相，只是對怪異的崩塌結果及發生原因感到困惑。當然，他心中無法證實的困惑，難以動搖最高委員會的決議。

「教官。」我開口時，不禁覺得口乾舌燥。「請問，我還有機會回來嗎？」

祭牧師炯炯有神的眼眸散發壓倒性的威嚴，我屏住氣息，下意識地不敢多吸一口氣。身為神職人員的他，曾在海軍陸戰隊擔任士官長，撇開明顯可見的肉搏實力，作為教區牧師的驅魔能力更是首屈一指。

「我不會把話說得太死。」祭牧師轉過身子背對我。「我們是有信仰的人，神所給予的啟示之中，最重要的是對未來抱持希望。」

祭牧師回過頭，那道銳利的目光十分嚴厲，我不禁嚥下口水，迎上那雙堅毅的視線。

「接下來的對話，從未發生。」他壓低聲音說：「依據往例，將功贖罪是最有機會歸隊的合法管道。」

祭牧師從西裝內襯口袋取出土黃色的信封袋，信封中央印有雷霆圖徽，意味著此份文件屬於特甲級機密資料。他打開信封，取出一張六吋照片，上頭呈現某種並未完全接合的C字形環狀物體，看不出是土黃色，抑或銅褐色。前所未見的器物，像是樸質的民間工藝品，又像價值非凡的上古祕寶。

祭牧師抽出一張便條紙，在上頭以特殊油性筆寫了三個字——「魔魂環」。

散發不祥氣息的名詞，光憑字義就讓人退避三舍。

正欲開口追問，祭牧師手一旋，將照片收了回去。

「身為特勤隊總教官，我已違反保密規範，若遭舉報，恐怕得吃十五年以上的牢飯。」他將相片塞回機密信封，揚起嘴角。「穎辰，你剛才看見什麼了嗎？」

「什麼都沒有。」

「很好。」祭牧師再次轉過身子。「關於退隊後的轉學、遷宿與其他雜務，是弈弦的工作範圍。」

「教官。」

他沒回頭，靜待我的發言。

「請問那個東西，是做什麼用的呢？」

「白穎辰，你剛才不是什麼都沒看見嗎？」

「……是的。」

祭牧師搖搖頭，嘆了口氣。

「那東西能汲取並封鎖一切感知到的超常異能，是個能大規模吸收魔力、封印惡靈的珍貴法寶。」

話語一落，他邁開步伐，抬頭挺胸沿著銀白長廊向別處行去。

那道背影，拒絕著後續提問。

一張照片，一句話，便給足了希望。

特甲級機密，可能是候補生或正式成員眼下最迫切的任務，也可能是雷霆特勤隊短時間內無法突破的盲點，更可能是未經定義的超常事物。

對我來說，這項訊息的意義卻很單純。

魔魂環，正是回歸雷霆特勤隊的康莊大道。

# 第三節　不期而遇

曙光乍現的街道，除了清風拂過樹梢的微小聲響外，靜得有如置身異域。

穿著不甚習慣的純白襯衫以及過寬的直筒黑長褲，我將肩上的側背書包調整至最佳長度，確認衣角平整塞入褲頭，才轉過最後一個街角。

白色大門敞開著，穿著制服的學生好像還沒睡醒，三三兩兩慢慢跨入校門。

上午七點，西澄高中校園宛如沉睡酣眠的小鹿，呼吸規律而緩慢，似乎任何多餘的噪音都顯得突兀，校區周圍寧謐得彷若世外桃源。

國中便進入雷霆特別招募專校的我，沒有就讀普通中學的經驗。

立於門前，一方面煩惱是否能夠融入校園生活，一方面更憂心能否順利返回部隊。

一大清早，到校人數不多，我卻仍是目光焦點。

與其說焦點是我，不如說是「她」。

「喂喂，你還呆站著幹啥？走啊，進去玩了！」

「妳給我閉嘴。」我壓低聲量說：「妳這蠢熊，要不是因為妳，我何必來這種地方唸書。」

泡泡熊以巨大裝飾品的姿態懸吊於書包揹帶，使我像個必須帶著布娃娃上學才能安心的未斷奶幼童。

不過，比起懸著心將她留在視線之外，還不如厚著臉皮隨身攜帶，即時監視，省得麻煩。

離開雷霆宿舍的我，必須另尋落腳之處。在弈弦學長的安排下，新的居所是個育幼院形式的綜合扶助中心，或許是要我一併協助照顧無家可歸的孩子。

「真是忘恩負義的人。現在的年輕人吼，實在不行。」泡泡熊安分地靜止不動，哼笑一聲說：「早提醒過別太莽撞，尚未駕馭力量就想一步登天，差點沒笑死我。」

「誰想得到簽約得來的『產品』，竟然必須練習才能使用。」

「超跑不就是這樣？」

「妳可沒給我超跑。」

「就說現在的年輕人吼。」泡泡熊嘆了口氣，「你需要一個好老師。」

「而那個人並不是妳。」

「當然。」

泡泡熊嬉皮笑臉的態度，搭配空洞矛盾的詭辯，絲毫沒有愧對惡魔的身分。

這傢伙，完全不可信任。意外驅動惡魔之力時，這傢伙不只神隱，甚至沒跟著回雷霆總部。懶得追問她的行蹤，沒有意義，也沒有必要，因為無論她給出什麼答案，我都不相信。唯一能確定的是，契約的拘束力使她無法離得太遠，但又不確定距離多長，也不明白違反時將產生何種效果。赫然發現自己對契約的內涵一無所知，更糟糕的是，目前無法妥善運用交換得來的力量。果然是惡魔契約，明目張膽的詐欺。

走入校園，由於時間尚早，我繞過校舍，行走於鋪設灰白碎石的小徑，每一步都發出小石撞擊的聲音。兩旁種植許多不知名的奇花異草，並以木造立牌介紹名稱與特性，想來應是自然科學用途的教育花圃。小路延伸而至的盡頭，數棵巨大筆直的椰子樹，以參天護衛之姿，昂然聳立。

西澄學院是十六年國教施行後新設立的完全校園，相對於國高中合一的完全中學，完全校園是幼兒園至大學一條龍的教育機構。與北部的東明學院相同，通過入學考試的學生能一路念到博士班，無須額外的升學考試，正因如此，西澄學院的入學門檻極高，不是隨便就能錄取，亦非混水摸魚就能輕鬆畢業。

不知雷霆長官們是怎麼把我塞進來的。

正打算在靠近外牆的樹下休憩，好好觀察校園，赫然發現樹幹另一端站著高舉手機捕捉畫面的少女。真想不到，滿街都是智慧手環「腕環機」的時代，居然還有人使用古老的智慧型手機。

少女留有一頭長及小腿的黑髮，髮尾自然向內微捲，身材高挑，雖然穿著白色平底鞋，目測仍有一百七十公分高，只比我矮了一丁點。她的襯衫衣角沒有塞進黑色百褶裙內，明顯已經違規，衣角看似隨興地翻在腰間，實則經過巧妙的捏摺。腿上穿了高過膝蓋的純黑長襪，布料厚實，把小腿和膝蓋包得密不透風，僅顯露出裙襬之下約莫十公分的白皙大腿。

她與尋常高中女生沒兩樣，很平常，很普通，善於打扮且頗為亮眼。

距離早自習時間尚有一小時，除了情況特殊的我，竟有學生一大早已待在校園，著實令人欽佩。

她抬起左手，細瘦的手腕上掛了一串狀似鎖鍊的裝飾品。

偷偷觀察她的手機畫面，螢幕上顯示著前鏡頭的影像，上下兩側卻不斷出現文字與符號。少女臉上掛著自然的開朗笑靨，偶而擺擺俏皮的動作，偶而對著鏡頭輕聲說著「今天的太陽也很舒服」，由於距離過遠，無法聽得清楚。

她笑起來的模樣清純可愛，有著不同於幼潔的韻味，多了幾分天真，或說添了幾分傻氣。甜美笑容襯著精緻五官，給人朝陽般活潑的歡悅氣息，讓我不知不覺被她吸引。

為了拍進更多畫面，少女輕巧地旋轉身子，張開口，正欲發言。前鏡頭突然捕捉到我的身影。

她突然睜大雙眼，定住不動，好像被女巫施了咒語的稻草人一般，僵在原處。

空氣瞬間凝結，耳中僅存清風與鳥鳴。她不動，我不動，兩個互不相識的陌生人，隔著鏡頭遙遙相望。

受到驚嚇的少女立即切掉手機畫面，雙手藏到背後，烏黑秀髮飛散開來，彷如展翅的黑鷹，迎著風，任晨曦將光點灑落其上。她訝異的神情稍微緩解，緊皺的眉宇放鬆了些，目光直勾勾地聚焦於我。

「你是……嗎？」她的聲音細如蚊蚋。

「妳說什麼？」

少女愣了半晌，突然皺起眉頭，眼神變得以無比銳利的視線。

「不要跟我說話。」

「啊？」

「……」

噘起嘴巴的少女撇過頭去，朝空無一物的角落狠狠斜視，不再開口，踏著像要踩死碎石小徑上可憐花草的誇張步伐，刻意繞得很遠，沿著花圃的邊緣走，與我保持適當距離，向出口行去。短短一瞬，她狩獵者般的銳利雙眸，瞟向我揹帶上的泡泡熊。雖是標緻的女孩，靈動的雙眸卻流露出令人畏懼的氣勢。

難道剛才手機畫面裡判若兩人的俏麗甜笑，全是我的幻覺？

泡泡熊裝模作樣地清清喉嚨，說：「如果你身上的暈眩效果結束了，我倒是有很重要的事情想說。」

「誰暈眩了，別瞎說。」

「人都走多久了，你的眼睛還停在那棵樹上……難不成你是被椰子樹雄赳赳氣昂昂的粗壯宏偉給震懾住？」

「有什麼重要的事？」我揉揉眼睛，說：「跟剛才那名女孩有關？」

「無關，完全無關。」

泡泡熊跳下背包，踩在堅硬的泥巴上，彎下腰來回輕撫花圃邊緣，毛茸茸的圓掌沾了些灰黃土屑，喃喃低語：「嗯……果然有蹊蹺。」

「不乾淨嗎？」

「雖不知道你所謂的不乾淨是指什麼，但不是鬼神一類的東西。」

她捏起一小塊花圃水泥磚的碎泥片。

「拿著，感覺一下。」

接過泥片，將之翻轉一周，不過是個毫無特色的灰色土片。

正想扔下，源自體內的一股怪異之感湧上心頭。

泡泡熊注視著我，微微皺眉，又拿一片大小相近的泥片。

「有感覺到什麼嗎？」

「不清楚是什麼東西，但能明確感受到遺留其上的……異樣。」

「那是魔力殘跡。」

魔力殘跡，意即魔力運行時留下的痕跡。

祭牧師於雷霆基礎課程中教授的魔術學，著重於魔力感應與魔能調節，當然，此類偏向神祕學的課程對我這種零能力的學生來說，只是單純的玄學罷了。即使為了加強研習驅魔術而特別接受祭牧師的指導，勤學強記之下卻始終只有半吊子程度，甚至得一面翻查筆記才能運行；非但如此，作為驅魔基礎的魔能學，更是一竅不通，實在有愧所學。

之所以對魔力殘跡有點概念，是因為不久前的杏恩養護中心事件，即是斥候小隊為了追蹤魔力殘跡的調查行動。以往無法感受魔能的我，此時卻被泥片上遺留的異樣之感惹得躁動不安，有股靈魂正在狂舞的錯覺。

「很新鮮吧？」

「坦白說……」我闔上雙眼，「確實是很奇妙的體驗。」

「時間長了，你連魔跡的性質和存續時間都能判別。」

原來魔力殘跡可以簡稱為魔跡，萬萬想不到居然能從惡魔口中學到新知。

「剛才的魔跡性質和存在時間，妳已經知道了？」

「別忘了，我可是上級惡魔。」

「妳……會教我嗎？」

「教你？嗯——這還真是困擾呢。」

泡泡熊咧嘴一笑，發出意義不明的喀喀聲。可愛的熊娃娃外型被她這副惹人厭的態度搞得邪惡不堪，讓我對絨毛玩具的好感度急遽下降。

「也罷，這次就半買半相送，破例告訴你這道魔跡的性質。」

「存在時間呢？」

「當然就擺在架上等你加購囉，客人！」

「真是貪得無厭的傢伙。」

「這可是無上的讚美呢。」泡泡熊嘻嘻笑著，拋起手上的泥片。「講一句你最感興趣的好了，這附近的魔跡，和養護中心那個怪裡怪氣的傢伙散發的魔能性質，系出同源。」

「系出同源，到底是一樣還是不一樣？」

「加購價，」泡泡熊右手食指多出一道淺綠炫光。「追加一項新條款。」

「免了。」

「真是小氣的客人。」

無視她一點也不可愛的裝模作樣，我思忖起這唯一的新線索。所謂的系出同源，言下之意是來自同一處，或同一人。最理想的狀況，是這道魔跡即為黑袍牧師所遺留；次等理想，是此地曾經運行近似於養護中心魔附事件的「術式」；最不理想的情形，則是此地的魔跡碰巧與前述二者相近，卻完全無關。

姑且不管最壞的狀況，這項新發現讓我萌生一絲歸隊的希望。

「坦白說，你這小子笑起來的模樣也沒比我好多少。」

「囉唆。」我白了她一眼，「如果妳說的是真的——」

「是真的。」

「如、果！」我加重語氣，「是真的，說不定把我安排到這間學校……」

並不是單純的退隊程序，而是任務的延伸，是與那東西有所關聯的安排。

「魔魂環……」

「你說了什麼？」

泡泡熊皺起眉頭，雙眼透露某種混雜驚訝與恐懼的心緒。這是我頭一次看見她如此困惑的表情，意外之餘，不自覺地感到舒坦。

「為什麼你知道那個東西？」

看來她急切想知道答案。

「這個啊……」我瞥向她焦急的神情，拉長語尾。「就擺在架上等您加購囉，尊貴的客人。」

「真是惡魔！」泡泡熊咬牙切齒地吐出四個字，圓滾滾的臉蛋脹得像顆氣球。

「是、是、是。」

「太可惡啦！」

我對跺腳低吼的泡泡熊置之不理，彎下腰，沿著殘留的魔跡追蹤，朝花圃後方的廣大空間走去，泡泡熊則苦著臉回到我身邊。從剛才的反應可知，這傢伙必定知道魔魂環是什麼物品。依循往例，她絕不可能無條件提供情報，既然如此，不如以牙還牙，賣個關子，享受泡泡熊生悶氣的美好時刻。

魔跡處處留痕，有時印在乾泥巴上，有時散在磚瓦之上，遍布四處，毫無規律；然而，可以判斷出所有魔能都是從某人足底留下的，並非確切的術式驅動，或其他類型的能量運行。

「想不到魔力這麼容易殘留蹤跡。」

「那是你沒意識到自己交易得來的力量有多強大。」泡泡熊哼笑一聲，說：「魔跡就像人類的口水和腳印，就算特別觀察也不見得能夠發現。現在的你，體內擁有強大敏銳的惡魔之力，附近的魔能宛如花香，無須留意也能察覺，雖不見得能夠一目了然，但是單純感到『有點異狀』的場合應該會大幅增加。」

確實如此，沾染在泥土和草葉上的魔力殘跡，肉眼多半無法辨別，之所以能夠察覺，僅是心底那股說不上來的異樣，驅動了知覺，無意識地感應這些不可見的痕跡。

離開花圃後，蹤跡越來越少，甚至稀疏得難以辨識。操場的方向沒有明顯魔跡，幾個較顯著的殘跡集中在游泳池附近，該棟建築的壓克力屋簷足以遮掩雨水，或許正是這樣，才留住了容易被破壞的細微殘跡。

「哦？」泡泡熊嘴巴嘟成圓形，輕聲驚呼。

我順著她的視線仰起頭，從泳池的通風玻璃望進去。

不久前在花圃相遇的高挑少女，此時已換上競賽泳衣，與其他學生一起專注聆聽女教練的指導。雖因距離過遠無法聽清內容，單從學生的泳裝和身姿判斷，應該是游泳校隊之類的體育團體。

高挑少女一大清早現身校園的理由算是解惑了，但是面對鏡頭自言自語的原因，仍然不明。

泡泡熊呆立原地，覷起雙眼，貌似對泳池頗感好奇。

溫水泳池是校園後方唯一的獨棟建築，位於操場右側，以西澄高中標準坐北朝南的建築配置來看，游泳池應是坐落東方無誤。泳池四周綠意盎然，草坪上一棵棵青嫩新芽正冒出頭，向光明處伸展雙手，對於總是擁抱黑暗的我，這些小草倒是正向不少。

光明與我無涉。我的心中只有烈火般的仇恨，和無處宣洩的怨懟。

踏過小草時，注意到建物一角留有明顯的魔跡。那裡是只供內部人員通行的後門，外觀看來平時應該鮮有人跡。輕碰門把，鏽鐵之上沾了一層髒汙，顯然已有很長一段時間無人進出。定睛端詳，建物角落鄰近泥地的陰暗之處，佈滿更為顯著且雜沓的魔跡。

泡泡熊隨手抓起一把泥土，發出沉沉的低吟。

「奇怪，明明能感覺到什麼，卻摸不著形體，難道只是單純的魔能流動？」

「比起留下魔跡，仍在原地流動的魔能是不是代表出自更強大的來源？」

「不錯的發想，可惜沒這回事。」泡泡熊盯向那扇長期無人使用的鐵門，「你可以把魔能想成一種微小粒子，或某種靜態能量，需要特定的介質和作用才能傳遞出去；反之，魔力則是無色無味也無形的魔能，移轉、變動或消滅的能力。換句話說，必定存在某種驅動方式，讓使用者的魔能活躍起來，才會造就眼前原地流動的殘跡。」

「有危險嗎？」

「不知道。」泡泡熊將手中泥土隨處一扔。「這道痕跡是幾個月前留下的，魔能的主人八成不在附近了。」

鬆一口氣的同時，也感到些許惋惜，畢竟魔力曾經聚集於此，代表曾有什麼人，或什麼東西，在這一帶施展驅動魔能的術式。假設泡泡熊所言為真，門把上的灰塵確實足以透露數月來無人使用的客觀事實，與魔跡的遺留時點非常接近。

事有蹊蹺，怎麼想都不可能如此湊巧，無論如何都得進去好好探究一番。

「你的表情似乎正想著什麼壞事。」

「壞事……嗯，的確算是壞事，不愧是惡魔，對壞點子特別明察秋毫。」

「那還用說，做壞事和當壞人可是我的強項。」

「雖說是壞事，但我只是單純想開個門而已。」

「世上多的是為了開門而付出性命的人呢。」泡泡熊咧開絨毛小嘴，咯咯竊笑。「就算只是簡單的鐵門，未知的風險和潛藏的威脅可是不長眼的，更別提得拿心臟去換或施展術式才打得開的界域之門。」

「這只是個喇叭鎖。」

喇叭鎖，是最簡易也最單純的按鈕鎖，只防君子不防小人。話雖如此，這麼低階的門鎖，花了十多分鐘還是解不開，顯然我就是它們能夠防範的那種「君子」。

又過了十分鐘，依然徒勞無功。

「天啊……」

「想放棄啦？」

泡泡熊氣定神閒地翹起短短的二郎腿，躺在一旁，嘴裡咬著一片新生嫩葉。

「明明簽了要人命的惡魔契約，卻連小小的喇叭鎖都打不開！」
「開鎖跟我的能力有什麼關係？」
「舉輕以明重啊！連這種鎖都打不開，還能對抗強大的敵人嗎？」
「嗯——」泡泡熊咧嘴一笑，「想解約嗎？」
「全額退費？」
「一毛不退，這是行規。」
「真不愧是惡魔。」
「謝謝。」

泳池附近除了停放腳踏車的棚架外，並無其他定著物，視線所及之處，只有孤立於樹下的綠色木造工具櫃。快步趨前探查，值得慶幸的是工具櫃並未上鎖，一打開門，立刻被撲面而來的灰塵隆重迎接。揚手連揮幾下，一柄附有拔釘器的釘頭錘映入眼簾。

泡泡熊躺著說：「哈囉，你那不叫開鎖而是『破』鎖哦。」
「這叫隨機應變。」

將手上的釘頭錘重重打在喇叭鎖和鐵門相連之處，鏗鏘一聲，伴隨嘹亮回音，脆弱的門把瞬間破毀脫落。一想到在雷霆受訓多年，卻只能用如此粗糙的手段開鎖，自我羞愧不提，要是傳出去不知會笑掉多少前輩的大牙。身後的泡泡熊從錘子舉起、落下到回音消散，始終狂笑不止，澈底實踐從不讓人失望的超級豬隊友角色。

四處張望，確認剛才的敲擊並未引起注意，雙手向前一推，鐵門發出喀嘰喀嘰的聲音，緩緩向內敞開。門內比想像中乾淨，地面鋪滿方形純白磁磚，磚面光可鑑人，彷彿打了層蠟，一塵不染的空間顯然仍有定期清理。思及至此，不禁打了哆嗦。環顧四周，偌大的空間被高過人身的隔間分開，看起來應是某種類似洗手間的地方。

此地不宜久留。

回頭望向鐵門上方，有個緊急出口的定型化標牌。正想打退堂鼓，泡泡熊卻逕自走向附近的隔間。

「那邊有同樣性質的魔跡，去看看吧。」

不及細思，決定冒著風險，跟隨其後。

沒多久，由遠而近傳來嬉鬧玩樂的歡笑聲，使我雙肩一震。

完了。心中暗叫不妙，直覺地反應令我立即止步。這個場所，無論如何都是不應擅入的空間。倘若被人撞見，後果恐怕比毀了養護中心還慘。

一個是事業性毀滅，一個是社會性毀滅。必須躲起來……不管怎樣得先躲起來！

使勁將狀況外的泡泡熊拉回身邊，無視她的抗議，緊緊摀住那張急欲發聲的熊嘴。左顧右盼，四下張望，挑中距離最近的隔間衝了進去。

一片乾濕分離的防水塑膠布，阻擋於隔間與外頭之間。

這裡絕對不是廁所……

「喂，你幹嘛突然——」

「噓！」

緊緊摀住泡泡熊的嘴，將她一把攬入懷中。此時我的模樣，說不定會被當成迷戀熊娃娃玩偶的變態少年——而且還是躲在女生淋浴間的超級變態。

嬉鬧聲越來越近，毫無疑問必定進入淋浴間了。

猜想這群人應是先前所見的游泳隊員，當時看到的隊員共有十二位，就算所有人同時前來沖洗更衣，仍有極高機率不會與我相遇。西澄高中是所財大氣粗的貴族學校，寬敞的淋浴間有著新穎先進的衛浴設備，和數量充足的清潔用品，環境舒適乾淨，四周散發宜人的清香。

若能逃過此劫，絕對要給西澄高中的泳池五星好評。

屏氣凝神，我與皺眉怒目的泡泡熊大眼瞪小眼，拉長耳朵專注聆聽。女孩子赤腳走在磁磚上的趴搭趴搭聲，靈巧而緊湊的韻律，宛如輕快的小步舞曲。若是平日，必能醉心於此，然而眼下危在旦夕，每個朝我前來的腳步聲都是行刑前的倒數計時，每一道聲響，都是通往死亡的可怕分秒。

輕巧的腳步聲逐漸接近，霎時，左邊隔間的簾子似乎被人拉開，唰地一聲，讓我胸腹緊縮，心臟漏跳一拍，嚇得暫停呼吸。與死神錯身之後，耳裡清晰聽見細碎的衣物摩擦聲。

「哈囉，」隔壁的人對外頭說：「神美，妳在嗎？」

「我才剛進來。」

清亮悅耳的聲音從不遠處傳來，雙耳捕捉到的腳步聲，顯然正往這裡接近。

「隔壁是空的唷——」

「妳有話要跟我說？」

「欸嘿嘿，其實沒有。」

「哎唷，就喜歡妳在身邊嘛。」

「那有必要特地把我喊到隔壁嗎……？」

清楚聽見靠近防水浴簾外的短促嘆息，我便明白，這是前所未見的危機。

左邊隔間的女孩說出「隔壁是空的」，有二分之一的機率將導致我的曝光，也就是說，距離各種意義的死亡越來越近，已然立於命運的天平，等待眾神的殘酷審判。

泡泡熊粉圓般的雙眼瞇成兩輪弦月，等著看好戲的嘲諷表情格外惱人。

絕對不能順了這惡魔的意，再怎麼說，我可是出了名的好運——

唰地一聲，面前的防水浴簾猛然敞開。

「呃。」

「……」

映入眼簾的是先前相遇的高挑少女。

盤起一頭長髮的她，此時穿了緊貼肌膚的深藍色競賽泳衣，材質不凡的流線型連身設計，襯托其端莊優雅的尊貴氣質，引人注目的不只那身泳衣，還有那副凹凸有致的豐滿胴體。

泡泡熊的雙眼此刻已瞇成一線。

倘若世上真有如此奇巧之事，也不該現在發生。

她美麗而清靈的眼眸與我直直相對，不知過了多久，彷彿不相信眼前所見，抿了抿嘴、皺了皺眉、揉了揉眼、揩了揩臉，一時半刻靜不下來。我的警張程度不亞於她，必須全神貫注才能忍住打顫的身軀。

萬萬想不到一天之內竟能相遇兩次，而且都不是在理想且正常的地點——尤其這次！

少女瞥向我懷裡的泡泡熊，雙唇輕顫，似乎準備呼救。

再見了，我的校園生活；再見了，我的雷霆生涯；再見了，我的悲慘人生；再見了，我的……

沒想到原本微微張嘴的她，緩緩闔上唇瓣，垂下眉尖，利刃般的目光彷彿隨時能戳瞎我的眼。

「神美？」隔壁的女孩突然喚道。

「怎麼了嗎？」

「妳需要洗髮精嗎？」

「要。」

「沐浴乳呢？」

「不用。」

「不用？」

「今天不用。」

「今天？」隔壁女孩狐疑幾秒，說：「哦，那個來嗎？」

少女鼓脹雙腮，頰邊微紅，噘起嘴狠狠地瞪向我，說：「並沒有。」

「那為什麼——」

「不為什麼！」

少女舉起手中的瓶裝物使勁戳向我的左頰，她的力道逐漸增加，使我疼痛萬分卻又不能反擊，只得轉過頭去，整張臉貼上冰冷的磁磚。

咕嘟一聲嚥下唾沫。不久，少女停止攻擊，後方傳來衣物摩擦的細碎聲響。

慢著，這是什麼狀況……？

在我身後，容貌姣好的高中女生逐步褪下緊貼肌膚的競賽泳衣；在我身後，素不相識的高中女生即將赤身裸體；在我身後，是通往天堂和地獄的最短捷徑，同時也是生理、心理、社會性的三重死亡。

一股尖銳的刺痛襲上背部，猜想應是少女的指甲。

她的指尖施力向前推，直到我的鼻頭再度緊貼牆壁，才收手罷休。

少女白皙的臂膀穿過我的腋下，抓住水龍頭，一把扭開。冰冷的水嘩啦啦地灑在背上，突如其來的寒意讓我冷得牙根打顫，只能拼命忍耐，嚥下即將湧出咽喉的慘叫。非但如此，更得提撥九成心力壓抑身為男性的回頭衝動，此番考驗簡直是酷刑。

忍耐。必須忍耐。

似乎察覺水溫太低，她將水龍頭向右旋轉，試圖調出熱水。

近在咫尺的少女被隔壁的女孩喚作神美，雖無法確定是不是本名，卻是值得一記的好名字。「神的美貌」，文義本身透露出命名者對少女外貌的期許，不得不說，經過兩次觀察，我認為她沒有辜負這個名字。此時神美的手再次伸向前方，將一條飾品置於肥皂架上。銀白色的細長鍊子，遠看只是普通的手鍊，近看卻是造型特殊的格子鍊，每個長方形格子交錯相接，做工極為精緻。

心底對眼前飾品產生莫可名狀的親切感，和不明所以的熟悉感。

一瓶手掌大的塑膠罐橫越隔間牆板，在右上方搖啊晃的，看來隔壁的女孩依約遞了洗髮精過來。

不曉得哪根筋不對，我竟伸手接下，向後遞送。

「啊，謝——」

神美立即嚥下險些出口的感謝，再次用銳利的指甲刺擊我的背部，細微的疼痛有如警告，提醒我乖乖地把手貼回牆面。

泡泡熊笑得渾身打顫，絲毫不怕露出馬腳。

神美明顯正在袒護將被貼上「變態偷窺狂」標籤的我，雖不明白她的動機是出於先前的一面之緣，還是一時的憐憫之心，無論如何，我都因此幸運地撿回一條小命。為了不讓她的體貼落空，我得乖乖面對牆壁，嘗試放空心神，壓抑躁動不安的情緒。

再怎麼說，作為一名身心健全的十七歲少年，與赤身露體的少女共處一室——而且還在淋浴間——相安無事且毫無踰矩，必須仰賴可貴的奇蹟。

若再給我一次機會，希望我倆的相遇能更普通一些。

照理說，願意袒護擅闖男士禁地的陌生人，若非擁有超越凡常的同理心，不然就是單純的少根筋。不過，神美的反應有點異常，瞪眼、蹙眉、動作僵硬、靜默不語，完全不是初遇陌生人的反應，至少在我看來是有些突兀。

總不會正常的是她，不正常的是我？或者我們都不正常？

時間伴隨沖洩的熱水慢慢流逝，複雜的思緒千迴百轉，直到她關閉水柱，我才慢慢將飄飛的意識拉回可怕、絕望又岌岌可危的瀕死現實。

身後的神美應該正在擦拭身體，細碎聲響近在耳畔。不敢回頭確認，只能屏氣凝神靜待結束，暗自祈禱她不會一出隔間就大聲呼喊，給我一記超級回馬槍。

隔壁傳來叩叩聲響。

「神美？」

「我在。」神美的聲音比剛才輕柔不少。

「妳聽說了嗎，今天好像有轉學生呢。」

神美遲疑幾秒，說：「我不知道。」

「昨天老師不是有說？天啊，傳說中的轉學生耶，一輩子都不見得能碰上的超稀有事件！」

隔壁的女孩似乎頗為期待，與此相對，神美則輕輕嘆了口氣。

「聽說是從專校轉來的唷！」

「是哦。」神美的語氣顯露事不關己的冷漠態度。

「對了，神美，我問妳哦……專校是什麼東西？」

「……連這個都不知道，還跟人家瘋什麼瘋。」

隔壁女孩嘿嘿傻笑，神美則再次輕嘆口氣。

「專校指的是專科學校，妳總該聽過警專吧？那是培育警察的專科學校，學級差不多等於大學。」

「那轉學生不就比我們還大？」

「是啊，所以妳的消息並不可靠。」

「才沒有，那是老師說的！」

「那就是老師說錯了。」

「是嗎……」

隔壁女孩似乎對相關訊息不再充滿自信，語氣變弱，聲音也變得很小。

雖不確定她們口中指的轉學生是不是我，但專校並非如神美所說，都是相當於大學的二專或五專，至少我所就讀的雷霆特殊招募專門學校，就是相當於高中的學級。雷霆特募專校不是公開招生的一般校園，制度、學分和教學內容都與教育部脫節，獨立於其他學制，畢竟雷霆特勤隊直屬於總統一人，是專為超越凡常的特殊事件而生的特殊單位，本就不是能夠大刺刺地張揚的組織。雷霆特勤隊和特募專校的存在，雖不是國家機密，卻沒人真正了解。

「神美、神美。」

「又怎麼了？」

隔壁女孩好像很喜歡找神美聊天，反之，神美始終保持既不熱情，又不冷漠的矛盾態度，奇妙的溫度差讓我險些笑出聲來。

「我啊，剛才在校門附近看到一個不認識的學生。」
「這很正常吧。」
「一點也不正常。」
「妳又不可能認識全校的學生。」
「咦……？」
「這個『咦』是怎麼回事。」
「神美沒辦法辨別全校的學生嗎？」
神美哈地一聲，嘆了一口氣。「沒人可以吧……」
「我可以呀。」
這句自信的發言，使我不禁提高警覺，專注聆聽。隔壁女孩莫非具有特殊異能？諸如完全記憶、清晰辨識或強化辨別之類的能力，連廣收異能者的雷霆都沒人擁有呢。
「總之，我好像看見那個轉學生了。——他超奇怪的。」
「來到新的學校，對一切都很好奇也很正常。」
「不不不，奇怪的不是行為舉止，而是帶在身上的東西。」
「動漫美少女書包？」
「不對。」
「動漫美少女吊飾？」
「不是。」
「那還能有什麼奇怪的東西？」

神美小姐，請立刻對全世界的御宅族道歉！

隔壁女孩嘿嘿一笑，清清喉嚨，作為揭開謎底的前奏曲。

「深褐色的熊娃娃——怎麼樣，很奇怪吧？」

哦！這下確定了，我就是她口中來自專校的奇怪轉學生。

神美大概同時確信隔壁女孩說的就是我，不再回答，狹小的空間頓時陷入度秒如年的漫長靜默。

身為話題中心的我，將會轉入她們班上，以奇怪轉學生之姿展開不正常的校園生活。到頭來，我所期望的平凡日子終究只是奢望。

背後傳來塑膠簾布晃動的聲響，不曉得哪根筋不對，或許是我擅自認定神美已經完成著裝，又或許因為被貼上怪人標籤而感到羞赧，總之，在腦中不帶任何邪念的情況下，向後轉身，只想落荒而逃。

不料，只穿好制服襯衫，正彎腰拉起粉紅內褲的長髮少女與我四目相接。

她倒抽一口氣，我也倒抽一口氣。

「等——」

啪地一聲巨響，迎面而來的急速巴掌伴隨強大的物理衝擊，讓我眼冒金星。

「什、什麼聲音呀？」

「沒事。」神美冷冷說道：「我打死了一隻臭蟲子。」

「真可怕，大隻還是小隻的？」

「大隻的。」神美壓低聲音，「非常大隻。」

神美一掌把我搧得眼前發黑，哼出一聲鼻息，用力拉開簾子，大步跨出隔間。

泡泡熊雙手摀嘴，強忍著笑，忍得渾身發抖。

話說回來，她的力氣也未免太大了些，再怎麼生氣，也不至於賞來如此致命的巴掌。就算是在雷霆進行拳擊訓練，也未曾遭遇如此強力的攻擊。

左頰的熱辣劇痛，不禁喚醒腦內的視覺殘像。

看來，名為神美的少女衣不蔽體的模樣，一時半刻無法消散了。

# 第四節　月神美

我不禁懷疑一切全是弈弦學長的陰謀。

此時此刻，位於二年十五班的我，正被右手邊那位女孩以超越次元的駭人視線，持續攻擊心靈。

話說從頭，一切始於自我介紹後，班導師所說的那句話。

「白穎辰同學好像安排住在校外的樣子。」

「是嗎？」我自己也不太清楚。

「入學資料是這麼寫的。」

班導遞出手中的紙張，居所那一欄確實不是寫校內宿舍，反而記載著未曾聽聞的四個字——希望之塾。

隨後班導說出一句令人頭皮發麻的話。

「放學後請神美帶你過去吧。」

「啥——」、「咦？」

講臺下的某聲叫喊，與我的聲音完美重疊。放眼搜尋，一時找不到那個醒目的身影。我確定自己將與她同班，也確定剛才那一巴掌尚未清償我的債務，但此刻的發展絕對會讓現狀變得更糟。

「為、為什麼？」我險些咬到舌頭。

「神美從小就住在希望之塾，她很瞭解那裡的狀況。」

一時不知如何拒絕班導的貼心之舉，最糟糕的事態就這麼降臨了，不只校內必須與她相見，回到住處還得大眼瞪小眼，這不是地獄的話，什麼才是地獄。

「神美，沒問題吧？」導師的和藹笑容讓人感到絕望。

四下張望，終於找到神美的身影，正想避免尷尬的四目相接，卻因視線是光速而無法如願，想當然耳，回擲而來的目光比脈衝雷射還要致命。

「不如這樣吧，」導師雙掌一拍，漾起燦爛的笑靨。「凌香的位子往前移，讓穎辰坐在神美旁邊，好嗎？」

不好不好，絕對不好！

我臉上扭曲的表情和神美鼓脹的雙頰交織成無聲的協奏曲。

她身旁那位留著短捲髮的女同學欣然接受導師的提議，嘴角上揚，露出耐人尋味的竊笑，飛快整理書包挪到前排空出的座位。儘管神美不斷投射反對的眼神，短髮女孩卻裝作不解其意，面帶微笑更換座位。

受到眾人的目光注視，前額不禁冒出一堆冷汗。

如此這般，我戰戰兢兢地在神美左側入座，沉重可怕的壓力讓人喘不過氣。

「請、請多多指教。」

「你認真的嗎？」她斜瞪過來，「你真的什麼都——嘖，算了。」

「什麼意思？」

「我不是已經說『算了』嗎？」

她的視線活像一頭即將撲上獵物的花豹，逼得我只能緊抿著嘴，不敢多言。

掛於椅背的泡泡熊，暗地裡鐵定笑破肚皮了。

由於還沒拿到課本，國文課科任老師要我移到神美身邊，以便閱讀課本。神美始終板著臉，在我「稍微」靠近之時，不自覺地縮起肩膀，彷彿避開病毒般躲得老遠。

正午鐘聲敲響，老師那聲「下課」尚未結束，神美便猛然起身，長髮飛甩，踏著大步離開教室。

「哈囉～」

坐在前方，讓座給我的女同學轉過頭來，瞇起眼笑。

仔細聽她的聲音，絕對是淋浴間裡嘰嘰喳喳不停與神美說話的女孩。

「覺得如何呀？」

「妳指的是學校嗎？」

「當然。——對了，聽說你是從專校轉來的。」女學生瞇起眼睛，「難不成對我們來說，你是大哥哥？」

「妳的消息是錯的。」

「哎呀，真可惜。」

說實在話，不知道這有什麼好可惜。

辮子女生對於消息錯誤一事，似乎也不太在意。她將右手擺上左胸，說：「我叫郭凌香，是神美最好的朋友，既然她是你的一日媽媽，那我就是你的一日阿姨。」

「這還真是感謝。」

「別看神美老板著臉，她其實是個乖巧的女孩。」

不，我無法想像。儘管心裡這麼想，臉上卻也只能苦笑。

「話說回來，穎辰不去吃飯嗎？」

「坦白說，我不知道怎麼解決中餐這個大問題。」

「你的一日媽媽呢？」

「剛才跑出去了。」

「導師把你的餐券交給她了說……怎麼能自己跑掉呢。」

看來，西澄高中與雷霆特募專校一樣，採用餐券購物的特殊食堂制度。既然餐券落在神美手上，今天勢必要餓肚子了。

「唔……」凌香歪著頭說：「神美好像都把餐券夾在鉛筆盒裡，不如你去她抽屜找一找？」

「隨便亂翻別人抽屜不太好吧。」

「不會啦，她不會計較這些小事，畢竟是你的一日媽媽嘛。」

凌香笑了笑，回過頭，埋首吃著自己帶來的精緻便當。

我悄悄望向神美的座位，不禁嚥下一口足以噎死人的超大容積唾沫。

看來得豁出去了，比起可能的挨打，眼前的挨餓顯然更加痛苦。舔了舔略顯乾燥的嘴唇，我蹲下身子，視線與她的抽屜齊平。雖說只是偏見，但神美的抽屜實在亂得不像話，裡頭塞滿揉成一團的紙球，以及隨意堆疊的書本和考卷。伸手翻動那些雜物，找到疑似筆盒的堅硬物體，輕輕抽出，發現那是一支紅色智慧型手機。現在使用智慧型手機的人已經不多了，取而代之的是戴在腕上，簡稱為腕環機的智慧手環。食指意外碰到手機螢幕，螢幕一亮，長形畫面中央是張醒目的自拍照。照片中是位紅眼的少女，面露甜美的微笑，頭戴粉紅兔耳飾品，赤紅長髮披於身後，瀏海輕覆眉宇，微捲的鬢角遮住雙頰，俏皮地伸出拇、食、中三根手指，掌心向前，拇指靠在太陽穴旁，偏頭嬌笑的模樣十分清麗可愛。

這動作讓我猛然想起泡泡熊曾模仿過的「頭痛」姿勢。

姑且撇開似曾相識的造型和動作，這名少女百分之百就是神美本人，而且是和我腦中形象截然不同的甜美佳人版。正想啟動腕環機查詢相關資料，一道陰影遮住光線，我的視野轉瞬遁入昏暗。

「你在做什麼？」

致命的冰冷聲音從身後傳來，驟然打起冷顫的我，默默把紅色手機塞回抽屜，全身宛如遭人點穴一般動彈不得，汗毛直豎，如實反應內心的驚嚇。

「為什麼翻我的抽屜？」

是神美！令人不寒而慄的語氣，今日不知已聽了幾回。緩緩轉動頸部，仰望著她。

「這、這是意外，妳聽我說……」

語無倫次地將凌香的建議、食堂的餐券等事說明清楚，這段期間，神美始終板著臉孔，充滿警戒的不悅表情沒什麼變化。

直到我提及那支手機。

她的雙眼加上特效絕對會迸出赤豔通紅的火花。

「你看到了……？」

「我沒看見什麼不該看的東西，真的！」我思忖幾秒，轉轉眼珠，說：「只看到待機畫面而已，我、我覺得很可愛，很適合妳——那是什麼角色的裝扮？妝容好精緻，完全看不出瑕疵，簡直就是出自專家之手……」

這可不是什麼粉紅泡泡的異性世界，短短幾秒，我將腦中所有諂媚詞彙全盤奉上。面對這場你死我活的殘酷局面，我的求生意志比任何時刻都更強烈。

「你……」神美的表情稍微和緩了些。「沒看出那是什麼角色？」

「什麼意思？」

「裝扮啊。」她稍微壓低聲音，「你沒看出那是什麼吧？」

「啊……」

角色扮演的活動者果然討厭自己詮釋的對象沒被認出來。

我在腦中快速回憶螢幕裡的角色特徵：朱紅雙眼、赤紅長髮、純白兔耳和聖誕老人般的鮮紅毛衣，即便列入燦爛迷人的笑容，也不過四個線索，實在沒有頭緒。不自覺地想起與泡泡熊初次見面時，她模仿的兩位指標性素人，一個是大家都很熟悉的御儀姬，另一個好像是那個高人氣的……

「啊！」我輕叫一聲，右拳擊上左掌。「妳果然是——」

神美的纖細小手猛地攫了過來，一把捏住我的雙頰，尚未吐出的話就這麼硬生生吞回咽喉。為保性命，使勁甩頭，傳達自己不再發言的意思，畢竟多說多錯，不說不錯。

最後兩節課，原本對我不屑一顧的神美，更是保持距離，即使共享課本也故意偏轉身子，撐住下巴側著臉，仰頭望向空無一物的天花板角落。

泡泡熊安份守己地待在椅背上，每逢有人問起布娃娃的事，我都用「如同嬰兒離不開小被被」的爛理由隨意搪塞。不知是西澄高中的學生見多識廣以致接受度比平常人高，還是我早已被視為怪人，即使說出什麼理由也不顯得奇怪。

最後一節課的鐘響揚起，神美霍然起身，動作之大險些撞倒木椅。她抓起書包，嫌惡地瞪我一眼，跨大步伐甩頭離去。導師先前託付給她，帶我前往希望之塾的任務就這麼被拋諸腦後。

我將泡泡熊綁上側背包的帶子，確定物品安置妥當，才提起書包。

一張被人整齊摺起的簡易紙條緩緩飄落。

難道這是傳說中的小紙條？現在不是用通訊軟體互丟貼圖，就是直接送出好友邀請，寫紙條這種還得動筆的麻煩事早已失傳了。

小心翼翼地展開，紙上只寫了一行字：「放學後綜合大樓屋頂」。

大腦迴路霎時中斷，花了好些時間才將思緒從遙遠的彼端拉回來。

泡泡熊四下張望，確定教室已無他人，才踢動雙腿掙脫背帶，伸長脖子——雖然我不認為那是脖子——探出頭來瞄向紙條，不出所料立刻捧腹爆笑。

「太經典啦！」泡泡熊豪放大笑，「穎辰小弟弟，這可是連我們世界都已絕跡的超古典文藝派邀請呢！」

「隨妳說吧，反正我只當它是惡作劇。」

「萬一是真的呢？」

「鐵定是假的。」

「你有幾成把握？」

「七成……」

「七成把握就說假，不愧是敢簽定惡魔契約的臺灣高中生。」泡泡熊搶過紙條，咧嘴嘻笑。「話說回來，這個筆跡真是娟秀工整，感覺是位內斂的女孩。」

「或男孩子。」

「男的也好，不會——」

「並不好。」

「真的不去？」

「不去。」

「即便母胎單身直到斷氣，仍想放棄這次機會？」

「……囉唆，母胎單身又怎麼了，至少會是黃金單身漢。」

「『黃金』單身漢！」泡泡熊噗哧一聲，：「還得看是從哪裡出來的黃金呢，你最接近的那種黃金可能來自犬隻的異次元黑洞。」

「能不能別把屁股中央的括約肌講得那麼帥氣……」

「真不去？」

「不去。」

「你動搖了吧？」

「才沒動搖……」

「去吧，乖孩子。」

「……妳真的很混帳。」

只要有百分之一的可能性，就無法放著不管，我就是如此心軟。

在無人引導的狀況下，依循校內平面圖的指示路線，順利離開二年十五班所在的第二教學大樓，穿過廣大的休憩空間，抵達距離校門最近，同時亦為校內最高，共計六層的紅磚大樓。

綜合大樓的一到四樓是高一學生的教室，五樓則是教師辦公室和行政單位的所在地，六樓的教室則作為社團活動之用。或許是學期開始不久，多數社團尚未安排活動，整層樓四下無人，異常安靜。

通往頂樓的中央樓梯映入眼簾，陌生又陰暗的空間予人莫大的壓迫感。

迎接我的到底會是無聊的惡作劇，還是充滿粉紅泡泡的甜蜜情境？

哼，做你的美夢吧，白穎辰，世上才沒這麼好的事。

每踏一階，心中的不安與期待就更添一分。

以前聽過某種理論，人在心有罣礙之時，時間會過得特別快。眨眼間，距離頂樓那扇老舊鐵門僅剩五個階梯，決定我未來分歧的關鍵抉擇，只剩五個腳板長度。

面對沒有把握的未知，我緊張得像站上司令臺準備演講的學生，四肢微微顫抖，宛如置身於零下苦寒之地。若能讓我選擇，比起此番境遇，位處即將被高溫融斷的快速道路可能會是更好的葬身之地。

泡泡熊側仰著頭，用又圓又黑的小眼睛瞅向我，眼神像是在說：「都走到這裡了還想退縮？」

知道啦，來都來了，我開門就是啦！

手一伸，握住冰冷卻異常乾淨的門把；手一扭，佈滿鏽鐵的門應聲而啟。

門後的空間是寬廣的綠色PU材質地板，畫有可自由切換為排球場或羽球場的白色界線，場地外獨立的建物大概是放置體育用品的小房間。放眼望去，頂樓區域空蕩蕩的，杳無人跡。放下戒心邁開步伐，走進尚未架妥網線的球場，呆立中央。往西方眺望，夕陽將黯淡的天空暈染一抹暗黃，位於中心的日落交界則被迷人的橘紅炫彩籠罩，彷彿一幅美麗的夕照油畫。

西澄高中位於臺中市霧峰區曦鳶里，距離南投縣僅數百公尺，依山傍水，正後方的山林和校門前的小溪儼然是渾然天成的自然屏障，不僅如此，這棟綜合大樓更是曦鳶里最高的建築物，佇立於頂樓遠眺，即可將霧峰郊區的人文市鎮與鄉間田野盡收眼底。

起先對轉學之事還有些埋怨，如今卻瞬間被眼前的美景收買了，此等天色絕不是那個由灰土水泥構成，本體位於地底之下的特募專校足堪比擬。思及至此，我覷起雙眼仔細搜索，終於找到隱藏於高聳巨木間，位於山腳的雷霆專校，外觀猶如一般的社區公寓大廈，實則卻是培育機密應變部隊的神祕場域。

凝視那道極為熟悉卻格外遙遠的入口，痛下決心。我一定會回去，回到對抗超常事例的最前線。

毫無預警，來自身後的強大衝力伴隨破空巨響，將我擊飛出去。

像被用力擲出的橡膠娃娃，頭前腳後地快速翻滾數圈，撞上保護學生安全的欄杆和細線網。遭受突如其來的劇烈衝擊，左側軀幹動彈不得，從肩頸延伸至小腿，撕裂般的劇痛讓我不禁哀嚎出聲。

強大的衝力，居然把防護鐵桿撞歪了。

摔回地面後，我攤軟地仰倒，背部緊貼在冰冷的地板上。

踩著赤豔高跟鞋的少女，抬起腳來使勁踩踏我的胸膛，超過十公分高的細鞋跟宛如利劍，刺上肋骨與胸骨之間，我緊皺眉頭咬牙悶哼，企圖掩飾巨大的痛楚，卻無法如願。

視線沿著高跟鞋向上移動，豐腴結實的白皙長腿最為醒目，凹凸有致的豐滿身材和長及小腿的烏黑秀髮映入眼簾，在陰陽交替的橘紅天色之下，背對夕陽的身影朦朧得好似披了張漆黑面紗，唯有那雙猶如流淌鮮血的火紅眼眸清晰可見。

背光之處，只見她的長髮隨風翩飛，遮掩了視野中的落日天際。

我很確定，眼前這名少女就是神美。

「你到底是誰？」

她的聲音猶如弓起背部尖聲嘶叫的野貓，充滿敵意，挾帶殺氣。

耳中傳來自己嚥下口水的咕嘟聲。

她的目光宛如熾燄烈火，高抬右腿，向下猛力一蹬，胸口受到重擊的我「嚇」地一聲，肺部的空氣受到擠壓，迸出大半，一時喘不過氣。

「快說！」

「我、我是白穎辰……」

「我問的不是這個。」

她當然知道我的名字，我卻不解其意。

神美指向端坐角落的熊娃娃，「你把那種東西帶來學校，到底想做什麼？」

那種東西……？莫非她知道泡泡熊的真實身分？不，也可能純粹討厭帶著布娃娃上學的男人——這句話到底該怎麼理解？

遲遲等不到答覆，她咂了咂舌，再次蹬下一腳。源於胸口的劇烈痛楚，逐漸轉為持續的連綿抽痛。腦中閃過將要斷氣的念頭，卻也無能為力，只能乖乖迎接提早到來的死期。

頃刻間，內心的絕望驅動人類本能的求生意志，某種能量正在流轉，雖能感覺它的存在，卻無法掌握正確的動向。熱水般的狂暴情緒衝上腦際，上次出現這種感受，是在養護中心面對狂信者，最終不只導致建物崩塌，還讓數名同仁受傷，更使幼潔陷入昏迷。

神美皺起眉頭抬高左臂，腕上那條閃爍銀光的格子鍊條分外顯眼。

無意間驅動的不明能量逐漸佔據我的視覺、嗅覺和聽覺，能夠清楚感覺即將迸洩而出，難以駕馭也無法抑制的未知魔能。說時遲，那時快，神美甩出左腕的鍊條，鏗鏘一聲扎入地板。她轉動手腕，鍊條在半空中迴旋幾圈，隨即牢牢扣住我的脖子。

「呃——」

忍不住乾咳幾聲，張大嘴巴伸長舌頭，試圖獲取更多空氣。

神美的銀鍊突然加寬，起先只有筆尖大小的長方格子，現在已有半根食指的寬度，增幅至少十倍。除此之外，鍊子長度更是延伸了數百倍，彷彿一條伸縮自如的彈力繩。

萬萬想不到神美竟然擁有特殊異能，真是太大意了。

早在追尋魔跡之時就該有所警覺，此刻一想，與神美相遇的地點都有明顯的殘跡，說是單純巧合也未免太過樂觀。泡泡熊說過，西澄高中的魔跡與杏恩養護中心的魔跡性質系出同源，換句話說，血紅雙眼的神美和詭譎長臂的黑袍牧師，或許存在著某種關聯性。

「唔唔唔……」

我咬緊牙關暫時放棄呼吸，聚精會神，引導體內的魔能，嘗試以惡魔之力迎戰。然而，沒有相關知識作為後盾，結果便是無法順利開展術式。數年來，在雷霆專校的魔鬼訓練，竟然毫無用武之地。

眼下唯一的致勝之機就在身邊。側轉唯一能動的頸部，緊皺眉頭望向泡泡熊。

泡泡熊既不是敵人，也不是朋友，她是以招引邪惡混亂為樂的生命體，話雖如此，為了保全惡魔契約的存立，她非得出手不可——沒有我，就沒有契約。

泡泡熊睥睨的目光挾帶輕蔑與嘲諷，即便如此，仍然立刻回應我的要求。她悠然平舉短小的雙臂，咧嘴一笑，粉圓般的眼睛急速對上神美那雙炯炯紅眼，抓住神美摸不著頭緒的空檔，熊掌閃出兩道淺藍光芒，瞬間化作五芒星符文圓陣，分別懸浮在熊娃娃的左右肩側。

唰地一聲風響，兩道圓陣迸射出堪比消防水柱的強力水流。

神美輕盈地縱身一躍，竟已與我相距十公尺遠。立於遠處的紅眼少女仍在水柱攻擊的範圍內，氣定神閒地睨視我們。強勁水柱就這麼向她襲去，伴隨一道轟然巨響，強力水流狠狠打上神美高挑俏麗的身軀。水柱消散之際，驟然旋起的清風捲起一陣極大範圍的細小水珠，水分彷彿瞬間蒸發，全數散失於空氣之中。

漆黑深邃的神祕球體，映入眼簾。

那顆偌大球體緩慢開展，位於中央的是閃爍著赤紅目光的神美。單膝跪地的她抬起下巴，皺眉怒視，熾焰般的火紅目光令人震撼。她的頭上赫然多出一對酒紅色的羊角，角的尖端朝瀏海位置微微彎起，若是特意裝扮的髮飾，也未免太精緻了，竟能散發如此怪異，卻又耀眼的暗黑美學。直到球體完全綻開，才發現包覆著神美身軀的，是一對足以遮天的烏黑羽翼，翼展目測逾八公尺，必定超過綜合大樓的頂樓寬度。

泡泡熊被眼前突如其來的場面震懾住，瞠目結舌，呆若木雞。

神美雙足一蹬，揚起巨大的黑色羽翼飛衝而來，劃破空氣之際，甚至發出鼓噪耳膜的轟轟聲響。她的右掌攫住泡泡熊的頭，左手掐住我的脖子，轉眼間便把一人一熊澈底壓制，高舉半空。

「我再問一次，你到底是誰，目的又是什麼？」

神美掌間的力道，令人大吃一驚。我鼓動喉嚨，不僅無法呼吸，更是難以言語。真正令人恐懼的，不是無法抵抗的腕力，而是源於體內，凌駕一切思緒的亢奮情緒。她纖細的手指讓我思緒不住翻騰，視線漸趨模糊，身體則越發滾燙，一方面感覺窒息的苦楚，一方面卻有強烈的難耐狂躁，極其矛盾又難以抑制的特殊情慾，使腦袋陷入混沌，無法正常思考。

「你們兩個骯髒的惡魔，潛入西澄想做什麼？」神美連番質問，似乎並未沒注意我翻起白眼，即將斷氣的悽慘狀態。「從早上開始就一直跟蹤我，以為不會被發現嗎？我並不想揭穿你們的身分，你們倒是很急著想跟我攤牌。」

她稍微鬆開左手，讓我吸進一絲新鮮空氣。

「白穎辰——或者竊佔這副身軀的狡猾惡魔，為什麼要來試探我？」

「我、我沒……」

「這樣的結論，你滿意嗎？」神美加強手腕力道，輕輕揮擺烏黑的羽翼，強調自己特殊的外型。「知道我的惡魔身分，然後呢？要舉發我？撲殺我？還是要報仇？」

「我並不、不知……」

「別說謊！翻找抽屜時就發現我的身分了吧，你甚至想在班上大聲張揚！」

「不是……我、我以為……」我深吸一口氣，卻乾咳五六回，稍加喘氣，拍拍神美的左手。

神美瞪直的雙眼閃動一瞬，同時稍微放鬆手腕力道。

「我以為……我以為妳是那個月兔小美……」

費盡千辛萬苦終於說出埋藏心底的猜測，突然覺得有些害臊。

月兔小美，是廣受年輕人歡迎的雜談型網路直播主，她總戴著鮮紅角膜變色片和可愛的絨毛兔耳朵，蓄著少見的內彎鬢髮，整體造型非常容易辨識，以致於一見到神美手機畫面中的特殊裝扮，立刻浮現腦海的便是這號人物。

與我相隔一臂距離的神美，眨了眨眼，小嘴微啟，嘴角下垂化為梯形。過了半晌，她才慢慢闔起雙唇，緩緩鬆開雙掌，還我和泡泡熊寶貴的自由。神美搖晃身子倒退幾步，隨即癱坐下來，巨大的雙翼反應出主人墜落谷底的情緒，低垂在地，毫無生氣。一時半刻沒人搭得上話，窒息的沉默當真難受。泡泡熊嘆了口氣，邁開小巧的步伐朝神美走去，原以為她想一報被人狠狠壓制的仇，想不到竟立於神美面前，用軟綿綿的手掌輕輕摩挲黑翼少女的頭。

「妳有什麼好沮喪的呀，剛才幾秒之內，我們可是差點被活活掐死呢。」

「這又沒什麼大不了的……」神美悄聲低語。

「拜託，妳是是光靠物理實力就把我澈底擊退的惡魔，快給我抬起頭，為自己高強的實力感到驕傲！」

「才沒什麼好驕傲……」

神美神情沮喪地用巨大的漆黑羽翼圍住自己，楚楚可憐的模樣，與方才威風凜凜的戰鬥之姿反差極大。

「唉，現在的孩子真是脆弱。」

泡泡熊甩過頭去，一屁股坐下，不再說話。

圈起黑翼圍繞己身的神美，映於橘紅的斜陽下，像極了風雨來時為雛鳥遮風避雨的鴿媽媽。

這突兀的聯想讓我不禁輕笑出聲。

「很好笑吼！」神美瞪視過來，噘起嘴尖。「反正我就是那種明明沒事，卻自以為身分曝光，大剌剌地秀出紅眼、展開翅膀、露出曲角，自證惡魔身分而陷入萬劫不復境地的愚蠢傢伙！哼，很好笑吧？好笑的話就大聲笑，笑出來沒關係啊！笑啊，呀哈哈哈哈哈哈哈哈的大笑啊——！」

一連串令人傻眼的自虐發言，讓我險些大笑，連忙摀住嘴巴。神美鼓脹腮幫子，懊惱得猛抓頭髮，把滑順的髮絲弄得亂七八糟。

直到夕陽落入都市叢林的彼端，神美才將顯露在外的羊角與羽翼隱藏起來，雙眸也恢復原先的漆黑深邃，還原為平凡尋常的人類之姿。癱坐原地的她，嘆一口氣，雙眼無神地將血紅高跟鞋一一褪下，露出小巧可愛、白玉無瑕的腳丫子，我一時恍惚，不禁看得出神。

「不要一直看啦，」神美狠狠地瞪我。

趕緊收回四散的思緒，重整出走的魂魄，嚥下一口唾沫。

「為什麼是高跟鞋？」

「給你個更好的問題，」神美迴避我的雙眼。「為什麼是月兔小美。」

「的確是個好問題，妳為什麼選擇扮演這個角色？」

「才不是扮演咧，」端坐在旁的泡泡熊哼笑一聲，百無聊賴地說：「這女孩就是月兔小美本人。」

「真的？」

「真的。」沒想到神美自己立刻承認，若有所思卻又毫不在乎的神情，讓人難以想像剛才火冒三丈的駭人模樣。「比起惡魔，那個身分更適合拿來說嘴。」

「這倒也是。」我點頭附和，追問：「網路直播是單純的興趣嗎？」

「是，但也不是。總之是個很天真的理由。」她瞄了我一眼，食指輕輕捲起髮尾。「主要是想透過直播，找到某個認得這雙紅眼和這頭紅髮的人。」

「好浪漫的理由。——真不像妳。」

「囉唆。」

沒有上午的銳氣，雙肩低垂的神美此刻只是個普通的女孩，沒有翅膀、沒有羊角也沒有那雙紅眼，與尋常的高中少女並無區別。

「這麼說來，西澄高中裡的魔跡都是妳留下的囉？」

神美盯著地板搖搖頭，說：「除了今天之外，我沒在校內展露過惡魔的能力，更沒驅動過魔能。你說的殘跡，我很早以前就注意到了，卻沒找到蹤跡的主人。」

「口說無憑。」泡泡熊悠悠說道。

「一樣是無憑無據，神美的說詞倒比某人可信多了。」我白了泡泡熊一眼，「某人嘴裡的話，還沒聽完就得先打個六折。」

「六折也太多了。」

「五折？」

「你這傢伙……」

泡泡熊背過身，不再理我。

看著我倆的互動，神美眨了眨眼，歪著頭。

「白穎辰，你現在是惡魔嗎？」

「我只是個普通人。」

「普通人不會散發這麼明顯的魔能，更不可能察覺魔力蹤跡。」

「我不是惡魔。」

「但你不該擁有這種力量……」神美遲疑半晌，瞥向泡泡熊，皺起眉頭。「惡魔契約……？」

我點點頭，說：「非常不平等的爛契約。」

泡泡熊仍背對著我，聳了聳肩，似乎不在乎剛才的評價。

「咦，慢著，妳剛才說『現在』，難道我們之前見過面？」

神美愣了半晌，眨了眨眼，微偏著頭，似乎不明白這個問題的意義。

「抱歉，」她抿著嘴說：「我不太擅長記人。」

「那可能是單純口誤。」

倘若我曾遇過神美這樣的女孩，光是高挑的個子、姣好的臉蛋與穠纖合度的身材，便足以牢記在心，怎麼可能忘記。

「你真的是專校轉來的，對吧？」

「是啊。」

「答得真乾脆。」

「畢竟一次得知妳的兩大祕密，透露這點訊息並不過分。」我揚起右嘴角，笑著說：「當然，妳的祕密無論用什麼資訊交換，都不可能等量齊觀。」

「囉唆。」神美嘟起小嘴，別過臉去。

「不過，說是專校也不太正確，我之前就讀於雷霆特別募集專門學校，以世俗社會的標準來看，並沒有正式的學籍，只是個國小畢業生。」

提到雷霆時，神美明顯抬起眼簾，露出些許不安。專門應付超越凡常的特殊案例，從來沒在檯面上活動的雷霆部隊，確實容易讓人——尤其擁有特殊性質的異能之人——不由分說地感到厭惡、排斥和警戒。

人類對於無法理解的事物，總是先入為主地懷疑，進而萌生反感。

就像我們看待惡魔一樣，在惡魔眼中，處於對立面的雷霆也是「惡魔」。

「你為什麼要轉學呢？」

一面思忖如何回答，一面考慮可以透露多少訊息。猶豫片刻，我篩掉有關任務內容的描述，簡單向她說明杏恩養護中心發生的事件，以及遭到退隊的原因。

「魔附事件……」神美低聲呢喃，微皺眉頭，噘起小嘴。

夕陽早已西沉，無聲的靜默，瀰漫於淡淡的夜幕中。意在打擊惡魔的人，正與惡魔相對而坐，這副奇特的矛盾畫面，絕對是幅超現實的現代派傑作；不過，如此衝突卻又異常和諧的畫面，不知是否能透過畫筆完整呈現。

明白神美的真實身分，衍生的疑惑反而比原來更多，可惜都是一時半刻無法問清楚的疑點，暫時沒有提出的必要。我想，她也必定懷有諸多疑問，想一次弄個明白。

「神美。」
「嗯？」
「妳姓什麼？」
「這很重要嗎？」
「普通。」
「那可以不說嗎？」
「不能說嗎？」
「也沒什麼不說的理由。」神美半瞇雙眼，輕笑一聲。「月。」
「月怎麼了？」
「我的姓氏，是月。」
聽聞此言，我不自覺地仰頭望向漂浮著薄雲的黯淡天際，一時沒能尋得月亮的蹤跡。
月神美，因此取作月兔小美，想到如此單純又笨拙的直線思維，不禁失笑。
神美白了我一眼，撇撇嘴，哼出一聲鼻息。
「妳是真正的惡魔嗎？」
「希望不是。」
「妳們是怎麼來的，從地獄爬上來的嗎？」
隨口提出的問題，讓神美愣了半晌。她一下張嘴，一下闔起，似乎猶豫該給怎樣的回答。
「罷了，其實我並沒有很想知道這個答案。」我聳聳肩，指向鬧脾氣的泡泡熊。「那邊的上級惡魔說，是我們『這個世界』的人把她變成那副模樣，換句話說，惡魔本質上不屬於我所處的這個世界吧？」

「大概吧，我也不知道。」神美愣愣地仰望夜幕，不知那雙異於凡人的眸子，能否把星月看得更加明晰。「你可以把我當成棄嬰，我的所知並不比你多，從有記憶開始就一直住在希望之塾，關於惡魔原生的印象一概沒有。話說回來……」

她瞥向泡泡熊，露齒一笑。「你說她是上級惡魔？」

伴隨神美挾帶調侃的輕笑，泡泡熊雙肩一震，不敢搭話。

……該不會是唬人的吧？

就算不是上級惡魔，泡泡熊擁有的力量也不容小覷，至少我已親身體驗過大水沖垮建物的強悍能量，姑且推知她透過契約給出的實力，的確能夠解決危機。然而，神美卻技高一籌，剛才那番攻勢並未使用魔力，僅憑與生俱來的肉身便輕鬆壓制我倆，根本不費吹灰之力。若她有心，瞬間就能置人於死地，這是無庸置疑的差距，也是無論付出多少代價都難以超越的境界；縱使簽訂惡魔契約，我也不是她的對手。

我沉沉地嘆一口氣，站起身子拍拍褲底，輕輕拎起泡泡熊，朝神美伸出右手。

她來回看著我的指尖和臉孔，遲疑幾秒才慢慢牽住，讓我施力扶起。

神美拍拍裙襬，側轉過身，揚起那頭長度足以遮天的飄逸秀髮。

「回家吧。」

美麗的月色下，惡魔少女和魔契少年，並肩前行。

# 第五節　希望之塾

希望之塾一點希望也沒有。

雙手一攤，我將紙牌扔回桌面，仰靠椅背深深地長嘆一口氣。

六連敗。充滿屈辱的六連敗。

坐在桌子對面的五名小惡魔，虎視眈眈地投射名為期待、實為捉弄的眼神，一個個露出潔白牙齒低聲竊笑，毫無放我一馬的跡象，莫可奈何之下只得承認失敗。

「來吧，我準備好了，這次是什麼懲罰？」

小惡魔的代表是名叫小佳的女孩，負責決定懲罰的內容，此刻笑得比誰都燦爛。聽到我服輸的發言，她越過牌桌，將手搭上我的左肩。

「懲罰就是，拔一根小美姊姊的頭髮。」

「嗯……呃，咦──」

似乎以為我沒聽懂，小佳嘿嘿地笑，重複一遍同樣的內容。其他孩子紛紛圍了上來，張開雙臂組成人牆，保護指令的隱密性，以達到更好的「遊戲」效果。

「不行，我拔了一定會死……」

「沒事──沒事──」小佳拍拍我的肩，「小美姊姊才不會那麼小氣。」

她眨了眨眼，用狡詐可愛的笑臉當作回應。

瞥向客廳與廊道間的那扇小門，不禁冒起冷汗。走出矮門向左轉，直線距離不到五公尺的位置正是神美所在之處，狹窄雜亂卻五臟俱全的廚房。

那是籌備晚餐的戰場、小惡魔們的禁地，同時也是我的深淵煉獄。

★　★　★

我和神美踏入希望之塾時，門內的咕咕鐘時針恰好剛過Ⅵ的位置。

一個個高矮不齊的孩子湊上前來，把原已狹窄的玄關擠得水洩不通。孩子們原本露出可愛笑靨，熱烈迎接神美歸來，卻在見到我的瞬間全部僵住，顯然是被突然現身的陌生人嚇到了。

率先發言的是孩子們的代表小佳，她眨眨眼，歪著頭，來回望向我和神美。

「新男友？」

「才不是！」、「不是。」

神美與我同聲否定……既然否定，又幹嘛瞪我？真是奇怪的傢伙。

她嘛起嘴，哼了一聲彎下腰，將散落門邊的大小鞋子一一拎起，按照手寫姓名標籤排序，收進老舊的木製鞋櫃。

「不是男友的話，難道是新寵物？」小佳似乎相當很好奇。

「才不是！他是今天要住進來的白穎辰，妳們叫他小白哥哥就行了。」

這個無視我的意願，突然生成的稱號真是帶著滿滿的惡意。

「因為他很白嗎？」小佳問。

「對啊，」神美瞪了我一眼，「白得像條狗。」

她瞇起眼，用無聲的嘴形對我說「是白目的白」。正想反嗆「論白目還比不上某人」等語，為了守住寶貴的性命，還是決定乖乖閉嘴。

「小白哥哥來陪我們玩！」小佳繞著眾人奔跑一圈，回到原地緊緊揪住我。「偷偷跟你說，星期六是我的生日哦！」

「生、生日快樂。」

「還沒到啦，還有五天！」小佳嘻嘻一笑，「期待哥哥的禮物！」

相對於只能苦笑的我，神美停下收拾鞋子的動作，露出溫暖的笑容，跪蹲著輕撫小佳的頭。這個瞬間，她已不是先前盛氣凌人的惡魔少女，反倒像拉拔這些孩子長大的小媽媽。

小佳來回注視我與神美，最後將目光停在我身上，眨眨眼，打量著我，大大的黑亮眼珠宛如拍立得，彷彿想將我的特徵全記起來，任何死角都不放過。

「呃……」我蹲下身，悄聲問向仍在整理鞋櫃的神美。「我可以動嗎？」

「你中了石化術？」

「沒有。」

「那就是可以。」

「但……這孩子死盯著我……」

「你有被人注視就無法動彈的強迫症？」

「那我動了哦。」

「在這之前先把鞋子給我，你想讓我蹲在這裡多久？」

被這麼一罵，才發現自己待在玄關太久了，連忙褪下鞋子。

廉價的雜牌運動鞋才剛離腳就被神美一把奪去，收進鞋櫃最上層的木隔板，我的鞋子特別佔空間，逼得某雙白色娃娃鞋必須往右挪移。

話說回來，鞋櫃裡似乎沒有那雙高達十公分的血紅高跟鞋。

踏上比玄關高出一截的木地板，眼前的孩子像紅海遇見摩西，朝左右兩側分開，原以為是為我開路，卻在空出來的通道後方，出現一位戴著圓眼鏡的矮小婦人。

神美舉手輕揮，說：「我回來了。」

「今天比平常晚呢。」

圓眼鏡婦人的音域渾厚，聲調輕柔沉穩，每個字都念得很慢、很清楚，彷彿深怕被人漏聽似的。

注意到立於一旁的我，矮小婦人摀住嘴巴，圓睜雙眼。

「男朋友？」

「不是。」、「並不是。」

神美的否定語氣比先前和緩不少，顯見眼前的對象不能隨便冒犯。不得不說，發現身為惡魔的神美具備長幼有序的倫理觀念，不禁對她更為好奇。

婦人微偏過頭，半瞇起眼說：「新寵物？」

「媽！」聽見神美的抗議，婦人咯咯發笑，揮了揮手招呼我們入內。

在婦人的引領和十多位孩子的護送下，我來到一間相當狹窄的客廳，中間擺置數個顏色不同、材質不同、大小不同的舊沙發，沒有電視也沒有冷氣，給人儉樸甚至克難的感覺。

我在婦人側邊九十度角位置的沙發坐下。

「歡迎來到希望之塾。」婦人瞇眼微笑，眼角旁細細的魚尾紋無聲地透露她的年紀。「我是月可欣，是這裡所有孩子的媽媽。」

「是大天使。」小佳補充一句。

「是大魔王。」神美低喃截然不同的一句。

兩極的評價，讓人頗為在意。

對於自己被任意評論一事，可欣絲毫不改溫和笑臉，眼前這位母親，圓圓的臉蛋搭配圓圓的眼鏡，看起來只是平凡又親切的婦女，散發著慈祥的光輝，反而讓我對神美的評價感到好奇。

神美提起書包走出客廳，說：「我去煮飯了。」

「「「好——！」」」

包含可欣在內，全員歡騰鼓噪。

神美轉過頭，瞥了我一眼，什麼話也沒說，留我獨自面對一群孩子和他們的監護人。發現自己成為全場焦點，只得揮揮手，尷尬地揚起嘴角。

「嗨。」

這個「嗨」，開啟了六回抽鬼牌遊戲，並搭配了可怕的懲罰。

儘管這群孩子沒有作弊，也沒彼此掩護，僅憑完好的默契就輕鬆將我逼上絕路。這段期間，可欣面帶微笑坐在一旁，靜靜翻閱著一本破損得有點嚴重，厚紙板封面寫著《動物之友》的自製繪本。

這群孩子似乎不打算問我住進來的理由，或許所謂的理由，對她們而言毫無意義。希望之塾是間私人經營的偏鄉育幼院，塾長是可欣，專門收容家境清寒或情況特殊的孩子，所有支出全由善心人士捐助。較為特別的是，住進來的孩子，只要父母離世或下落不明，便會冠上可欣的姓氏。

月神美——神美的真正姓名、真實身分，以及來到這個世界的原因全屬未知，希望之塾收容她，讓她成為孩子們的姐姐，進而成為能夠獨立面對陌生世界的強悍少女。可欣並非她的生母，小佳亦非她的手足，住在這裡的人沒有真正的血緣連結，情感和關係卻比任何可能存在的至親更為親密。

或許具備同樣孤獨的特性，於此陌生的環境，我卻感到十分自在。單以孤身一人為條件，我可是毫無縫隙地完美契合，使得這些孩子輕易將我視作兄長，親近得彷彿我是住在塾內多年的大哥哥。

正因如此，懲罰的內容才這麼可怕……

★　★　★

要我去拔神美的頭髮，簡直比前往中非拔取雄獅鬃毛還可怕，無法想像目標達成之時，自己是否還能保留全屍。

可欣走上前來，抬手搭上我的肩。

「可欣……姐？」

不敢直接學著神美喊媽，只好隨口加個姐字。

小佳跳起身子撲進我懷裡，露出燦爛的笑靨說：「要叫可欣媽媽！」

「呃，好吧……可欣，媽？」

「嗯？」可欣仍是一臉溫柔和藹的微笑。「怎麼了，穎辰？」

神美挑起眉尖，不置可否地聳聳肩，將流理臺的大盤子遞給我，盤中是冒著香氣的番茄炒蛋，看來是特別為孩子們準備的營養菜色。接過盤子，神美便轉過身去，背對著我沖洗刀具。

那頭長髮毫無防備地暴露在前，我悄悄嚥下唾沫，伸出右手。

「小鬼們很喜歡你。」突如其來的話語，嚇我一大跳，連忙收手。她說：「這還是我第一次看到她們對外人這麼親暱。」

「我以為一直以來都是這樣。」再次伸手，朝某根獨自飄起的髮絲靠近。「畢竟處於這種環境，孩子們會比較獨立，更願意親近逗他們開心的人。」

「果然，一般人都這麼想。」

「不對嗎？」

「不一定，至少我當初就不是這樣。」

擅自在腦中描繪神美不親近人的倔強模樣，像隻流浪許久的野貓，瞪直眼睛，垂下嘴角，瑟縮身子拒絕外界的一切……好吧，並不是個難以想像的姿態。

距離落單的髮絲僅剩一公分。

神美冷不防地轉過頭來，駭得我趕緊收回右手。

「你在等什麼嗎？」

「什麼意思？」

「哦、哦……」

她挪挪下巴，提醒我手裡端著餐盤的事實。

錯失執行懲罰內容的機會了。垂頭喪氣的我，失望地踏著沉重腳步回到滿懷期待的客廳。

小佳湊上前來，用氣音問：「拔到了嗎，有嗎？有嗎？」

可欣媽也靠過來湊熱鬧。

我放下盤子，瞄向門外悄聲說：「姑且不說毫無機會，我實在難以想像對神美下手的後果。」

「試試看嘛。」小佳撞了撞我。

「對呀，試試看嘛。」可欣媽笑著附和。

真的是被逼上絕路了。

「有人拔過神美的頭髮嗎？」

「有唷，一次。」

「那個人還活著嗎……？」

「這個嘛，」可欣把嘴湊到我耳邊，悄聲說：「試試看，不就知道了？」

……完了，連可欣都不站我這邊。

好巧不巧，神美戴著隔熱手套，端著一鍋冒出白煙的熱湯進入客廳。

「大家，把玩具收一收囉。」

神美一聲令下，孩子們乖乖聽話，井然有序地將四周雜亂的物品收拾得一乾二淨，過程中，小佳不斷朝我投以期待的目光。

神美離開客廳後，我立即起身尾隨，一來是打算以協助上菜為藉口，試著完成懲罰，二來是想暫時躲開那群孩子炙熱的期待眼神。故作無事地走了幾步，悄悄回頭，發現幾名小鬼隨我溜出客廳，八成是想捕捉下手時的精彩瞬間。

神美聽見身後細碎的腳步聲，回過頭來狐疑地問：「小鬼們怎麼跟來了？」

「不，沒什麼事……」小佳視線胡亂游移。

「不可以進廚房的規矩，還記得吧？」
「記得。」小佳微微鼓起腮幫子，指著我說：「那穎辰哥哥呢？」
神美瞥來一眼，猶豫半晌，嘆了口氣。
「他是來幫忙的。」她轉轉手臂，拍拍肩頭，「每次都煮這麼多東西，真的很累人，有個壯丁幫忙倒也不錯——當然，前提是算得上『壯丁』囉。」
此話一出，她不懷好意地斜睨著我，完全不把人放在眼裡。
正想反駁，小佳高舉右手跳起身來。
「我也要幫忙！」
「不用了，萬一妳弄破碗盤，又會增加我的工作。」
小佳聞言氣得跺腳，卻只能乖乖領著眾人返回客廳。突然覺得，此刻的神美比誰都可靠，把家裡老小照顧得妥妥貼貼，充盈著溫暖豐沛的母性光輝；那是溫暖中帶有威嚴的姐姐形象，以及獨任烹飪之責的媽媽形象，儼然擔負起一家之主的角色。
見我呆愣雙眼，直盯著她，神美微皺眉頭。
「為什麼看著我發呆？」
「不是發呆，是在想事情。」
「什麼事情重要到必須現在想？」
「嗯……關於母性的事。」
我頻繁地徘徊於廚房與客廳之間，每端出一盤料理，機會就少一次。當所有食材烹煮完畢後，神美不再回到廚房，在桌邊蹲坐下來，宣告我的戰場正式轉換到全員到齊的客廳。

看來得在眾目睽睽下，勉力挑戰這個不可能的任務了。

添飯、配菜、喝湯，應該展現優雅和教養的第一餐，卻因太過緊張而顯得局促不安，遑論細細品嚐美味的料理。神美就坐在身旁，時坐時起，忙東忙西，為不同孩子的個別需求來回奔走，沒一刻得閒。自顧不暇且心神不寧的我，只能靜待任何可乘之機。

好不容易坐回原來的位置，神美放下碗筷，皺起眉頭。

「白穎辰，你到底怎麼了。」

「我、我怎麼了嗎？」

「為什麼一直東張西望？」神美壓低聲音，試著不引起他人注意。「我做的飯菜不合胃口嗎？」

「不，非常好吃。」

「謝謝。」神美稍微釋懷，移開視線問：「那到底是怎麼回事？」

「沒事。」

「騙人。」

「真心不騙。」

我夾了一朵香菇到她碗裡，這不過是舒緩緊張情緒的無意義動作，卻引來神美狐疑的眼神，時不時緊盯我的一舉一動。想不到無意間升高她的警覺心，無法期待暗中行事，只能另闢蹊徑。

狼吞虎嚥飛快扒完白飯，顧不得嘴裡早已塞滿食物，將碗遞給神美。

「請幫我再添一碗。」

神美不疑有他，點點頭，接下瓷碗，轉過身去準備盛飯。我深吸一口氣，聚精會神地凝視眼前的目標，朝一根擅自離隊的髮絲伸手。

整桌孩子不約而同地屏住呼吸，目光緊盯著我，連可欣都面帶笑容瞅向這邊，視線明顯地聚焦過來，讓人擔心神美會不會因此察覺。小佳抿起嘴巴，手握拳頭，彷彿與我共感此刻的情緒，緊張得全身僵硬。

我的拇指與食指緩慢相接，掐住那根獨自翩飛的細髮，室內四周悄然無聲，籠罩著不安與期待。

悄悄吐出一口憋了很久的鼻息，無意間吹起神美髮尾的一角。

管他的，豁出去了！指尖緊擰，手腕與上臂一抽，那根細如蠶絲的黑髮，順著我的力道向後拖動，由自然低垂逐漸變成繃緊的直線。

力道應該足夠，只需要一點時間……

我又稍加點力，就這麼把神美的頭往後扯了數十度角。

「噗——」

小佳把嘴裡的湯噴到桌上，可欣和其他孩子同聲爆笑，藏都不藏，全部笑得東倒西歪。

整個頭向後仰四十五度角的神美，冷若冰霜地斜瞪著早已冷汗直流的我。在我收手之後，她也沒有轉正頸部，維持後仰的姿勢睨視過來。

「神美，妳聽我說……」

「嗯。」

「這是有原因的。」

「嗯。」

「因為我玩牌輸了，必須實踐懲罰。」

「嗯。」

「……妳看起來很生氣，但我其實也是被害者。」

神美緊皺眉宇，闔上雙眼，試圖嚥下哽在喉頭的異物似的，五官擠成一團，小巧的鼻子用力吸進空氣，胸口隨之起伏，全身散發令人不寒而慄的氣場。

然後她的拳頭以迅雷不及掩耳之速，擊中我的腹側。

僅此一拳，差點升天。

一陣天旋地轉，眼冒金星，明明意識清晰，卻很快地陷入沉眠。

睜眼之時，天花板彷彿伸手可及，再眨眨眼，發現伸手可及之物只是漂浮半空的飄渺亮光，閃爍的晶瑩碎片，彷彿舞動羽翼的小天使，正引導我隨之而去……

巴掌大的臉蛋遮住我的視線。

「小白哥哥，你還好嗎？」

「原來是天使……太好了，我終於到天國了。」

「媽，小白哥哥壞掉了！」

四周逐漸恢復光明，花了好些時間才認知到短暫失去意識的可怕經歷。往後，應該更加珍惜生命，別再冒不必要的風險，得在腦內記事本裡記下「神美的頭髮比獅子的鬃毛更致命」才行。

可欣盤腿而坐，輕輕搓揉我被汗水覆蓋而有些冰冷的前額。

「可欣媽……」

「怎麼啦？」

「神美好可怕哦。」

可欣露出意味深長的微笑，說：「不可怕，真的不可怕。」

這時我才恍然大悟，某方面來說，可欣算是不折不扣的魔王，而且是任何人都無法防禦的超級大魔王。她的強悍源自於溫柔，這是無法抗拒且難以應對的最強力量。

平躺了三十分鐘，腹側依然一顫一顫地發疼。我步履蹣跚地穿越五公尺長的狹窄廊道，踏上數十個階梯，來到稍嫌低矮的二樓。這層樓中，除了書房之外，還有可欣和神美的個人房。

我躡手躡腳地立於神美房門前，不由得感到忐忑。

不禁想起在杏恩養護中心面對厚重鐵門時的心情，同樣是門，這次的門內世界似乎更加危險。緊張、擔憂、畏懼，各種情緒攪成一團，不禁渾身僵硬，一時間無法動彈。

終於鼓起勇氣打算敲門，門卻率先打開了。神美雙手捧著臉盆，盆裡裝滿顏色各異、大小不一的瓶罐，右臂掛了條大浴巾。我被突如其來的發展嚇得目瞪口呆，後退一步，隨時準備逃跑。

她沉著臉橫跨一步，騰出空間讓我通過。

我嚥下唾沫，說：「我能提個問題嗎？」

她沒有應答，算是默許這項請求。我抿抿嘴，「為什麼我跟妳睡同一間？」

「因為沒有其他合你腳長的床鋪。」

「我睡床鋪？」

「睡地板。」

「那腳長有什麼差別……」

「腳長是媽在乎的，與我無關。」

神美不帶情緒地看著我，眼睛眨也不眨，或許她知道與人交談時必須雙眼直視對方的禮儀，又或許只是個人習慣，無論如何，此刻她冷漠又辛辣的目光令人難以招架。

不能僵在這裡，必須好好破冰，否則將陷入無盡的死胡同。

「我可以再問個問題嗎？」

她仍然面無表情，始終注視我的雙眼，未移半步。

「妳現在有多生氣……？」

「用什麼數值計量？」

「一到十，最高是十。」

「給我個參考標準。」

「把在屋頂揍我的程度定為九分，現在大約幾分？」

「十五分。」

居然破表了……

比起險些把我送上西天的瘋狂痛毆，現在我的處境也太危險了。光是回憶起當時的情景便已讓人忍不住發抖，該如何面對更上層樓的怒火，絕望之中，只能期盼這是她嘔氣的小玩笑。

神美抬高懷裡的臉盆，用肩膀輕輕推開我，逕自朝樓梯的方向走。

「呃……神美？」

剛踏下樓梯的她輕嘆口氣，說：「又怎麼了？」

「我能直接進妳的房間嗎？」

「房門沒關。」

「是這樣沒錯，」我搔搔臉頰，尷尬地笑。「畢竟我沒什麼機會進女孩子的房間，總覺得……」

神美眨眨眼，遲疑半晌，捧著臉盆走了回來，與我錯身而過，逕自進房。

她立於一旁，用臀部輕輕頂住門板，說：「進來吧。」

神美的房間與想像中截然不同，收納整齊的擺設讓人眼睛一亮，空間雖然不大，卻不顯擁擠。不同於她雜亂的抽屜，眼前簡單卻一應俱全的家具，包含床板、書桌、衣櫃與書櫃在內，雖是略顯暗沉的深褐色桃花心木中古品，成套的櫻花粉床包和杏花白被單，卻無聲地透露著神美溫柔的一面。

她將臉盆放上書桌，快速翻動衣櫃，騰出一個空抽屜，說：「這個抽屜給你用。」食指旋即指向衣櫃最上層的左邊抽屜，「這個抽屜，打開的話就殺了你。」

「知道了，別動不動就要人性命啊……」

她從床板底下拖出兩套棉被，將較厚的一條鋪上地面，另一條則置於旁側，接著打開衣櫃踮起腳尖，翻找最上面的層板，嘆了口氣，闔上衣櫃的門板，從書櫃抽出幾本硬皮精裝書，用三條毛巾裹起來。

「這樣可以嗎？」神美輕壓克難的書本枕頭。「明天再幫你買新的，今晚暫時將就點……抱歉。」

「這樣已經很好了。」我坐下身，摁壓臨時製成的枕頭。「在雷霆受訓時，睡的可是石造的枕頭呢。」

「那也未免太慘了。」

「這叫做訓練。」

「訓練什麼？」神美歪著頭，眨眨眼。「後腦杓？」

「才不是。」

「那到底是訓練什麼？」

「就……」我思忖了幾秒，「真混蛋，我被騙了一整年。」

「你真笨。」神美輕聲笑了，說：「看來白目的白，應該是白癡的白。」

可惡的雷霆，居然害我啞口無言，一時無法回嘴。

我低下頭，凝望鋪設整齊的簡易客床，捏起柔軟的棉被湊近鼻尖，源於洗衣精的芬芳香氣撲鼻而來。

「真香。」

「因為我會定期換洗。」

「這套不是多出來的嗎？」

「是多出來的沒錯。」神美順手整了整棉被一角，「這套是客人專用的。」

「平常有很多客人住妳房裡？」

「你覺得可能嗎？」神美白了我一眼，「今天是第一次讓客人睡我房間，平常都是安排在客廳。」

「哦、哦……」

「我先聲明，這不代表你有什麼特別，只代表大家把你當成家人而已。」

「妳也是嗎？」

「……」她猶豫半晌，咕噥了幾個字。

「妳說什麼？」

「我說，」她鼓起腮幫子。「我當然也是。」

不管什麼形式，家人都是彌足珍貴的。

坐在一旁的她，雙手摀著嘴，闔起眼來打了一個呵欠。

「還有什麼需要再跟我說吧，在不打擾媽和孩子們的前提下，我會盡量幫你想辦法的。」

「神美。」

「嗯……？」

「謝謝妳。」

神美停下伸懶腰的動作，呆愣半晌，眨了眨眼撇過頭去。

整整五秒的靜默，迴盪在我倆之間，難熬的停頓讓人險些窒息。為了排解尷尬，我轉移視線，企圖尋找新的話題，無意間瞥見床鋪底下的黑色細繩。

「這是……」我伸手去拉。

「啊，等等！」

拉扯出來的，竟是一套綴有黑色刺繡蕾絲的內衣褲，分不清怎麼纏繞的胸罩和丁字褲，讓我登時張嘴發愣，腦袋一片空白。

神美倏地搶了回去，低垂著頭，雙手緊捏衣物，好似犯錯的小孩，緊張得說不出話。

「……不是的。」

「啊？」

「不是你想的那樣！」

「我、我知道了。」

「真的啦！」神美猛抬起頭，明眸晶瑩，眼角險些泛淚。「這是人家送的——不對，不是送的，算是一種惡作劇。」

「放心啦。」我迴避她的視線，搔搔左頰說：「我會替妳保密的，每個人有各自的喜好，這真的沒什麼。」

「都說了不是那樣！」

「再說，妳真的很適合黑色——」

「你在說什麼啦！」

對啊我到底在說什麼啦。感覺臉頰又熱又脹，頭頂大概正在冒煙。

面前的神美也不遑多讓，整張臉都是紅的。

「總、總之，這不是我買的，也不是我的喜好，更不是我的祕密！」她將那套內衣褲胡亂塞回床鋪下，噘起嘴尖。「而且我也還沒穿過……」

不自覺在腦中描繪穿上這套性感內衣的神美。不行不行，再想下去，腦袋就要燒起來了。

「不准想像！」

「妳有讀心術啊！」

「你、你還真的想像了！」

神美的雙頰瞬間刷上緋紅，簡直比化身惡魔時的眸子還紅。

「喂喂，雖然我是神的子民，但也是健全的男性啊！」我雙手抱頭，撕抓鬢角，想要打散腦中的幻想畫面。「今天根本是神給予的試煉吧！妳一下在我身後洗澡，一下讓我看到裸體，一下秀出這種性感衣物，是要我怎麼保持平常心！神啊，請原諒滿是罪惡的我，請賜予我救贖——」

「在我面前讀經是想害死誰！」神美用力捶我的腦袋，雙手抱胸起身睨視，說：「況且，貿然躲進女子盥洗室的你才是罪魁禍首！」

「慢著，沒把我趕出去的妳不也……沒、沒事，等等，我錯了！」

見她雙眼充滿怒火，為了保全性命，趕緊乖乖閉嘴。

「要是我那麼做，你不就慘了嗎？」

「咦……？」

「咦什麼咦。」

尷尬的靜默再度籠罩。我半張開嘴，眨了眨眼。

「妳在替我著想嗎？」

「才不是！」神美的雙頰再次刷出一片紅霞。「誰管你這個笨蛋有什麼下場，還有——」

右耳被她使勁擰了一把，力道之大，讓我痛得連叫喊都難以出聲。

「你這傢伙看到我的身體卻連一句道歉也沒有！」

「對對對對不起……」

即便承受劇烈疼痛，鐫刻於大腦的畫面卻不聽使喚地浮現眼前。

她鬆開手，托起裝滿瓶罐的臉盆，背對著我走向房門。

「我要去洗澡了。」

「是……」

「不要亂碰我的東西。」

「好。」

「不准偷看！」

「才不會！」

神美掩門時，刻意放輕動作，極力避免破壞外頭寧靜。

此刻，獨自身處女孩子的房間，手足無措、坐立難安的我，只得盤腿端坐於木質地板，靜默冥想。無論如何，最好在神美歸來之前，乖乖保持不動。

擺在一旁的腕環機驀地發出異常尖銳的嗶嗶聲。

那不是我設定的鈴聲，更不是任何內建音效，是某種令人頭皮發麻的尖聲噪音。點開腕環機的螢幕，上頭出現醒目的閃電符號。在我的認知中，閃電符號只象徵一個意義。

「接聽。」

接收語音指令，閃電符號立即從紅色轉為綠色。

「……弟？」訊號帶有嚴重雜訊，斷斷續續的，聽不清楚內容。

「請問是哪位？」

「學……學弟，第四大道……她……」

「學長？」我將聽筒使勁壓上耳朵，「是弈弦學長嗎？」

「第四大道……」

「大道？學長，我聽不清楚——」

「快出來！」

學長最後的聲音特別清楚，在他尾音落下的同時，通訊立刻中斷，徒留腕環機投影螢幕發出的光暈，連閃電符號都消失了。學長的指示簡單明瞭，語氣中則顯露事態的急迫性。

我立即起身，輕輕帶上神美的房門，繞到洗衣室揪出躲起來睡懶覺的泡泡熊，用皮帶將她綁在身後。

希望之塾的孩子們早已上床睡覺，可欣亦回房休息，整棟建築只剩客廳茶几上的青色小夜燈點亮光明，其餘空間全被黑暗覆蓋，伸手不見五指。摸黑來到玄關，一時找不到被神美收妥的運動鞋，只得赤腳踏上冰冷地磚，拉開沉重的木造防火門。

外頭一片靜謐，靜得毫無人氣，就算是郊區，如同荒野般的寂寥依舊使人不安。路燈灑落的微弱白光勉強照亮巷道，僅有原本埋頭搔抓地面食物殘渣的野貓，抬起頭來機警地盯著我。

希望之塾附近的公寓與透天厝都沒點燈，曦鳶里位處臺中郊區的最外圍，是緊鄰南投山區的舊城鎮，生活步調與市區精華地段的日夜顛倒大不相同。我獨自站在街道中央，前方不見盡頭的柏油路面猶如直達煉獄的捷徑，於星月無光的夜幕包覆下，更添幾分神祕色彩。

朦朧的視線前方，頎長的身影左搖右晃地向我接近。

「穎辰！」

勉強可辨的模糊身形正是學長，他的步伐沉重而緩慢，光是叫喊我的名字便已氣喘吁吁。我瞪直雙眼，飛奔至學長身邊，他的懷中抱著人偶娃娃般，癱軟無力、動也不動的幼潔。

「穎辰……出事了。」學長才剛開口，彷若嗆到似地輕咳幾聲。

「別說了。」

伸手接過幼潔，一面調整臂膀力道，一面端詳其微微皺眉、略顯痛苦的表情。她身上沾有黑土與血絲，乍看沒有明顯的外傷，卻渾身發燙，口中喃喃好似發高燒般，發出囈語。

「小心背後！」

學長一把將我撞開，舉起手上的空氣槍向後擊發數回，迸出幾聲響亮的氣爆，伴隨劃破氣流的強大衝力。雷霆特勤隊的「空氣槍」並不是真的空氣槍，名稱聽起來不像致命武器，實際上卻擁有比電擊彈更強大的殺傷力，以及比擴散彈更為驚人的嚇阻威力。

胸口泛出橘紅微光的幾道人影，同手同腳、快步而來。橘紅色的光芒，是學長用來辨識異能的特殊能力。眼前這些傢伙行走的模樣，與杏恩養護中心的老人如出一轍，顯然不是普通人類，而是遭到魔附喪失心神的人。

「我們無法應付他們，快走……」

「不。」緊盯前方，我緩步向前，來到學長身旁。「這次不逃了。」

魔附者是黑袍牧師等異端邪徒所創造的怪物，夾在光明與黑暗之間，是不容於世的異常狀態。

懷抱渾身滾燙的幼潔，望著她痛苦的表情，一時無法遏止溢滿胸膛的怒氣，和永無止盡的自責。

「泡泡熊。」

「幹嘛。」

來自背後的應答聲音有點含糊，畢竟突然被我吵醒，應該還一臉睡眼惺忪。

學長聽到不明的回應似乎頗感訝異，四下張望，卻找不到發話的源頭。

以怪異姿勢前進的魔附者，與我相距不過十公尺，時間所剩無幾。

「妳簡單教我幾招吧。」

「教學需要加價。」

「買了。」

「這麼乾脆。」泡泡熊發出喀喀笑聲，「先來個小孩也學得會的。——把右手空出來。」

我點點頭，將嬌小的幼潔挪向左臂，順利騰出右手。

「在你的內心想像水的流動，嘗試驅動魔力。」泡泡熊稍作停頓，說：「有沒有感受到一股無形能量的流轉？接著將體內躁動的水流調節至右掌，然後……水魔之力・奔流！」

「就這麼簡單？不需要魔術圖陣？」

「不需要。」

「那妳怎麼不早點教！」

「就說了要加購嘛，」泡泡熊撇撇嘴，「而且，這只是最簡單的一種。」

果然是不折不扣的地獄大奸商。

我踏出一步，屹立於學長前方，面對以怪異姿勢快步接近的怪人，雙眼直視來者，凝聚胸腔內不知源於何處的溫熱之感，使其緩緩漫開，猶如漣漪，宛如蒸氣，漸趨佈滿周身。

驅動魔力，是我未曾體會也未曾實踐的手段，雖已擁有泡泡熊的惡魔能量，至今卻沒有妥善發揮的機會。眼下已是戰場，沒有猶豫的時間，得以仰賴的僅有滿腔的怒火和無處宣洩的抑鬱悔恨。

——將體內躁動的水流移往手心。

說來簡單，腦中控制著不可見的無形之力，不像肌肉關節出現明顯的動作型態，縱然有所感應，卻不知是否運用得當，亦不知效果如何，為數眾多的不確定因素使我猶如瞎子摸象，胡亂嘗試。

管他的，喊出來吧，喊出驅動所用的咒語。

「水魔之力・奔流！」

順應口中的咒語，手心冒出一股冷冽水氣。然而，慢得彷彿雙掌冒煙的樣子，實在毫無「奔流」之感。

泡泡熊這傢伙該不會又騙了我……

一切看起來已經失敗的當下，聚集於右掌的異樣熱流突然變得滾燙，燙得使我撤回右手，專心緊抱懷裡因搖晃而重心不穩的幼潔。她的肌膚摸來有些冰冷，顯然是我的手心太熱了。

「妳居然在這種節骨眼騙我！」

「並沒有。」泡泡熊冷冷地說：「你正準備把魔力放出來呢。」

「才沒有，現在根本——」

說時遲，那時快，右掌猛然濺出冰凍的氣息，而我懷裡還抱著幼潔。

「糟糕、糟糕、糟糕！」

連忙把突然噴水的手揮向一旁，卻被水流的反作用力推得重心不穩，腳步踉蹌，一時沒能撐住她的重量，幼潔嬌小的身軀向旁傾滑，腦袋險些撞擊地面，所幸身手矯健的學長即時鑽到我的腋下，以背部充作床墊撐住了她。驚奇的救援，卻也造就此刻莫名其妙的畫面：少年懷裡抱著嬌小的少女，左手環住她纖細結實的腿，右手並未扶穩而呈現空舉狀態，她的上半身則彎成奇妙的後仰弧形，頭部恰好落在四肢趴地的男子背上。

在我背後的泡泡熊悄聲低喃：「你們到底在幹嘛……」

別問了，實在有夠丟臉。

確認學長已經接過幼潔，我將持續放水的右掌高舉過肩，充作水柱管線，瞇起左眼瞄準近在眼前的兩名異種。說是異種，卻可清楚察覺她們曾是人類的事實，眼睛渾黑，不見眼白。宛如四足生物，趴伏在地，仰著頭，快速爬行，動作極不協調，重心忽左忽右，看上去像隨時會摔倒或崩解一般。

泡泡熊掙脫腰帶，一屁股坐在路邊，完全不打算幫忙的她隨手掏出不知從何而來的零食，一把一把地塞入理當沒有食道的嘴中。

我舉起手，再次喚起體內漸漸熟悉的能量。手心的出水並未停止，但絕不是「奔流」，只是普通的「水流」，甚至比不上流理臺水龍頭的出水量。不一會兒，體內的熱源返回右手，突然凝聚一股莫可名狀的異樣之感。轟地一聲巨響，強力水流自掌間迸出。意外的發展嚇了我一跳，明明尚未念出咒語，魔力便已驅動，自行轉化成名為「奔流」的法術。顯然，驅動魔力不一定得唸出那串字句，可見泡泡熊又唬了我一次。

距離最近的魔附者閃避不及，被水柱迎面擊中，高速的水流將對方轟飛出去，一絲掙扎的餘地都沒有。

位於左側的敵人高高躍起，猛力將我撲倒，大口一張直接咬上肩頭，難忍的劇痛切斷大腦思緒，掌間能量也隨之中止。

「學弟，右邊！」

實習期間的身體記憶，讓我反射性地依循口令向左翻轉，將咬住肩膀的魔附者擠到一旁，下一秒，另一道身影重重落在我原先仰躺的位置，力道之大，把柏油路面都撞裂了。如此誇張的力量，遠遠超越我以靈魂換得的魔能，或許我該去找黑袍牧師，問他能不能附魔於我，興許能比現在更為強大；無論如何，至少不會再被坐在路邊吃零食的傢伙騙了。

懊悔之際，赫然發現肩上傷口一點也不疼。

啃咬左肩的魔附者前額爬滿青筋，不管怎麼施力，就是無法趕上我的復原速度。這是簽訂不平等的惡魔契約後，唯一有價值的特殊異能。看來，得好好向泡泡熊道謝呢。

趁機掄出一拳，重重打上對方鼻梁，使其鬆口。對付魔附者的唯一方法是驅魔之術，然而此時卻沒有安全的空檔施術，只能用最原始的方式解決問題：純粹的暴力。

我並不是體能具備優勢的前線成員，也不是負責攻堅的壓制部隊，儘管如此，對於毫無規則的肉搏倒還有點心得。不過，單憑暴力無法擊倒魔附者，必須藉助魔能的術式。驅動魔力或許無需咒語，攻擊的強度卻取決於我對體內能量的理解與運行。

雖然是臨時摸索出來的想法，卻值得一試，再怎麼說我也是祭牧師的學生，對於魔力與法術都有粗淺的認識，何況此時已有惡魔之力，終於得到實踐的機會。

彷彿回應心中所想，明確感覺體內溫度逐漸增加，我的掌心朝向地面，順應心中描繪的方式集中於兩掌之上。手臂、手腕和手掌迸出同樣強度的水柱，與此同時，視野漸漸變廣，眼前的敵人變得很小。

身軀不知不覺往上飛到數公尺高的位置。

雙掌迸出的水柱打上柏油路面，強勁的力量形同噴射器的效果，將我彈飛至空中。看來，只要不超過可驅動的能量，將魔力流動描繪得準確些，搭配簡單的物理學便能完成基本的應用。

俯瞰泡泡熊高仰著頭，吃驚地灑落整包餅乾，著實大快人心。

開心是一時的，生命卻是永恆的；掌中水柱驟然停止，身子隨之高速下墜，我趕緊重新描繪魔流，試圖重新驅動，掌心卻怎麼也不再釋出水柱。

「笨蛋！」泡泡熊揚聲大喊：「快用其他部位驅動魔力！」

陷入自由落體狀態的我，即使認知到生命威脅，卻無視泡泡熊的建議，決定嘗試新的運作方式——反正再怎麼慘，都還有高速復原這張底牌。

經由大腦指示，將魔流平均分散，描繪一顆灌滿水流的巨大泡泡。倘若可行，便能在脫險的瞬間一併撂倒這些魔附者。眼前慢慢浮現腦中想像的球體，裡頭逐漸灌入清水，不同於構想的是，我居然身處球體中央，所欲施展的魔術逐漸成形，卻不小心忘了需要呼吸這件事。泡泡即將觸地時，看見泡泡熊和學長的嘴巴飛快動著，臉上表情盡顯驚恐。

啪——！巨大的泡泡承受強力衝擊，應聲破裂。

正以為計畫成功，卻猛然被一道急速的風刃貫穿胸口。逆流的血泡從口中溢出，一時岔氣而無法順利呼吸，「呃」地發出怪聲，難以相信眼前光景。

身形嬌小的汪幼潔立於眼前，漆黑無神的雙眼，散發邪魔般的殺氣。

她的左手生成一柄螺旋風刃，上頭覆著赤紅鮮血。

幼潔的風刃，準確地刺穿我的胸口。

# 第六節　驅魔

風刃一甩，幼潔輕易地將我拋向人行道，不費吹灰之力。她的眼眸如深邃的夜色，以往開朗的模樣蕩然無存，此刻渾身散發比魔附者更強烈，比黑袍牧師更駭人的氣場與惡意。

數日之內，何以如此。瞥向學長，他雖面有難色，卻對眼前局面不顯驚訝，看來幼潔此刻的魔附狀態，是學長——甚或雷霆早已預料的。我嘆一口氣，撐起身子，緩緩撕去胸前沾滿血液的襯衫，理當存在的巨大創口，早已癒合。

「學、學弟你……？」

學長瞪大雙眼，被我完好無傷的外觀嚇得瞠目結舌。

幼潔依然佇立原處，呆望著我。魔附者究竟擁有多高的智慧，享有多少記憶容量，並不為人所知；已然變了樣的她，究竟是對無法一擊打倒的敵人感到困惑，還是心裡留有原來的記憶，同樣不得而知。

「學弟為什麼要隱瞞身為能力者的身分？」

「不。」我扭扭手臂，直視前方那位真正的能力者。「我的能力是借來的。」

若有時間細思泡泡熊的每一句話，術式的驅動方法和法術名稱，都有深入討論的餘地。在幼潔有所反應以前，我抬起臂膀，向她的方向發出唯一的招數：奔流。

幼潔左手旋出一道圓盤狀的風牆，這是她最有力的防禦招式；我親眼見識過，這道由風構成的圓盾，除了黑袍牧師之外，沒人能夠輕鬆突破。水柱砰地一聲撞上風牆，幼潔的雙腳穩如泰山，對於迎面襲來的攻擊毫不在意。

風牆在水流打上的瞬間以逆時針迴旋，有如龍捲一般地將水流收入其中，正狐疑是什麼新招，她反手一轉，龍捲向外發散，奔騰而至的水流驀地朝我襲來。自己的招式反過頭來被人利用，重大的疏忽，使我被同等強度的水柱瞬間撞飛。

背部撞上街口的水泥磚牆，努力穩住身子，眼角瞥見一旁的門牌寫著正序會的字眼，才知道光憑這麼一擊，已把我甩飛到數個街口之外。周圍幾戶人家被突如其來的撞擊聲驚擾，紛紛開燈，探頭查看，甚至有人舉起腕環機錄影。

看來雷霆和蒼溟又有得忙了，這次的訊息控管恐怕沒那麼簡單。

我想了想，嘗試運轉魔力，在腳底下放出水柱充當現成的加速器。

腳上多了強大的作用力，身體如我預期地向前衝刺，上半身的重心卻受地心引力拉扯，形成後腦、雙手、背部拖拉在地，雙腳在前的詭異姿勢。

這個決定差點讓我變成殘廢。

學長俯視著好不容易煞停的我，堆起滿懷憐憫的苦笑。

「學弟，你在幹嘛……？」

「別問了，這是實驗必須付出的代價。」

「手都見骨了。」

「實驗的代價很大……」

開啟腕環機的前鏡頭，確認自己的臂膀和五官慢慢從被火車撞過的可怕潰爛回復到尚能判別的程度，才撐起身子，重新面對幼潔。

幼潔面無表情，對於自己的反擊毫無想法，臉上既無成功的雀躍，亦無傷到敵人的得意，彷彿失去靈魂般木然佇立。倘若魔附其身的邪物並未實際控制幼潔，只是借宿肉體，利用殘留於體內的戰鬥記憶，驅動風的能力，那就不是毫無勝算。

「我就暫時不問幼潔怎麼會變成這樣的了。」

我皺下眉頭瞪向學長，他則揮揮手略表歉意，似有難言之隱，一時半刻無法深究，眼下的難題是拯救幼潔，並打倒那兩個仍在活動的魔附小跟班。

學長的能力在戰鬥中派不上用場，以一對三，明顯不利。

「學長，我該怎麼讓幼潔復原？」

「你居然問我？」學長睜大雙眼，半張開嘴。「我就是因為你有驅魔的經驗，才把她帶來這裡的。」

「那可真糟糕。」

「該不會你的驅魔功夫只有半吊子吧？」

我還真只是個半吊子……

撇開過往記憶中殘存的少許驅魔觀念，經過祭牧師的指導，雖然習得基本的退魔與驅魔術式，卻沒有站上第一線的實力，更無法在敵方進行攻勢時同步施展。換言之，若想執行術式，就得先束縛幼潔——這可沒那麼容易。

「學長，你得幫我個忙。」

「什麼忙？」

「我們得壓制幼潔。」我覷起雙眼凝視幼潔，說：「她必須乖乖待在我的術式之內，換句話說，必須困住她五到六分鐘，否則驅魔不可能成功。」

學長皺起眉宇，輕輕點頭，開始翻找隨身提包。

下一秒，爆炸般的風聲伴隨颶風似的強烈衝擊將我撞飛，只見幼潔攤平雙手，面無表情地將空氣攪得像預備升起的龍捲，旋起一道又一道高聳的風柱。

最強悍的候補生，在失去自由意志之後，力量似乎變得更強大了。

深知自己不會因為幼潔的攻擊而受傷或送命，內心反倒興起一個念頭，想要利用眼前這名超高等級的對手測試魔契之力。我踏穩馬步，試圖撐過她的強風，無暇他顧，僅此一秒的疏忽，給了另外兩名魔附者接近的機會，在我全心穩住身子的同時，他們以手當爪猛揮襲來。我連忙抬高左臂，卻來不及遮擋，左頰被狠狠劃出一道傷，刺痛瞬間襲上腦門。

幼潔閃身上前，身後由龍捲構成的鑽子一股腦地旋上來，向此突刺。

無論如何絕對不能以寡擊眾，經驗的差距並非一蹴可幾，就算擁有高速復原能力，仍無法藉此壓制幼潔，完成驅魔。

我們需要更強大的力量，才能與之抗衡。

龍捲來到眼前時，「鏗」地撞出近似於金屬相接的清脆聲響。

「這到底是怎麼回事？」

挾帶怒氣的聲音，竟讓我鬆了口氣。

身穿粉紅毛衣與白色睡褲的月神美，腳下踩著那雙熟悉的紅色高跟鞋，腕上的格子鍊交錯成十字形，準確擋下幼潔強力的風龍捲。

幼潔的表情終於有了變化，扭曲五官，彷彿遇上大敵一般咬牙切齒。

神美嘆了口氣，轉過頭來，緊皺的眉間透露著滿心不悅，雖是預料中事，卻仍讓我汗毛直豎。

「我再問一次，小白，你到底是什麼人？」

「……別鬧了啦。」

「為什麼這裡會有惡魔？」

「她們是惡魔？」

「她們體內明顯附著惡魔。」

神美眉頭微皺，隨手一揮，輕而易舉地將打算偷襲的魔附者擊飛出去，速度快得連影子都瞧不見，讓我驚愕得目瞪口呆。

「不知道是法術或其他力量，總之，此時這三人的肉體已被惡魔竊據了。」

「這是魔附現象。」

「就算使用這麼帥氣的名稱也毫無意義。」她白了我一眼，「被附身的人基本上沒救了，除非附近剛好有驅魔師。」

「呃……」

「該不會有吧……？」

「只要能壓制身材最嬌小的那位女孩，我就能為她們驅魔。」

神美微微皺眉，眨了眨眼。

「小白，」她雙手抱胸，嘆了口氣。「你到底是什麼人？」

「真的別鬧啦。」

立於前方的幼潔，似乎對自己的龍捲被人輕鬆擋下一事，感到相當憤怒。

學長坐到泡泡熊身邊，一同分享地上的零食，絲毫不打算出手。

兩個來自不同世界的物種，莫名其妙就混熟了。

「你們在幹嘛？」

泡泡熊緩緩抬頭，聳聳肩，抓了一把洋芋片塞進嘴巴。

學長露齒一笑，說：「學弟，眼前的戰鬥已經完全超出我的理解範圍啦。」他指向幼潔，「這一位，是遭到惡魔附身的雷霆最強候補生。」接著指向神美，「那一位，是身穿睡衣卻用鍊子擋下我們最強候補生的神祕美女。」隨後指向我，「而這一位，是不知何時變成不死水怪的詭異後輩，而且從沒跟我提過，真過份。」

「這個力量害我被退隊，哪可能掛在嘴上說。」

「太不夠朋友了。」

「聽人說話啊……」

並未顯現惡魔形體的神美，赤手空拳地用兩條鍊子和紅高跟鞋應戰；僅憑身體記憶戰鬥的幼潔，失去自由應變的智慧，無法與肉體實力更為強大的神美相抗衡。

有神美在，便能成功束縛她們，供我施展驅魔術式。

翻找口袋，將隨身攜帶的小冊子取出來，破舊的暗紅色皮製封面，A5大小的筆記本，是我從小帶到大，唯一連結痛苦過往的特別物品。

「對不起啊，學弟。」

「什麼意思？」

「明知道以前發生那種事，」他瞄向我手中的冊子，「卻還硬著頭皮要你驅魔，真的很抱歉。」

「別傻了。」

我凝視眼前那場肉眼完全跟不上的異能者之戰。

「為了拯救重要的人，哪有什麼好道歉的。」

儘管百公尺外某處已然警笛大作，卻遲遲不見警察身影，八成是雷霆已經介入，將周圍的道路完全封鎖了。不知他們究竟在想什麼，竟然放任幼潔這位最強候補生成為惡魔控制的人偶。

此時該做的不是訊息管制，而是拯救……

然而，拯救並非雷霆的工作，我終於明白學長獨自抱出幼潔的原因。

「學長，你是什麼時候發現的？」

學長注視我的雙眼，似乎明白我已有所察覺。

他嘆了口氣，說：「她昏迷的那天，就注意到了。」

「你沒告訴我。」

「我想告訴你。」

「但沒有。」

「確實沒有。」他望著前方惡魔與魔附者的戰鬥，說：「某程度上我貫徹了雷霆的中心思想：誰也不相信，什麼都懷疑。我知道你和小潔是從小一起長大的青梅竹馬，但不確定你在得知她被魔附的事實後會有什麼動作……」

「學長。」我將手擺在他肩上，「謝謝你，把幼潔帶出來。」

學長睜大雙眼，旋即恢復冷靜，點了點頭。

雷霆特勤隊的最高指導原則是突擊、圍捕、壓制非正常的一切事物，凡事以壓制為主，而非救助；倘若幼潔在雷霆的救護單位發生魔附反應，雷霆必定找得到壓制的方法，卻不會嘗試出手拯救，最終結果要不是變成研究對象，就是受到管制監禁，從此不見天日。

「總之，我會驅離這些惡魔。」我緊握拳頭說：「然後用最狠的一拳，揍那混帳的臉。」

追尋強大的力量，為的是留在潛沉於世界裡側的雷霆；進入雷霆的目標，是消弭傷害重要之人的威脅；最終目的，則是向奪走一切的黑暗復仇。

沒有人能傷害我身邊的人。沒有人。

神美的迴旋踢將幼潔的風刃架開，揚起的風勁一併踢開包圍過來的魔附者。她抬起左手，腕上銀鍊倏地向前飛刺，貫穿兩名魔附者的肩膀，且迅速在她們的胸口纏繞幾圈，牢牢綑綁。完成束縛的瞬間，幼潔飛快奔跑，縱身一躍，緊隨於神美之後，從旁劈下一刃，神美一時閃避不及，背部被劃出一道深深的傷口。

不自覺地，戰鬥經驗豐富的幼潔，正逐漸縮短兩人間的強度差距。

「嘖……」

神美向後一跳，單膝跪地，疼得覷起雙眼，幼潔的風龍捲卻緊接而至。

「神美！」

我發出叫喊，運行魔能施展水流之術，在千鈞一髮之際推開神美。

龍捲鑽入我的胸膛，難以言喻的劇痛令人全身發顫，數個風流以一秒十次迴旋的速度往皮下突刺，彷彿要貫穿軀幹才停止。

剎那間，一道偌大的漆黑形影拂過眼前。

只見神美放棄隱藏，烏黑羽翼刺破身上的粉紅毛衣，展翅一揚，毫不費力地將幼潔的風龍捲全數拍散。黑色羽翼遮擋路燈的光芒，有如幽夜的帷幕，將世間萬物強行拖進黑暗的世界。

學長驚呼一聲，看得瞠目結舌。我想，神美的身分是藏不住了。

我悄聲向神美說了「對不起」。她回望過來，緊抿雙唇，靜默不語，堅毅的表情讓人參不透想法。

不管是幼潔的魔附狀態，還是雷霆的鎮壓任務，神美都是局外人，是因為我的出現被迫捲入的第三者，自始至終沒有現身於此的理由，更無出手協助的必要。身分曝光的瞬間，她將永久登錄於超常事例應變機關的資料庫，成為被中央政府追蹤的對象，暴露於雷霆、蒼溟和天央的監控之下。

神美展開雙翼，凝視前方，臉部的肌肉線條變得柔和一些。她輕輕拉動手臂，確認鍊條依然牢固地縛住兩名魔附者，才轉過頭說：「小白，你對自己的驅魔術有信心吧？」

我聳聳肩，默默舉起手中的筆記本，神美眨了眨眼，視線挪向暗紅小冊子，旋即淺淺一笑，似乎安心不少。她當然不可能明白這東西表徵的意義。

「小白，我有個問題。」神美瞥向幼潔，說：「你和那個女生是什麼關係？」

「妳說幼潔嗎？」

才說出幼潔兩個字，表情好不容易有點軟化的她，再次皺起眉頭。不得不說，女孩子與生俱來的敏銳直覺，實在令人害怕。

「我、我們是小學同學，前陣子還一起在雷霆的專校受訓——」

「聽起來感情很好呢。」

「普普通通而已，最近比較少互動了。」

「聽起來你覺得很可惜。」

「當然囉，換作是妳，也不想被朋友疏遠吧。」

神美默默瞪著我，既沒同意，也沒反對。她撇撇嘴，一副懶得理我的樣子，提起銀鍊步向幼潔，似乎決定自行困住眼前強悍且令人困擾的大敵。以神美的異能強度，對付幼潔應該綽綽有餘，我大可和學長在旁吃零食看戲，只可惜還有驅魔這件事得做。

快速翻找小冊子，拿出夾在裡頭的紅色粉筆，趴在地上繪製圖騰。按照冊子記載的內容重繪圖像，並不是多困難的事，但也不是誰都能辦到。驅魔術的施行者必須獲得特定教會的認證，或者經過區域首席的神職人員允許，否則將被認定為不受神明認可的私刑暴力。

我的認證者是祭恩平牧師，他是隸屬於雷霆特勤隊的神職人員，身兼魔力、魔能與魔術的指導教官，亦為臺灣北部地區的最高區牧，擁有檯面上和檯面下的最高位階。不過，即便未經認證，也不會改變我身為驅魔師的本質；這是家族事業，也是血脈宿命，更是我的存在意義。

經過專校時期的嚴格訓練，我很快便繪製出基本的魔術陣形。

展翅的神美正與乘風的幼潔切磋，摸熟對方行動模式的幼潔不再居於劣勢，縱使失去自由意志，她依舊是可怕難纏的戰鬥天才。能讓幼潔接連運用三項風能的敵人很少，在養護中心面對黑袍牧師時，或許因為無法掌握敵人能力，輕易遭到壓制，使我沒能見識真正的戰鬥；此刻，眼前兩名異能者激烈的戰鬥姿態，讓人看得目不暇給。

「喂！」被幼潔左手那道風牆推開的神美大喊：「你還要多久？」

「已經好了啦。」

「好了也不講一聲——」

神美擋下來自左邊的龍捲，被迅速奔至右側的幼潔追上，看似即將吃上一記飽滿的風拳，反倒利用機會以右腕的鍊條纏住對方的手，靈巧的長鍊迅速旋轉，直往上攀，將捉到的獵物完全制住。

幼潔腳底的風流並未失效，腰身一扭，雙腿向上猛踢。神美被突如其來的攻勢嚇了一跳，先以雙翼架開踢擊，再以左腕的銀鍊綑住幼潔的雙腿。

「這下子妳逃不了了。」

神美得意的表情實在可怕，赤紅雙眸彷彿隨時會溢出血來，比先前在西澄高中頂樓攻擊我的時候更為駭人，簡直就像把幼潔當成死敵一般。

遭到惡魔附身的幼潔，臉上瞬間顯現恐懼，那是面對比自己更強大的敵人時，自然流露的畏怖。

神美吸一口氣，頸項後仰。

咚——

她白皙的前額狠狠撞向幼潔的額頭，偌大的聲響迴盪於深邃的黑夜。

幼潔低垂著頭，好似昏厥，那記頭錘的威力絕非凡人所能承受。黑翼少女緩緩降下，我才正想開口發難，她目光露出的殺氣瞬間封住我的嘴。她將幼潔放入魔術圖陣中間，拆下鍊子捆住手腳，確保束縛之效。過程中，我倆視線毫無交集。這傢伙的情緒起伏也未免太劇烈了。

依照筆記本的內容，結尾的術式必須在驅魔對象就定位後才能繪製，於是我在圖陣周圍畫上火焰的標誌。神美雙手抱胸，立於一旁，雖說被人盯著有些不自在，此刻卻不是能任性發言的時候。

我從上衣口袋取出隨身攜帶，有些褪色的銀製十字架，握於掌中。

舉起雙手，摒除雜念，默唸內心不斷質疑的神之話語。

漸漸的，眼前除了圖陣與幼潔外，什麼也見不到了。

精神層面準備妥當，我緩緩開口，道出驅魔之咒。

「掌管天和地的主……」

驅魔咒文流淌體內。那是刻在靈魂，用於破邪，用於揚善的咒語。

「我們謙恭地祈求享有光榮與尊威的祢，解救這位僕人，使她脫離地獄之神的權下……」

這是世界上最難懂的咒文之一，也是身為驅魔師必要的基本能力，更是存於血脈的特殊痕跡。

這是我第一次獨自施行術式。驅魔不是把戲，驅魔是信仰，是神與魔的對峙，是靈魂的對決。

感覺體內的魔力蠢蠢欲動，不斷向外蔓延，強烈的魔力騷動彷彿急欲衝出肉體，與進行中的驅魔術式揉合。前所未有的特殊體驗，正在動搖我的心神與意志。

「求祢天上遣發施慰者，使我們避免一切有害的事物……」

術式正常進行，身體卻躁動不安。

外界漸漸與我脫離，靈魂試圖與惡魔對話……是就好了。

每次對話，都在吾人所不能及的靈界，無法確定這場對話是否真實存在；或許存在於聖典或課堂的內容，純屬人類的想像，根本無從證實。倘若惡魔真實存在，相對的，神明也應當真實存在；對於世界的認知，在我遇見神美之後，變得曖昧不清，真偽不明。

體內的魔力躁動達到最高峰，與此同時，我唸誦出「以上所求是靠我們的主」，驅魔術式到此終結，至於周圍是否出現諸如發光、震動、彈跳等異常狀況，則不得而知。

因為我的意識在那瞬間便消失無蹤了。

為什麼要加入雷霆？

這個問題我已聽過不下百遍，答案自始至終未曾改變：我有必須消滅的和復仇的對象。

為什麼非雷霆不可？

因為我所追尋的事物並不存在於世界的表側。世界的另一側，意即光明的對側有著最深邃的黑暗，那是任何神明都無法踏足的領域，是反秩序、反常理、反真實的一側。那裡有不問道德是非、不管人倫五常、缺乏秩序亦無理性的邪惡之物，有力量強大卻滿懷惡意，不受控制也藐視生命的異端邪靈。

十年前，擁有朱紅雙眼的紅髮惡魔，毀了我的家庭。

那是個平凡的日子，同樣的晚餐時間，同樣的上床時間，母親唸著新買的故事書，耳中依稀還能聽見父親的漱口聲。我的母親是正十四會的神職人員，是當時全臺灣最具威信、最有實力的正規驅魔師，深受中央政府重視的宗教領域顧問。她是我今生所知，最接近神明的人類，既是我信仰的本質，也是我與神的唯一連結。

那時我才七歲，便已明白眾人為何極力推崇母親，原因在於她打從心底相信神旨，堅定不移。

那個晚上，神卻不存在。

永遠忘不了，睜開雙眼見到的古董座鐘，顯示著十一時五十五分。

我的家是一戶四層樓的透天厝，是中部常見的房屋形式，我的房間在三樓，卻能清楚聽見一樓客廳傳來反常的物品碰撞聲。母親雖是驅魔師，卻不曾在家運行術式；身為醫師的父親，亦未曾在家中診斷病患。

「媽？」我步下樓梯，出聲叫喚。

二樓是父母的臥室和起居間，我悄悄步向臥室，只見房門敞開，空無一人。

「媽……？」

此時此刻，心中除了疑惑，沒來由地生起一絲恐懼。

隨著腳步接近越發清晰，能明顯聽出一樓櫃子與門窗的震動聲響，以及碗盤與刀具相互撞擊的鏗鏘之音，不該存在的混亂使我每踏一步，心臟便跳快一拍。

站在樓梯的轉角，隱約看見客廳門縫透出刺眼紅光，奇異的炫彩燈光，混雜幽暗的不祥血色。

一道短促的叫聲傳入耳中。

「媽！」

我三步併作兩步地奔下大理石階梯，推開門來衝進客廳。

在破毀的家具和散落一地的書堆之中，母親挺直身子，神情專注地瞪視前方，伸長雙臂，掌間重疊著大小不一的水藍魔術陣。牆上和各扇門窗出現不知以何種墨水繪製而成的漆黑魔陣，圓形、星形或三角形，不一而足。

母親渾身是血，嘴角溢出黑色的穢物，唯獨雙眼堅定地凝視前方。

她的面前，立於巨大魔術陣的中心點，一名女孩凜然而立。

女孩的身高比我矮小，身形細瘦，有雙比鮮血還紅的駭人雙眸，以及一頭飛散開來，彷彿足以遮天蔽日的豔紅長髮。說是「長髮」，其長度卻足足延伸到小腿下方，非常罕見。她的頭上長有一對小小的曲角，背上則有一雙小小的羽翼，腰後有條毛茸茸的尾巴，尾巴尖端有顆毛球，除了頭髮與眼睛外，渾身漆黑神祕，儼然是從圖畫裡步出的邪惡魔靈。

下一秒，母親雙膝跪地，癱倒在魔術陣內，她的身下，烏黑血液正汩汩流出。這時我才發現，紅髮女孩的雙手也沾滿與她髮色相同的赤紅鮮血，低著頭默然，呆立於母親身旁。

她的左掌緊握著屬於母親的銀鍊十字架。

「媽——！」

我衝上前，無視阻擋其間的紅髮女孩，跪下身子緊緊揪住母親的臂膀。

不管我怎麼搖，她就是毫無反應。

「妳做了什麼？」

我朝女孩咆哮，氣得起身衝向她，舉起右臂揮打，女孩屹立不動，身軀堅硬得宛如石像。緊抱疼痛不已的拳頭，我含恨咬牙，再也按捺不住淚水。

「為什麼……」

女孩依然沉默，不發一語地張開左掌，將十字架墜子遞了過來。母親的十字架是至善神聖的象徵，理當冰冷的觸感，此刻卻挾帶地獄烈火般的炙熱與滾燙。

父親瘸著腳從廚房趕來，同樣渾身狼狽，好似被人痛打一頓，不只鼻青臉腫，嘴角還不斷淌血。

「穎辰。」父親抓住我的肩，「沒事的，不用擔心，一切都會好起來的。」

到頭來，父親口中的「沒事」就像虛構的童話故事，未曾發生。

紅髮女孩無聲無息地在我生命中消失，無論怎麼主張，都沒人相信當時除了我們一家三口之外，另有他人存在。紅髮女孩的特徵被我口述了數十甚或數百次，警察、檢察官和法官全都不相信，連媒體都不當一回事，久而久之，連我自己都開始懷疑記憶的真實性了。

因為我是小孩，所以沒人在乎，他們說，這是喪母之痛以及太過悲傷引發的幻覺，畢竟世上怎麼可能有長了漆黑羽翼、堅硬羊角和毛球尾巴，睜起紅眼又留著紅色長髮的女孩。

父親被臺中地檢署以殺人罪起訴，輾轉歷經三審，由最高法院作成判決，處以死刑，全案定讞。這起案件，以「外科名醫血腥殺妻」的標題作為頭版新聞而家喻戶曉，我也一度受到政府嚴加保護，避免媒體帶來二度傷害。

然而，真正傷害我的正是這些施行保護的人。我知道自己看見什麼，明白真相為何，外界社會卻始終相信表象看似合理、實則遠離事實的「虛偽真相」，不願接受或妥協於略顯異常的全新事實。

時光荏苒，十六歲那年，國中畢業前夕，藍髮碧眼的少女和死板嚴肅的方臉男子，突然造訪我寄宿的南臺中家扶中心。

男子開口便問：「當時，你看見了什麼？」

我據實以告，描述那名留了紅髮、長著羊角、擁有黑羽的惡魔。照實說和不照實說，差異並不大，反正到頭來沒人會相信。令人訝異的是，藍髮少女聽完後點了點頭，既未評論，亦未質疑，從男子手中接過一份牛皮紙袋，袋上寫有特殊招募專門學校等字。

藍髮少女將牛皮紙袋推到我面前。

「白穎辰，你聽過雷霆嗎？」

★　★　★

每次驅魔都是靈魂的脫離，我甚至搞不清楚時間過了多久。

直至神智逐漸清明，感覺自己取回身體控制權，眨了眨眼，重新確認視線。

神美俏麗的臉龐近在眼前。

「哇！」

發現自己全身癱軟，仰躺在她腿上，頭部由溫暖的雙腿支撐著。

我倆的臉恰好顛倒，四目倒轉相接。

此時抬頭，可能會狠狠撞上神美的額頭，思及幼潔慘烈的前車之鑑，便不敢輕舉妄動。非但如此，這角度正好位於她豐滿的胸部下方，抬頭撞上去的話，鐵定屍骨無存。

無論如何都不能亂動。深怕胡思亂想而危及性命，只好默默閉上雙眼，靜靜沉思。

「你這回是真清醒了，還是假的？」神美板著臉問。

「這是我第幾次清醒？」

「三。」

「第三次？」我可一點印象都沒有。「其他人呢？」

「在旁邊。」

「……可以問個問題嗎？」

「如果你是真清醒，就問吧。」

坦白說，我也無法察知自己是否確實清醒了。總覺得頭昏，臉有點熱。

「我躺在這裡多久了？」

「夠久了。」

「怎麼變成這樣的？」

神美盯著我，眼睛眨也不眨，讓人倍感壓力。她的眸子恢復原有的黑色，瞳色與惡魔之力有無關連，暫時無法確定。

「法術結束之後，你的周圍出現奇怪的動靜和白光……很難描述，總之大概是完成了。」

「完成了嗎？」

「大概。」她輕輕將我額前的頭髮撥開。「因為你直接向後倒下了。」

「這可不是正常程序。」

「我想也是。」她皺起眉頭，「要不是我接住你，可是會後腦杓著地，後果不堪設想。」

「但妳接住我了。」我露齒一笑，「真是太好了呢。」

「……你還是撞地板吧。」

神美哼了一聲，用力撐起我的上身，收回雙腿，逕自起身。

我連忙跳起，免得真用後腦撞地。

四下熟悉的老舊白牆，數量龐大的矮凳，讓我立刻明白自己回到希望之塾的事實。雖不見泡泡熊身影，卻在客廳角落瞥見學長與幼潔。姑且不管學長為何面露耐人尋味的微笑，幼潔雙眼無神的表情卻讓我倒抽一口氣，連忙衝上前去，捧住她的臉，驚覺她小小的臉蛋慘白如紙，溫度冷得像冰。

她眨了眨眼，彷彿受到驚嚇的小動物。

「這種反應，難不成我失敗了……？」

「什、什麼意思？」幼潔雙唇張合，吐出的聲音與我的記憶相符，並無異常。

「術式失敗了嗎？」我的視線不斷在她臉上逡巡。

「小小小小辰，」幼潔脹紅雙頰，伸手覆於我的手背。「驅魔沒有失敗，我很好，真的沒事。」

「但妳的眼神……」

「我只是累了，」幼潔想把我的手指扳開。「真的沒事。」

「妳的臉很冰——咦，怎麼現在又不冰了？」

正感疑惑之際，身子猛地被人向後一拉，雙掌脫離幼潔溫暖的臉頰。只見神美怒目瞪視，緊皺眉頭，使勁揪住我的後領。

「是要檢查多久？你是中醫師嗎，還要望聞問切？真是莫名其妙！」

「等、等等，妳也未免太生氣了。」

妳才莫名其妙咧……所幸，機警的我立刻將可能危及性命的話語吞回肚裡。

看來因為我的昏厥，讓驅魔術進行得不太順利，然而，魔附現象倒是澈底排除了，也算有好的結果。

令人在意的是學長、神美與幼潔三人，各懷心事的反常態度。

我嘆了口氣，說：「在我昏迷時，到底發生什麼事了？」

神美避開我的視線，望向幼潔，幼潔愣了半晌，瞥向學長。學長眨眨眼，搔搔臉頰，深深嘆一口氣，似乎決定擔下說明緣由的重責大任。

這回輪到學長捧住我的臉了。

「學弟，你好好聽我說。」

「哦、哦。」他的距離近得令人尷尬。

「你的驅魔術，毫無疑問地成功了。」

「太好了。」

「確實很好。不過，一般來說，所謂的驅魔應該是把惡魔或邪靈驅離開來，甚至打回地獄，對吧？」

「是。」

「不過，」學長的雙眼緊盯著我，眨也不眨。「那隻惡魔比我們想像中更為強大。」

「理論上，術式結束時，你們應該不會看到惡魔的本體才對。」

「對，但我們都看見了。」學長依然沒眨眼睛，表情十分慎重。「不僅如此，那個惡魔的力量太過強大，甚至撐過了你的驅魔術。」

「這是什麼意思？」

「你並沒有將它完全驅散。」

「沒有？」我微皺眉頭，瞥向幼潔。

「它已經不在幼潔身上了，但……」

環顧一周，在場的三人，除了本身即為惡魔的神美，學長和幼潔看起來都很正常，毫無魔附反應，那就只剩一種可能。

我聳聳肩，輕嘆口氣。

「我的身體，有變化嗎？」

確認我已明白事態，學長才慢慢鬆手，往後退去。

神美雙手抱胸倚靠牆邊，板著臉說：「你自己照照鏡子不就知道了？」

幼潔從隨身提包內取出一面小圓鏡，滿臉歉意地遞了過來。

「幼潔，這不是妳的錯。」

「可是……」

「放心啦，再怎麼嚴重——」

舉起鏡子，我的安慰之語倏地中止。

天啊，這也太誇張了……

我的左眼外圍幾乎佈滿黑色血絲，眼球雖然正常無恙，左半邊臉卻覆蓋一層凹凸不平的烏黑，不明就裡的話，恐被看成嚴重的燒燙傷痕或超大範圍的胎記，而且是一天之內不可思議秒速生成的陳年痕跡。

調整鏡子角度，發現脖子上也有黑色紋路，內心悚然一驚。恐怕不只胸口，甚至整個左半身都被漆黑的異物覆蓋了。

「真不錯，」我故作鎮定地揚起嘴角。「這樣就不用上學了。」

「我會幫你辦理請假事宜的。」學長面露苦笑。

「依時間長短，說不定得辦理退學。」

「那真是太慘了。」

「還敢說我呢，學長就這麼把最強候補生偷出來，根本就欠人處分。」

「是啊。」學長看向腕環機，說：「還行，八個小時之內趕回去，姑且算請了超短期的事假，問題不大。」

「如此看來小丑只有我一個人。」我揚起嘴角乾笑幾聲，神美擰起眉尖，跨著大而有力的步伐走來。我說：「抱歉啊，神美，雖然只當一天同學——」

啪地一聲清響，力道極大的巴掌搧上我的臉頰。

「都什麼時候了，還說這些話！」神美緊抿的嘴角微微顫抖，雙手握拳，惡狠狠地瞪著我。「你不是驅魔師嗎，你不是天下無敵的雷霆嗎，你不是有膽用靈魂為代價與惡魔簽約嗎，為什麼這麼快就放棄了？」

「痛死了……」我摀著臉說：「月小姐，這是魔附現象耶，這個傢伙直接附在我體內，妳要我怎麼一邊抵抗惡魔的掙扎，一邊保持理性實行驅魔？」

「找更強大的驅魔師來不就行了？」

「萬一這個惡魔又跑出來，換個人附身的話該怎麼辦？」

「那就、那就……」

神美緊咬下唇，似乎沒考慮到這種可能性，她的拳頭越握越緊，我也越來越怕，畢竟她的巴掌已打得讓人眼冒金星，若是飛來拳頭，恐怕真會駕鶴歸西。

幼潔輕拉我的衣角，垂著眼說：「我也覺得現在放棄有點太早了。」

「話雖如此，」不想挨打的我稍微遠離神美一步。「我一時也想不出什麼好的解決方法……」

剎時，靈光一閃，我轉頭張望，發現泡泡熊始終坐在客廳桌上，因為端坐不動的緣故，直接被眾人當成背景。望向她時，她也隨即回望過來，烏黑的眼珠隱含著不悅和嗔怒的情緒。

我笑了笑，說：「看到被自己壓榨的乙方受到外人魔附，妳有什麼想法？」

泡泡熊動也不動地哼了一聲，「超級不爽。」

「妳現在想的事情，跟我一樣嗎？」

「大概吧。」

她用毛茸茸的手，比出一個長條物，我則揚起嘴角，點了點頭。

神美鼓起腮幫子說：「這是什麼亂七八糟的手勢？」

我抽出夾在桌面書堆裡的紙張，應該是某個孩子的塗鴉，上頭用黑色蠟筆繪出幾名外型奇異的人物；圖中有一名背著大棕熊的少年，他的身旁站著長髮少女，細緻的手腕畫有方形格子，女孩身邊又有一位身形圓潤的矮小女性，掛著表情符號般的大笑臉。三人被只有眼睛和嘴巴的眾多潦草小人團團包圍，雖說畫藝不精，卻樸拙可愛，能夠看出每個小人都笑得很開心。

凝視畫作，心底油然升起一股暖意。

我在紙張背面畫出形似棺材的圖樣，寫上幾個勉強記住的符文，極盡所能地將腦中畫面如實呈現。

「這是魔魂環……」幼潔在我畫到一半時，皺起眉頭低聲呢喃。「這東西是特甲級的機密事項，為什麼身為實習生的你會知道？」

「原本是當作回歸雷霆的手段，現在情況不同了。」

「你打算用這個當成歸隊的交換條件？」見我點頭，幼潔也隨之頷首，似乎頗為認同。「不得不說，這是挺聰明的想法。」

為了避免供出祭牧師之名，我連忙轉移話題。

「這東西的功能大概可以解決眼下的麻煩，救我一命。」

「怎樣的功能？」學長的安全層級顯然無法得知魔魂環的資訊。

「汲取、封印異能的功能。」我聳聳肩，說：「我只知道這些而已，魔魂環之所以定位為特甲級機密，鐵定有什麼驚天動地的理由。」

「特甲級機密是……？」神美望向學長。

「特甲級機密的定義，若非完全未知，就是危險得不應接近。」學長說：「多數情況下甚至連風險等級都未能確認，屬於無法確保安全的人、事或物。」

「唯一的問題是，這東西的所在位置絕非一兩天所能尋出。」

特甲級機密事項的最大問題，就在於資訊的高度隱蔽性，我的話語使氣氛陷入前所未有的低迷。唯一不同的是，站在身旁的神美，骨碌碌地轉動眼珠，似乎思忖著什麼。

過了半晌，她抬起頭，與我四目相接。

「小白，你確定魔魂環長那個樣子，對吧？」

「是的，我很確定。」

神美點點頭，臉上猶豫不決的表情漸漸消失。

「或許……」

她低垂眉宇，食指輕輕捲動耳邊的髮鬢。

「我能找到這東西也說不定。」

神美的話語，令在座眾人一時間啞口無言。

率先打破沉默的是學長，彷彿等待老師准許般高舉右手，神美眨眨眼，伸出右手，掌心向上，相當配合地允許他發言。

「在我們處理麻煩的行動計畫前，有個先決問題得解決」學長清清喉嚨，說：「彼此之間不夠熟識的話，執行任務恐怕會有協調上的障礙，對吧？」

經此一問，神美才注意到，對其他二人來說，自己算是完全的陌生人，不禁滿臉通紅，扭捏地交疊手指。見她一副坐立難安的模樣，學長咧嘴一笑，探出身子。

「總之，我先來。」學長舉起右手，向神美行舉手禮。「我是雷霆特募專校的張弈弦，實習生部隊第五分隊的分隊長。」

「咦咦……」神美眨眨眼，舉起右手怯怯地回禮，隨即望向我，低垂眉尖顯得有些困惑。「雷霆不是祕密機構嗎，介紹得這麼詳細，沒問題吧？」

「當然不是沒問題。」學長是我的長官，對此我也只能苦笑。

「至於這位……」學長沒有理會我倆的低語，來到幼潔身旁勾住她的肩。「她是我們雷霆特募專校的超級明星，也是實力最強的候補生，算是整間學校最頂尖的成員之一。」

「最頂尖，是嗎？」神美挑了挑眉。

幼潔似乎有些錯愕，轉過頭來瞪著我，說：「小辰，我應該是與她初次見面，為什麼總能感覺一股可怕的敵意？」

學長露齒嘻笑，說：「女孩子之間的事，貿然去問學弟可是犯大忌呢。」

幼潔滿臉疑惑，被他這番沒頭沒腦的話弄得更加不明所以。

學長再次面對神美，保持一貫的笑靨，向她行了西洋宮廷劇常見的屈膝禮。

「能否冒昧請問您的尊姓大名呢，美麗的小姐？」

「咦……」神美被他突如其來的誇張舉動嚇了一跳。「我、我叫月神美，是小白的同學。」

「如各位所見，」我補充道：「是一名身心健全的惡魔。」

神美白了我一眼，卻沒出言反駁。

對於惡魔這個詞語，學長和幼潔沒有特別的反應，畢竟是雷霆體系的老成員，又親眼目睹神美的實力，這番介紹不過是在確認既定事實罷了。話說回來，撇除惡魔這個不確定到底是種族、民族抑或文明的總稱，我對神美的實際身分，幾乎一無所知。

「神美啊，嗯……」

學長覷起雙眼，饒富興味地注視著神美。

「請問……怎麼了嗎？」

他攤平雙手，搖搖頭，什麼也沒說。

為了方便解釋，我向幼潔與學長簡單說明發生在養護中心的事，例如：與泡泡熊簽訂惡魔契約、驅動魔力導致大水滅頂等等。

「所以小辰兩次都是為了救我才……」幼潔圓睜大眼，似乎有些驚訝。

「這沒什麼啦，不用那麼訝異。」

「畢竟是重要的青梅竹馬嘛。」學長拍拍她的肩，說：「就我所知，主要的癥結點還是學弟心中那個檻兒過不去，對吧？」

他瞇起左眼，衝著我笑。雖不確定學長是否真的明白，我仍感到背脊一涼，想到自己的過去可能為人知曉，頓時感到坐立難安。

「無論如何，這回輪到我們幫助可憐的小學弟啦！」

學長的樂天個性挽救一切，否則在場成員已被沉重的對話和氣氛弄得笑不出來，尷尬的互動總得有人出面破冰。

「那麼，」他粲然一笑，說：「就請美麗的小姐說明該如何找到魔魂環吧。」

突然言歸正傳，讓神美呆愣幾秒，隨即眨了眨眼，清清喉嚨才開口。

「首先，我們得去九降南院一趟。」

學長和幼潔面面相覷，表情嚴肅，似乎一聽就明白那是什麼地方，只有我宛如置身五里雲霧，不解其意，毫無頭緒。

神美環顧眾人，點點頭說：「之後——」

我連忙高舉右手，「等等，沒人打算說明九降南院是什麼地方嗎？」

三人同時望向我，投射過來的目光充滿驚詫，彷彿這是個多麼愚蠢的問題。

幼潔噗嗤一笑。「畢竟是上課永遠在睡覺的小辰，不知道也很正常。」

「這話可就不對了，我在西澄高中一向如坐針氈，每堂課都乖乖盯著黑板和課本，比緊盯獵物的花豹還專注！」

「那是因為旁邊坐的是小美吧。」幼潔輕輕撞了我的臂膀。

「才不是！慢著，妳們剛才不是還在大眼瞪小眼嗎，現在居然改口叫她小美！」

「話說回來，小辰現在這種半黑半白的黑白郎君臉孔進得去嗎？」

竟然華麗地無視我。

神美望向我，眼神閃過一絲不捨，隨即正色聚焦於我遭到惡魔佔據的左半身，沉吟半晌，搖搖頭說：「這麼明顯的魔附現象，恐怕連公車都不能搭。」

「確實，會被當成玩ＳＭ卻意外搞砸而被燭火燙傷的變態。」

學長說完，幼潔與神美竟不約而同地點頭，一致認同這番毫無說服力的歪理。真見鬼，自從驅魔術式完成之後，我連基本人權都被無情踐踏了。

神美湊上前來，伸手撫摸我被異物覆蓋的左臉，若有所思。她的指尖很溫暖，在臉上摩挲時的輕柔力道好似搔癢，我強忍住微妙的感覺，要笑不笑的模樣像個蠢蛋。她嘆了口氣，輕輕搖頭，低垂著眼望向我。

「只能靠化妝了。」

「這麼大的覆蓋範圍，表層顏色又這麼深，遮得了嗎？」

「就算是我，恐怕也辦不到。」

連身為當紅網路直播主，熟悉化妝技巧的神美都這麼說，大概真的束手無策。

「確實如此。」學長點點頭，站起身來，雙手叉腰地慢慢走向客廳的對開拉門。「『我們』的確辦不到。」

他使勁拉開外門，一位矮小豐潤的人影踉蹌幾步，跌了進來。

學長蹲下身子，攙扶險些摔倒的女性肩頭，說：「但可欣媽媽辦得到。」

看來始終在外偷聽的可欣，一面欸嘿嘿地傻笑，一面欠著身子坐到桌邊。

「為什麼學長會認識可欣媽？」

「這個問題真菜啊，學弟。」學長的食指在空中晃了晃。「你以為自己是怎麼順利住進希望之塾的呢？」

「不是因為必須外宿？」

「西澄就有宿舍了，何必外宿？」

的確如此，但除此之外還有什麼理由？

「沒事先向穎辰說明，確實有點不妥，不過……」可欣把食指豎在唇前，露出不亞於神美的小惡魔微笑。「弈弦說這樣比較好玩，我就決定跟著玩了。」

這個當媽的有點糟糕。

神美坐在一旁，瞪大雙眼緊盯學長，輕皺眉頭、微張小嘴的表情，看起來比我更為困惑。幾秒之後，她摀住嘴巴，倒抽一大口氣。

「弈弦……啊！難不成是弦哥哥？」

學長「嗯」了一聲，走過去，輕輕地摸著她的頭。

「想不到小不隆咚的神美妹妹居然長這麼大了，乍看之下還以為是哪裡來的美人呢。我啊，在妳自我介紹時就想起來了呢！」

「弦哥哥怎麼不告訴我——？」

「這樣比較有趣嘛。」

「學長，你到底是什麼來歷？」

「沒人跟你說過？」學長一手輕撫神美的頭，一手猛拍我的肩。「名為張弈弦的我，在成為雷霆的正規成員之前，可是希望之塾育幼院的初代元老呢！」

神美瞇起眼來，像隻乖巧的貓咪任憑學長撫摸，似乎對此動作感到熟悉且安心。我默默望向幼潔，她攤平雙手，說：「放心，我是真真正正的局外人，跟希望之塾一點關係也沒有。——這點你很清楚吧，我們是一起長大的。」

「沒事，我只是想尋求一些認同感而已。」

當全村的人都來自希望之塾，所幸身邊還有個青梅竹馬陪著。

從他們的互動和神美的對話加以觀察，可欣並不知道惡魔、雷霆以及超常世界的複雜關聯。學長胡亂瞎扯一個爛理由搪塞我左半身的黑影，明明誇張得不可思議，可欣卻頗有共感地接受了。

「大半夜跑去作古銅日曬然後還弄失敗」這種說法，真虧可欣會相信。我想，只要出自學長之口，就算說我的臉被神靈朱雀烤過，她大概也會毫無疑問地全然接受。

可欣花了不少時間，用深淺不同的粉底液和遮瑕膏層層覆蓋，才成功掩飾我臉上的漆黑異物。

在我的臉成功回復人類應有的模樣，足以安全通過九降南院的大門時，晨曦透過窗簾，高調地宣示新的一日到來。也許是有了新的目標，明明通宵未眠，跨出門時，大家的臉上卻絲毫不見疲憊。

一行人就這麼沐浴於晨光之下，朝九降南院前進。

# 第七節　九降南院

跟在導覽人員帶領的遊客隊伍後方，我和神美用盡各種「巧思」融入其中，試圖表現得像來自外地的觀光客。除了左半身的妝容外，我還戴上一頂月兔小美的紀念鴨舌帽，黏上學長提供的假鬍鬚，完成簡單的變裝。神美則將長及小腿的黑髮束成高馬尾，放平瀏海遮住眉毛，戴著黑色粗框眼鏡，與以往截然不同的造型與風格，簡直判若兩人。

霧峰區曦鳶里有兩處豪華大宅，我們的所在之處——九降南院，全名是「九降大宅南區別院」，幾年前雖半開放式地供外人參觀休憩，卻未以網路平臺或媒體廣為宣傳，算是中部較為偏僻的人文私房景點。不管怎麼看，都是個充滿著玄靈道氣場的場域，難以相信聽來頗具洋味兒的魔魂環會在這種地方。

「所在位置……是用猜的嗎？？」

學長得知這項資訊時，首先浮出的便是如此想法。

神美搖搖頭，說：「不是。」

「方便告訴我們消息的來源嗎？」

神美抿起唇瓣，不發一語。學長輕嘆口氣，並不怪她隱瞞訊息來源的行為。

「姑且當作魔魂環就在那裡好了，但——那可是九降南院哦，你們明白『九降』這兩個字代表什麼意思嗎？它是臺灣歷史的見證者，是動搖國本的古老世家，某種程度上是凌駕於中央政府的特別存在。」

目光來回望著我和神美，發現我們無動於衷，他便轉向幼潔，說：「這個姓氏，雷霆的社會概論課程應該有教吧？」

「當然有，」幼潔秒答。「九降是非注意不可的三大家族之一。」

「對嘛！」

學長白了我一眼，似乎對我一無所知感到不滿。

憑良心講，我對三大家族幾乎毫無概念，雖然雷霆的社會和政治相關課程因應任務所需，對於九降、邱、童、陸、崇和林等具有特別意義的姓氏有所著墨，卻不在考試範圍之內，我這種只追求分數的人當然直接放水流了。

仔細一想，北部地區赫赫有名的御儀姬，好像正是九降家的一員。

「聽好，九降家不只是臺灣農、漁、林、牧業的最大統籌者，更是歷史古蹟和宗教道術的守護者。非但如此，他們還是中央政府的經濟命脈，也是雷霆的關鍵資助者之一，不只擁有最高規格的防衛科技，還有軍警雙方主動提供的隨扈。」學長神情嚴肅地掏出一份雷霆的曦鳶里戰略地圖，擺上桌面。「九降南院中的九降二字，背後真正的意義是──這個地方比軍事基地更難突破。」

「弦哥哥口中的更難突破，是無法突破的意思嗎？」

學長望向神美，咧嘴一笑。「當然不是。」

他取出一張白紙，在上頭列出戰略地圖的幾個標號，同時寫下幾點事項。

「更難突破的意思，是我們得多花一點巧思，才有辦法把東西拿出來。」

所謂的巧思，指的正是精心規劃的策略。

學長的計畫，必須在完美的時間調控與完美的分工合作下，才能成功。

不只我們，學長和幼潔也進行簡單的變裝，在九降南院外部執行其他細節的調控作業。毫無道理地，她們將必須正面應付的部分，交給我和神美。

這種配置當然讓我深感不安。

「學長，強悍的惡魔神美也就算了，把我安排在第一線感覺不太妥當吧？」

「惡魔神美這個用語我不喜歡。」神美噘起嘴來，雙手抱胸。

「學弟，我想你可能誤會什麼了。」學長露齒一笑，說：「這是潛入任務哦，不是突襲任務，換句話說，比起實力強弱，臨場反應與相互搭配的能力更為重要。對於物品位置相對了解的神美妹妹是第一線的不二人選，除此之外，她與生俱來的應變能力也很讓人期待。」

「與生俱來……？」

瞥向神美時，只見她雙頰微紅，舉起小拳捶打學長，嘴裡說著「那個不能隨便講啦」等語。看來，除了強大的惡魔體質，神美還擁有我所不知道的潛在能力，不過學長的說明並未解除我的疑惑。

「那我呢？」

「你？」學長眨眨眼，「我不是回答了嗎？除了臨場反應之外，相互搭配也很重要，在場人士除了你，還有誰更適合與神美妹妹合作？——你這什麼臉，難不成你想讓力量弱小的我擔任前線人員？」

「這……」

「還是說，」學長揚起嘴角。「你想讓兩名女性負責最危險的第一線？」

都說成這樣了，我還有什麼選擇。

以導覽隊伍為掩護，我倆輕鬆進入九降南院的開放式院區，現階段唯一的工作便是等待。我們雖像遊客一般自由瀏覽，暗地裡卻繃緊神經，伺機行動。

九降南院的規模極大，環顧四周，光是中式庭院造景便有數百坪大，位於後方未供參觀的區域還有土石構築而成的精緻假山。一眼望去，花木扶疏的園林一側有個比臺中公園日月湖更寬闊的人工湖泊，中央設有一座灰白石造拱橋，數名遊客正在橋上排隊攝影。

粗估參觀人數約莫近百，人手一支腕環機的時代，各個角落都有專程到此攝影與觀光的民眾，根本沒有潛入其他區域的機會。似乎等得有些不耐煩，神美嘟著嘴，皺起眉頭，悶悶不樂的模樣讓人有點介意；打從離開希望之塾後，我的情緒莫名容易浮躁，彷彿胸口憋著一股悶氣，在任務之外更得耗費心神強加壓抑。為了掩飾我的不自在，刻意將手伸入口袋，卻又覺得太過造作，連忙抽回，左思右想，決定自然擺動手臂，一不小心卻同手同腳起來。

「小白，你很緊張嗎？」

居然被關心了。

「沒有。」結果我還是決定把手插進口袋。「我看起來很緊張嗎？」

「非常。」

「那是錯覺。」

「是嗎？」

話題終止。緊鄰在旁的神美，纖細的肩膀與我的手臂相距僅數公分，無論有意或無意，兩人之間的距離始終處於微妙的尷尬狀態，體內的浮躁之感也越來越明顯。

「喂，」我悄聲與泡泡熊對話：「妳的力量是不是有什麼副作用？」

「真失禮。」泡泡熊雙眼直視前方，保持靜止不動的姿態。「我的魔能安分得很，若你現在有什麼異狀，也絕對不是『我這邊』的問題。」

言下之意點明問題出在他處，而所謂的他處，不是神美，就是我體內的另一隻惡魔。

導覽隊伍持續前進，離開九降南院華美壯觀的庭園造景，轉入第一個宅邸前院，開闊寬廣的腹地令人詫異。前院兩側各有一堵紅磚矮牆，前方則有極為傳統的中式磚瓦單層屋舍，乍看之下與尋常的四合院並無不同，導覽人員卻說那座建物並非可供居住之處，只是通往第二庭院的門房。

富貴人家連個門房都如此講究，令人瞠目結舌。

我倆走在隊伍最後方，為確保能聽清楚耳機的通訊，始終保持在距離遊客最遠、環境雜音最少的位置，偶而甚至能聽見庭園小池的潺潺流水聲。

神美走在前面，腕上的銀鍊發出細微的喀喀聲響，配合步履節奏一拍一響，雖沒親眼確認，卻能想像隱藏在準確且穩健的步伐之下，有副微慍而不耐煩的賭氣表情。

希望她能沉住氣，乖乖依循學長的計畫行事。

穿過門房，後方是淺褐色石板地，看得出歷史痕跡，左側建物明顯曾經作為馬廄，右側建物則緊閉木門，僅在屋舍旁側以木製牌板說明寫上「武裝器具房」的字樣。

笑容可掬的女性導覽人員站在隊伍前方，活力充沛地講述歷史。她說，過去數百年來，臺灣中部發生過數回亂事，有對抗清政府的，有對抗日本殖民的，也有對抗漢人彼此的；中部地區除了霧峰林家外，檯面下掌控農林漁業的九降家族，更是各時代的統治政府用以維繫地區穩定的重要核心。

我聽得津津有味，神美卻百無聊賴地把玩手鍊，時而調整眼鏡高度，時而伸起懶腰，排解因持續等待而不斷積累的煩躁。不敢貿然向她搭話，我默默開啟腕環機，在翻閱新聞條目的同時，順手查詢九降南院的資料；畫面中出現幾張於此打卡的戀人相片，不禁揣想擁有絕好條件的神美，在未來與某人並肩前行、談笑玩鬧的模樣。

那個人絕不是我。

即使物理距離幾近為零，內心仇視異端邪靈的我，終究無法坦率地面對她。

「小白，」神美的聲音嚇了我一跳。「左邊的廊道盡頭，就是警備中心。」

「明白了。」

「怎麼了嗎？」她眨眨眼，歪著頭說：「為什麼你的表情這麼奇怪？」

「我只是有點緊張而已。」

「果然還是會緊張嘛。」

「囉唆。」

稍微與導覽隊伍拉開距離，我和神美一面注意遊客的視線，一面躡手躡腳地鑽進非參觀區域的封鎖廊道。整座九降南院就像中國式的大迷宮，木造的長廊有數十個垂直岔路，每回穿越都得提心吊膽，深怕被人察覺。神美前進的步伐彷彿對此相當熟諳，於無人時果斷地奔馳，內部人員經過時則準確地停止。

不知拐過多少轉角，踏過多少木地板，我們終於抵達警備中心，正式進入計畫的第二個環節，也是不確定性最高的環節。來到門邊，她與我交換眼神，默默將手挪往門把，咔嘰一聲緩緩轉動，悄悄推開。

「咦？」

她眨眨眼，發現裡頭居然空無一人。

「看來我們之中，某個人的運氣好得堪比神蹟。」我竊聲笑了。

「真是的，害我這麼小心翼翼，真是虧大了。」

神美嘟著嘴，大剌剌地推開門，踏進室內。學長的計劃分成三個階段，分別是潛入、搜索以及逃出，潛入的部分非常單純，只要跟著導覽隊伍前進即可，至於搜索，可就不簡單了。根據神美所述，魔魂環的所在位置是宅院最深處的器物收藏庫，要進入該地，不僅需要掩人耳目的完美潛行，更需要一把絕不可能複製的特製鑰匙。

那把鑰匙，就在「理當」最危險的警備中心裡面。

神美謹慎地環顧，確定四下無人便開始翻箱倒櫃。當然，知道鑰匙在此，並不表示知道確切的位置，更無法保證不會被人攔出。我一一翻動數量可觀的置物櫃與檔案櫃，嘗試找出連模樣都不確定，名為鑰匙的物品。過程中，任何風吹草動都得提高警覺，偶而接近的人聲總是讓人捏一把冷汗。

十分鐘過去，一無所獲的我已經開始感到絕望。

「找到了！」

誠如先前所說，我們之中某個人的運氣好比神蹟，現在可以證實，那個人絕對不是我，而是神美。

望著她手中造型雅致卻略顯陳舊的黃銅鑰匙，我說：「妳確定是這一把嗎？」

「當然不確定。」

「喂……」

「你不覺得這把鑰匙不斷散發出『選我選我』的氛圍嗎？」

不好意思，完全沒有。

即便如此，我也不敢在樂得開懷的惡魔面前硬潑冷水，在沒找到其他鑰匙的前提下，這把鑰匙的外觀確實符合九降南院古色古香的氛圍，連我都不自覺感受到那股「選我選我」的氣場了。

準備離去時，警備中心的大門在我伸手要拉的瞬間突然打開了。

「咦？」、「啊？」、「嗯？」

我、神美和突然進門的中年大叔分別發出疑惑、驚訝與不解的聲音。

身穿灰色警衛制服，頭戴鴨舌帽的大叔臉色一變，說：「你們在這裡做什麼？」

「這、這個嘛……」

始料未及的情況下，該說什麼藉口才好？

他的聲音太大了，要是沒處理好，光是嗓音也會引來不必要的注意。

大叔來回看向我們，目光從最初的不解轉為驚詫的憤怒，眼看就要按下腕環機的警報鈕，我的手則移往腰間的伏特槍——

神美向前一撲，使勁抱住對方。

「什麼——」

突如其來的舉動，讓大叔步伐踉蹌，無法抬手觸動按鈕。我以為是神美攻其不備的襲擊而準備上前幫忙，卻赫然發現大叔的狀況有點奇怪，他明明有數百種掙扎的手段，卻呆立原地，脹紅雙頰，張嘴大口喘氣，彷彿經過一場劇烈運動之後，四肢疲憊地自然下垂。

至於神美，不知何時已然顯現始終隱藏的血紅雙眼。

不久，警衛大叔彷彿昏厥似地跪倒在地，目光呆滯，雙手緊緊揪於跨下。

意想不到的發展讓我半張開嘴，一時之間難以消化眼前龐大的資訊。

「神美，這是……？」

「我不想談。」

當她轉身面向我，始終隱藏的血紅雙眸瞬間恢復烏黑深邃，除了被不明力量抽離心神的警衛之外，好似什麼都沒發生。她不動聲色地抓起鑰匙向外走，我緊跟在後，快速回到聆聽導覽的遊客隊伍附近。

警衛大叔脹紅臉頰的模樣、大口呼出的粗氣和摀住跨下的姿態，比起遭受精神攻擊，似乎更像受到某種與性相關的侵襲。性的攻擊方式、與性有關的惡魔、引動性慾的女性惡魔……

我們與人群保持適當距離，無法壓抑腦中千迴百轉，終於忍不住開口。

「神美，妳是……魅魔嗎？」

魅魔二字，對我來說是極富想像，挾帶神祕卻令人不適的詞語。

稱為魅魔的邪靈，是指積極引發人類性慾，奪取精液、愛液、血氣和魂魄，藉以維生的惡魔，尤有甚者，竟於睡夢中吸取男性精液，再與受催淫的女性交媾產子，種種迫害手段，嚴重違反世間認知的天理與人欲。

一言以蔽之，即是透過性行為維命的惡魔邪靈。

體內湧上難以言喻的浮躁，猶如溢滿之水，充斥胸膛，直上腦際。

神美低垂著頭，長長的黑髮遮住她的臉龐，讓人看不清掩於其後的表情。

就連以性維生的惡魔都比我強大數百倍，這令人絕望的實力差距，與書裡描述的狀況截然不同。古老傳說中，魅魔除了交媾之外並無法其他力量，但眼前的女孩擁有的魔能卻遠遠超越簽立惡魔契約的我，甚至凌駕於雷霆最強候補生的幼潔，某種令人無法接受的複雜情緒，正逐漸漫開。

迴盪耳畔的惡魔呢喃伴隨根植內心的昔日仇恨，逐漸侵蝕我的心靈。

莫可名狀的混沌佔據了渴求平靜的心靈，體內魔能正在呼應這股一觸即發的怒氣，彷彿隨時要竄出一般，讓我頭痛欲裂，思緒混亂得難以鎮定，簡直像被惡魔附身似的。

「我終於明白妳為什麼知道魔魂環在這裡了。」

「這是什麼意思……？」

「妳是以魅惑之力，逼人主動說出資訊的吧？」

「才不是！」神美瞬間滿臉通紅，似乎有些生氣。

該停止了，這不是我。快給我閉嘴啊，白穎辰！

「說到底，身為魅魔的妳幹嘛故弄玄虛地陪我們玩這種潛行遊戲？直接用妳最擅長的能力，把那些傢伙搞到雙腿癱軟，不是輕鬆多了？或是更簡單點，找個姓九降的男人睡，說不定連門都直接幫妳開好了呢！」

快閉嘴！你眼前的是神美，是友軍，是夥伴，更是重要的朋友啊！

「你明明什麼都不懂……」

「妳們那個世界的種族似乎和我們這裡大不相同，說不定，妳們所謂的魅魔比我們教會記載的更厲害、更方便、也更噁心呢！」

神美緊皺眉頭，小嘴微啟，眼角含淚卻無意辯解的模樣令人揪心。

白穎辰，快點閉嘴啊！你沒看見她難過的樣子嗎？你是打算講到她落下淚水嗎？你這無法控制理性，無故對人發怒的傢伙才是惡魔！

神美輕咬下唇，黑亮的雙眸已然化為赤紅的惡魔血色，被突如其來的駭人眼神震懾，我雖張著嘴，卻一句話也說不出話來。她向前跨了一步，緊握我的雙手，春蔥玉指慢慢滑入我的指間。弄不清葫蘆裡賣什麼藥，一時沒能甩開，她的指頭便與我完美交扣，十指交疊的瞬間，滾燙如火的體溫自掌間傳來。

「你想知道魅魔的能力？」

她的額頭輕輕靠向我的臉頰，深深吸一口氣，冰冷的唇瓣倚貼我的頸側，緩緩呼出鼻息，熱浪般的氣息拂過肌膚，難以承受的莫名搔癢急速攀上腦際，我後退一步想要閃躲，卻被她的指頭牢牢攫住。

那雙可怕的赤紅大眼，此刻看來竟可口得宛如櫻桃。

交疊的掌間傳遞一股激烈的熱流，逐漸漫入脊髓，隨即向下延伸，朝著腿間蔓延。一時間我不明白那是什麼感覺，驀然驚覺呼吸變得與她一樣短促，臉頰和額頭彷彿即將沸騰的熱水，滾燙得就要冒出白煙。無法壓抑的情緒源於外力，違背意願的異樣酥麻，讓我不禁想起在學校屋頂被神美勒住時的情況。

原來這就是魅魔的力量。

我的身體無暇顧及腦中雜亂的思緒，誠實地對眼前女孩起了反應，除了將她壓倒、蹂躪、侵犯的念頭外，大腦什麼想法也沒有。

這是神美，是我的同學，是我的夥伴，不該對她萌生惡劣的踰矩念頭！

儘管反覆告誡自己，肉體卻宛如脫韁野馬，無視道德禮教，逕自亢奮，幾近不可收拾。前所未有的狂熱，難以抑制的慾求猛烈地蔓延胸腔，衝上大腦。神美的指尖略加施力，只不過是手指頭的接觸，感覺卻像全身被溫柔地撫弄一般，滾燙膨脹的熱潮以腹部為核心向下直衝。

我抬起手，使勁全力想將她壓倒，卻被交扣的指頭緊緊揪住而動彈不得；我挺起腰，她卻弓起身子向後閃躲，絲毫不讓我得逞。體內積累的亢奮和慾望無處發洩，呼吸越發急促，身體越發滾燙，大腦彷彿被人竊佔一般無法思考，陷入白茫茫的空無。

再也按捺不住的我，脖子一伸，把頭埋入她馬尾下方無暇淨白的頸項。她的肌膚和我一樣燙，白皙的頸側微微泛紅；我張開嘴，對著透紅的位置咬上一口。

「呀！」

一聲驚呼，她將口中的熱氣吐向我的脖子，僅僅一口氣息，僅僅一道嬌喊，竟使我沸騰的亢奮瞬間到達頂點，受到引誘的狂烈情慾眼看就要滿溢。

神美突然鬆開交纏的十指，將我一把推開。

湧起的情慾，下腹的脹熱，猶如海水退潮一般驟然消散得無影無蹤，好似未曾存在。

萬馬奔騰的千頭萬緒轉瞬成空，頓時感覺雙腿癱軟，不禁跌坐在地，腦中一片茫然，低頭確認腿間，所幸身體及時恢復正常，沒在人前鬧出笑話，要是在公共場域因過度興奮而遺出體液，恐怕比死還要糟糕。

我仰起頭，滿懷歉意地望向摀住小嘴、淚眼潸然的黑髮少女。

「對不起……我……」

神美早已抽抽噎噎地哭成淚人兒了，豆大的淚水滑落由櫻紅轉為慘白的頰窩，一顆又一顆地掉落地面，好似天空愁鬱得下起雨來。

「剛剛是……」

差點想不起數秒前發生的事情。神美的力量，光是簡單的觸碰和短暫的吐息，便讓我完全喪失心神。操弄他人本能，令人畏懼的壓倒性攻擊，實在太過危險。然而，她卻選擇隱藏力量，以普通女孩的身分融入我們的世界——融入這個對於魅魔而言，特別不友善的世界。

面對這番事實，我卻對她說出毫無根據的指謫，針貶身為魅魔，無法選擇也無法迴避的天性。

我真是個糟糕的傢伙。

『咳哼。』

耳裡的隱形對講機傳來學長短促的清喉嚨聲。

難不成剛才的對話，全被聽到了？

『我們這邊準備好了，學弟，神美妹妹，你們就定位了嗎？』

學長的聲音非常冷靜，平淡得讓我聽不出到底伴隨何種情緒

在我眼前，神美仍舊泣不成聲。聽見對講機的聲音，她伸手抹臉，卻怎麼樣都抹不完頰上淚珠。

『哈囉，有人聽見嗎？學長？學弟？神美妹妹？』

我無視學長的聲音，調整呼吸，嘗試拾回內心的平靜。

神美是真心想要幫忙，才會在我輕言放棄時氣急敗壞地搧來巴掌，才會在我面臨大敵時放棄隱藏多時的惡魔身分，挺身而戰。她只是想保護身邊的人罷了，如此簡單的道理，居然演變成可怕的衝突，就算是被盤據肉身的邪靈影響，說出這番妄加揣測的荒誕之言，依然不可原諒。

真想乘坐時光機，回頭痛打十分鐘前的自己。

我緩緩步向哭成淚人兒的神美幾步，她左一抹、右一抹地極力擦拭，卻怎麼也止不住汩汩流出的淚水。來到她面前時，突然覺得難以呼吸，彷彿有根無形的木樁深深扎入胸口、刺穿心臟一般，張開嘴巴，卻發不出聲音。

我的雙掌輕輕覆上她的肩頭，僅此碰觸，感受到她全身劇烈一震，宛如驚弓之鳥，隨時想要逃跑，卻撇過臉去，不讓我看清滿載悲傷的神情。我張開臂膀，將她攬入懷中，這回，即使埋首於她的髮絲之間，嗅著同樣清甜的香氣，內心卻毫無邪念，沒有那駭人的異樣亢奮。

這回，只單純地感覺到這副柔軟的身軀與暖和的體溫。

「神美……」

她輕輕「嗯」了一聲充當回應，聲音柔得讓人心疼。

「是我的錯，」我悄聲地以氣音說：「對不起。」

僅此一句，她再次低聲啜泣，斗大的淚珠一顆顆落於我的肩頭，滲入薄薄的襯衫，直達體膚。動也不動的我，輕輕摩挲她小巧纖細的肩膀。

「神美，那不是我。」我微皺眉頭，說：「我知道這聽起來很像藉口，但……平常的我，沒有邪靈佔據心神的我，絕對不會說那種話。」

「嗯……」她的聲音聽起來不太相信。

「所以，我需要魔魂環。」

「嗯。」

「請妳幫助我，好嗎？」

只見她使勁搖頭，露出意念堅決的表情。

「別這樣嘛。」

「我不想幫你了。」

「我該怎麼做，才能讓妳不生氣？」

「……」神美猶豫幾秒，噘著嘴說：「你不可以再對我說那種話。——就算被惡靈附身也一樣。」

「我一定會盡力抵抗佔據心靈的可怕惡靈。」

「你沒有正面回答，不算數。」

「好吧。」我輕笑一聲，「我答應妳，不再講那種話。」

「嗯，那我就幫你。」

藉由傳自頸部的奇妙觸感，察覺到她呼吸漸漸柔和，趨於平緩。

距離導覽人潮越來越遠，我們彷彿與世隔絕，眼中只有彼此。

輕輕撫順她的髮絲，我吁了口氣。

「老實說，我很害怕。」頓時覺得自己的聲音飄忽且遙遠，好像別人道出的話語一般，有種異樣的疏離感。「早在十年前，我就見識過超越一切的力量了。人類非常弱小，遇到超乎尋常的人事物，就只能當殂上之肉，任人宰割。我以為進入雷霆就能分辨、控制甚至打擊超常之物，卻發現自己比想像中還更沒用，面對狂信者、面對魔附者、面對妳，都只是一株路邊草芥，起不了關鍵作用。」

神美柔順地倚在我的懷中，吸了吸鼻子，輕輕搖頭。

「看見如此強悍的妳，就越發痛恨自己無能為力面對一切，無法捨身保護妳們。強烈的無力感讓我驚覺……到頭來，自己仍是那盤可悲的殂上肉。」

終究只是毫無意義的平凡人，等待命運的審判。

「你錯了。白穎辰，你並不弱小。」神美離開我的擁抱，後退一步，水靈靈的大眼睛堅定地凝視著我。「有個偉大的人曾對我說過：『人的價值不在於力量強弱，在於有沒有為他人挺身而出的決心』。力量的強弱確實很重要，但……正如我願意幫可欣媽媽照顧希望之塾的孩子那樣，很多事情需要的不是足以服人的力量，而是挺身而出的決心。」

她的話語在我腦中勾起無法言喻的熟悉感，簡直就像某人曾經對我這麼說過。

「這、這樣啊……」

神美抹抹臉頰，將淚痕擦拭乾淨，說：「有句話得特別聲明哦，我可不會用身體去換取任何東西。」

「不管你相不相信，」神美皺起眉頭，鼓脹腮幫子。「唯有貞操這點，我比任何人都堅持！」

「哦……」

「啊，你不相信！」

「不是不相信啦。」我搔搔左頰，目光移往他處。「只是沒想到會聽到這麼直截了當的處女宣言。」

「呃！」她漲紅著臉，似乎隨時會揮拳過來。「我、我以為你很在意啊。」

「啊？」我不自覺拉高音量，「為什麼我要在意？」

「你聽到弦哥哥說我有『某種能力』之後就一直不開心，我又不是故意要隱瞞的。」

「我才不是因為這點而不開心，是因為——」因為對於學長比自己更瞭解她而感到氣惱？這種話可不能說出口。我清清喉嚨，「況且，明明是妳比較不開心吧？」

「當然啊！祕密被迫曝光，超不開心！」

「果然妳自己也對ㄇㄟ——」

「你敢說出魅開頭的那幾個字，我保證用惡魔的尖牙咬死你。」

「好可怕……」

「哼！」她撇過頭去，「我就姑且把你的挑釁話語當作魔附的影響吧。」

「那當然，我怎麼可能故意說那些話。」我雙手抱胸，望向空無一物的角落，嘆了口氣。「醜話說在前頭，跟我這種人攪在一塊兒，妳會很困擾的。」

「是嗎？」

「是啊，我可是很複雜的男人。」

「嗯，我知道。」

「妳知道？」

「雖然你不記得了。」神美低下頭，挪開視線。「但我以前——」

『咳哼！哈囉，哈囉哈囉——！』

對講機再次傳來學長的聲音。

『天都要黑啦！有人聽見嗎？哈囉！』

神美愣了愣，眨眨眼，噗嗤一笑。她用手抹了抹臉，旋即按壓耳垂，開啟連接器。

「弦哥哥，我是神美。」

『哦！神美妹妹，妳們終於肯回應啦！』

「對不起，我們這邊準備好了。」

『麻煩妳啦！叫學弟抓準機會，直接行動。』

「好的。」她再次按壓耳垂，切斷通訊。

四目相接時，神美突然瞇起雙眼，天真無邪的笑容可愛極了。她從包裡取出紅色的智慧型手機，抬起左手向我行禮。

「我去去就回。」

「敬禮要用右手。——總之，交給妳了。」

「剛剛那筆帳還沒算完哦！」

「好啦，到時候連本帶利還給妳。」

神美嫣然一笑，抓著手機往人群最多的宅院神明廳小跑而去，後腦杓左搖右晃的長長馬尾宛如鐘擺，俏皮的身姿令人不自覺地揚起嘴角。

『小辰你這馬尾控。』幼潔冷淡的聲音傳入耳中。

「我才不是——等等，」我心一驚。「通訊系統一直都開著？」

『那當然，這是雷霆的隱形通訊器，本來就是常態連接。』

「常態……那不就……」

『哈——囉——』學長冰冷的聲音悠悠傳來。

「天啊……但、但是神美的——」

『小美又不是雷霆的成員，正因如此，才給她一副能夠自由接聽的通訊器。再怎麼說，常態開通的通訊系統不只需要先行訓練，更需要時間適應。』

『不過，』學長說：『有個傢伙顯然也需要重新適應。』

「這麼說來，剛才的對話你們全都聽見了？」

『一字不差。』、『一字不漏。』

真想撞牆……

「……對不起。」

『雖然很想痛罵一頓，但結果還行，就先放過你了。』

『下次再這樣欺負小美，我一定用風刃砍你。』

『話雖如此，小潔也很辛苦呢。』學長笑了笑，說：『畢竟青梅竹馬是最近又最遠的距離嘛。』

『前輩，你給我閉嘴！』

通訊雙雙中斷。

一想到剛才的衝突被人聽見，臉上驀地湧起一片熱辣，羞愧難當。

拋開想撞牆的懊惱，望向九降南院的神明廳，那裡已聚集大量的遊客；人潮中央，有位女孩正熱情洋溢地說著些什麼。

頭戴純白兔耳，瀏海掩蓋眉毛，鬢髮遮掩臉頰的紅眼少女——月兔小美，此刻手握自拍棒，將腕環機掛上夾子，面對鏡頭燦笑，與導覽員一搭一唱，解說宅邸的各項設施與配置。她的亂入使得四散的遊客逐漸集中，人人爭睹當紅直播主的魅力風采。人潮越聚越多，導覽隊伍也變得越來越龐大。再怎麼說，由人氣第一的美女網紅擔綱導覽，並且即時直播的場合可不常見。

「唉唷！」神美露齒一笑，作勢被門廊的低檻絆了一跤。「這地方之所以安裝這樣的檻兒，主要原因是……」

生動且詳盡的說明，引來大批遊客錄影圍觀，每介紹一段，神美都會俏皮地請靦腆的導覽員進行評分。當然，可愛的月兔小美總是拿到滿分。她的活躍成功引來分散各處的遊客，少數沒有好奇趨前的人，視線也不斷飄向該處。

幾乎所有人的目光都被她醒目的身姿吸引了。

我環顧四周，找到一條閃著澄色微光的細線。那條細線是幼潔在遠處引導風的流向，搭配學長的感知能力標出異能，形成最佳的導航。微弱的風絲左彎右拐，穿過幾個廊院，越過幾座花園，再穿越兩扇小門，途經數個好似存放法器的隔間，此地異常寧靜，應該是禁止外人參觀的場所，必須格外小心，絕不能碰撞門板、地板和石面，以免發出引人耳目的聲響。

不開放遊客參觀的宅院內部，有片比前院庭園更大的湖泊，湖泊中央有座小亭、假山和流水，周圍則是一大片青翠的綠地，壯觀華麗甚於前院，二者規模相差懸殊，宛如大海比小溪。

沒想到看似微弱的橙色風絲如此強韌，又轉過兩個小彎，抵達位於宅院深處的木造大堂。

迴避兩名看似工作人員的女性，悄悄接近大堂木門，插入神美找到的鑰匙，伴隨第二次堪比神蹟的好運，成功打開門鎖。慢慢探頭，確認室內空無一人，我抓準時機，側著身子鑽入門內。

前方有座雕刻著龍鱗鳳羽的小神壇，壇上空無一物，沒有佛像、神牌和法器，空蕩蕩的座壇右側置放一根超過兩米長的桃紅色木棍，旁邊的白牆貼有規範靈巫、道術和棍法的指導條目，每一條都以毛筆正楷書寫，顯然於此修練者不但磨練心性，同時具備厚實的藝術薰陶。

大堂左側並列兩座比人還高的檜木書櫃，成千上萬的書籍整齊排列，井然有序。書櫃中央特別空出一層，擺放為數眾多的宗教物品。琳瑯滿目的器物不一而足，有些認得出來，有些完全陌生，多是道教或密教使用之法器，是身為廣義基督教徒的我完全無法辨識的範疇。

書櫃後方的牆壁懸掛大小不一的相框，最右邊的兩張是手繪人像，其餘多是黑白和泛黃的舊式相片，唯有一張映出年輕少女的彩色全身照，應是新近才吊掛上去的。照片中的黑髮少女身穿桃紅道袍，雙鬟繫著醒目的鈴鐺，溫婉典雅的微笑深具渲染力，讓人捨不得轉移視線。

全彩相片下方的透明玻璃箱裡，有兩枚耀眼炫目的金黃物品，一個是封閉的環狀物，一個是細長的板狀物。

長條型的板狀物，正是祭牧師出示的相片裡，名為魔魂環的異能法寶。

說也奇怪，明明稱作魔魂環，卻比旁邊的圓形物體還沒有「環」的感覺。

尋得目標的瞬間，心臟的躍動猛地提速，劇烈的興奮感像要攝魂奪魄一般，躁動不已。

「咦？」

一聲疑問從背後傳來，我駭得肩頭一震，驟然屏住呼吸。

不敢回頭，只能緊盯眼前的魔魂環，任憑背脊發麻，前額冒出冷汗。

身後之人緩步行來，輕輕點了我的肩膀，眼看事跡敗露，只得無可奈何地乖乖就範。

硬著頭皮轉身，見著來者，我驚訝得險些吐出整顆心臟。

「哈囉，」對方笑著說：「我的一日姪子，你怎麼會在這裡？」

我的同班同學郭凌香，身穿上白下灰的九降南院工作袍，手裡握著黃銅色落葉掃，露出燦爛的笑臉。

她吐了吐舌，雙手背於身後，露齒一笑。

「該不會是來偷東西的吧？」

# 第八節　魔魂環

突如其來的阻礙不只令我錯愕，更讓在外等待的夥伴陷入僵局。

瞥向靜靜留在原處的魔魂環，偷偷嚥下唾沫，極力思考下一步該怎麼做。

郭凌香嘻嘻笑著，對於身在此處的我似乎並不感到奇怪，既毫無戒心，亦未將我驅回前院，反而興致勃勃、如數家珍地詳細介紹廳堂內的法器和相片。表面上，我沉靜地配合聆聽，實則忐忑不安，力持鎮定，思忖盜物之法和脫身之計。

原來神美知道魔魂環所在位置的理由，就這麼簡單。

『學弟，東西到手了沒？』學長的聲音自通訊器傳來。『應該順利找到位置了吧，有看見魔魂環嗎？』

無法回應。儘管自顧自地導引和介紹，凌香卻沒分心，視線頻繁瞟來，讓我找不出脫逃的機會。

她拽著我，舉起右手，以食指一一掃過牆上相片，宛如介紹自家親戚一般，將九降諸位大人物的事蹟和偉業娓娓道來。九降宗聖、九降道遵、九降玄望、九降詩櫻……無論這些名字多麼響亮，對我而言都沒意義，在她隆重介紹牆上的成員之時，腦海盤桓的只有無數個可能有效卻難以實行的應變手段。

「穎辰，我是不是很無聊呀？」

「呃，不會。完全不會。」

過度沉浸於思考以致反應遲鈍，險些引起對方懷疑。

凌香的出現完全始料未及，瞬間打亂學長縝密的計畫，經此變數，別說想要奪取魔魂環，就連安全脫身的空檔都沒了。仔細觀察凌香似乎沒有配戴腕環機，意味著她根本不知道神美正在前院進行直播，便也無從藉此轉移注意力。

只得隨便找個聊得起來的話題，靜候時機。

「凌、凌香真厲害，對這裡的寶物和環境都那麼熟。」

「沒有你說的那麼好啦。」她嘿嘿地笑，拍拍我的肩。「我在這裡工作很久了，又老被安排在這空虛的廳堂，自然有很多時間認識這些稀世珍寶囉。」

她將落葉掃放於牆角，從腰後的布包掏出一把小巧的雞毛撢子，輕輕揮拍櫃架上的法器，隨著撢子拂動，細小灰塵翩飛於空中。

一時半刻恐怕無法離不開了。偷偷觀察環境，通往庭院的木門掩闔緊實，隔音效果出奇地好，無法窺知外頭狀況。

「話說回來。」凌香的聲音嚇了我一跳，她停止揮舞撢子，側著頭笑。「昨晚過得很愉快吧？」

「……這句話充滿了奇妙的彩蛋和陷阱。」

她嘿嘿地笑，「在希望之塾有好好和神美相處嗎？」

「算是有吧。」

「這就好。」凌香舉起黑色撢子，鼓著雙頰，皺下眉頭，假裝生氣的模樣。「如果你敢欺負我們家神美，身為護花使者的我絕不會放過你！」

「誰敢欺負她啊……」

「能好好相處的話，就太好了。」她把撣子倚在下巴右側，似乎忘記那是用來拍灰塵的東西。「如果你能好好支持神美，那就更好了。」

「坦白說，我不認為她需要任何人支持。」

這是真心話，比水往低處流的真理還更實在。神美在希望之塾擔負照顧十幾個孩子的重責大任，某程度上甚至取代可欣，擔起專屬母親的職務，根本無須任何外人協助，更不需要多餘的支持，她本身就是眾人的希望，暖陽般的存在。

凌香笑了笑，搖搖頭。

「神美其實是很脆弱的。」

她的臉上泛起一抹微笑，右手舉至眉前，遮掩部分刺眼的陽光，以便持續朝向光亮之處清潔器物。

「穎辰，我想跟你分享一個故事。」

「我能拒絕嗎？」

「不能。」

「……好吧。」我身邊的人怎都如此霸道。

凌香露齒一笑，「我從小學開始就一直是神美的同班同學唷。」

「真是神運。」

「這是緣分，不是運氣。」

其實二者並無不同，都是將偶然之事歸諸於神，而非客觀合理的機率。

「神美在小學二年級時才轉入師呈小學。」凌香走向神壇，莫可奈何的我只能跟隨其後。「自那時起的十年，我們都分在同一班裡。神美並不是功課特別好的學生，卻在體育、田徑和演說等才藝活動有驚人的優異表現，我想這大概是她最近越來越受歡迎，甚至名列西澄中學風雲人物的主因吧。」

「話說，我也是師呈小學的畢業生。」

「哦，我們是老鄉呢！」

「同間小學哪算什麼老鄉。」

凌香被我的回應逗得一逕傻笑。

儘管我曾就讀師呈小學，卻因歷經那起慘劇，整天悲傷度日，無暇顧及學習和人際，是一段特別黑暗且不堪回首的歲月。

「神美在國中三年級時被高中部的學長追求過呢。回頭一想，學長的追求方式打一開始就很積極，算是很得女孩歡心的男生哦？」

「她們有在一起嗎？」

「有哦，雖然很短暫，但還是有。」

「後來怎麼分開的？」

「因為發生一些……事故吧。」

這個答案挺奇怪的，中學情侶分手的原因不外乎是顧及課業、某方劈腿或家長反對，因為發生事故而分手的狀況可說頗為罕見。

凌香瞇起左眼，俏皮地吐了吐舌。

「記得，別說是從我這兒聽來的。」

「那妳要不要考慮別跟我說？」

凌香哈哈大笑，猛拍我的肩。

「這算是我私自認為，和神美交朋友時必須知道的背景知識。」她探頭望向後方，確認周遭無人，湊到我耳邊悄聲說：「那個學長，是被火燒死的。」

我陡然一驚，皺起眉頭，「自殺？」

「不知道。」她的聲音壓得更低了。「聽輔導老師說，那個學長似乎有對神美毛手毛腳。」

「消息可信嗎？」

「大概是真的吧，確實有不少人在學校裡看過學長偷摸神美的屁股和大腿，要說私底下沒做出更踰矩的行為，似乎不太可能。」凌香伸出食指，在自己的胸口和下腹一帶晃了晃。「事故發生當時，大概是碰了這些地方吧。」

「火燒事故和毛手毛腳有啥關係？」

「聽說學長全身著火時，神美就在他的身邊。」

「是她放的火？」

「警方說這種可能性趨近於零。」凌香摩挲手背，說：「因為，雖說學長遭受一次性、同時間不分區域的大範圍焚燒，整副身體就像烤成人乾似的連皮下組織都全部燒毀，卻沒有延燒到其他空間，也沒燒到神美，可說是不幸中的大大大大幸。」

全身著火的大範圍燒傷致死，卻未波及周遭空間與相關之人，就算是天降神蹟，可能性也未免太低了。

「消防隊趕到時，神美的衣著凌亂不整，明顯有外力撕扯的痕跡，手臂也有擦傷和瘀血。她沒說出對學長不利的證詞，刑事調查因為無法鎖定其他犯罪嫌疑人而不了了之，草草終結。」

「那不就成羅生門了？」

「這是報應，而且是現世報。學長絕對有侵犯神美的念頭，而且是快得逞才偶然遇到電線走火……」

「等等，」我在她越來越激動時連忙打斷：「起火地點在哪？」

凌香歪著頭，低頭沉思，靜默半晌。

「我記得，當時她們在一種有隔間、能唸書的地方……啊，是K書中心啦。」

「那種地方可沒什麼能引發大火的設備，怎可能是引火自焚。」

「所以才說是現世報嘛！你想想，整層樓只有學長一人燒成黑炭，神美、桌子、書本和其他隔間全都沒有受到波及，這不是報應，那什麼才是報應。」

她流暢的話語搭配高昂的情緒，幾乎把我說服了。

「所以說，」凌香用食指抵住我的鼻頭，「絕對不能對神美亂來，懂嗎？要好好珍惜她，不管是作為朋友，或是其他更親密的身分。」

「哦……」我可沒想過什麼更親密的身分。

「很好，乖孩子。」

凌香瞇起眼笑，伸手摸我的頭，這動作讓人想起神美，連帶想起了魔魂環。此時此刻，依然沒有奪取魔魂環的機會，話題已到終點，苦於山窮水盡之時，耳機彼端的學長終於捎來訊息。

『真是耐人尋味的故事。』一開口就是這麼沒意義的感想。『學弟，不方便回應的話，就乾咳一聲。』

「咳。」

『原來不太方便啊……』學長拉長尾音，『剛才說話的女孩子是你的同學？還是哪來的天降情人？』

「咳咳。」

『咳兩聲是什麼意思？改改規則吧，我們把咳一聲當作YES，咳兩聲當作NO好了。——喂喂喂，這點子是不是超妙的？哇嗚，我是不是天才啊？』

我都咳出回應了，現在才改暗號是在鬧哪樣。

目前對學長和幼潔的位置以及神美的狀況毫無所知，萬一她的直播不再吸引人潮，恐怕會有凌香以外的工作人員前來此地，屆時遊戲可就真的結束了。

『小辰，你靜靜地聽我說——』

『要乖乖聽小潔的話唷！』

『前輩，請您安靜。』

『是……』

不過短短幾個小時，幼潔已把學長踩在腳下了，不愧是雷霆的最強候補生。

確認訊號暢通，幼潔才繼續說明：『你找個方法把那女孩帶到廳堂中央，不用特別精準，只要在門的對側就行。這樣你聽得懂嗎？』

「咳。」

『另外，她站到定點時，你得離門遠一點。』

「咳。」

她們該不會打算破門而入吧？

將凌香誘導至廳堂中央，自己卻要離門遠一點？光憑這兩個步驟，真能完成任務？

『我這邊準備好了。小辰，完成佈局之後，想辦法給我暗號。』

看來她已計畫周全，眼下的問題只能靠我解決。望向凌香的背影，她仍興致勃勃地解說各項法器的用途，幾乎將廳堂內的物品介紹遍了，卻仍滔滔不絕，完全沒有停止的跡象。

只能硬著頭皮上了。

「凌香。」我輕輕揪住她握住撢子的手。「妳停一下。」

「怎、怎麼啦，這麼突然……咦？」

拿捏力道，我的拇指以極為輕柔的動作，摩擦她的臉頰。

「果然沾到灰塵了。」

「咦……咦咦咦？」

她肩頭一縮，雙頰微微泛紅。見此情狀，我又來回摩挲幾次。

「感覺是油墨，似乎抹不掉。」

「是、是嗎，我沒看到……」

「來。」

牽起她的小手，把她拉離書櫃，移往廳堂中央那盞大圓燈的下方。凌香忸怩地小小掙扎，便不再嘗試抽手。立於燈光之下，儘管身穿宅院的樸素的工作袍，眼前這張鵝蛋臉依然清秀可愛。

把她帶來到木門和神壇間的光線集中處，我沿著她的軀體由上而下移動視線，時而沉吟，時而皺眉。

「怎、怎、怎麼了嗎？」

丈二金剛摸不著頭緒的她，不斷閃避視線，臉頰越發通紅，面露疑惑不安的神情。

坦白說，我也摸不著頭緒，臨場加演的戲碼既笨拙又可笑，應該很容易識破，凌香目前只是暫時被我搞得不知所措而已。為避免時間拖長引發不測，我故作觀察，逐步向後退去，試圖演出慢慢拉開距離以便評點儀容的自然之舉。

「咳！」

「是因為我一直亂揮撢子才害你喉嚨過敏嗎——」

說時遲，那時快，一縷清煙似的龍捲穿過廳堂木門的縫隙，沿著凌香的雙足向上攀爬，蛇一般地層層環繞。她的話才說到一半，雙目閃過迷濛，肩頭癱軟，眼看就要向後仰倒，我連忙踏出三個大步，在她倒下之前穩穩地扶住。

「喂，要用催眠迷霧之前，好歹事先告知一聲嘛！」

『看你調情調得這麼專注，哪有時間聽我的警告。』

幼潔的聲音平淡冷漠，似乎略顯不悅。

通訊器突然傳來喀嘶一聲，『小白，聽得見嗎？』

「神美？妳那邊狀況如何？」

『差不多該結束了，我不能把場面弄得太冗長。』

「這倒也是，畢竟是當紅直播主，懂得控制時間並顧及品質。」

『才不是這樣。』我幾乎能想像神美鼓起腮幫子的模樣。『總之，你動作快一點，我們得走了。』

再次傳來喀嘶一聲，看來她說完便立刻切斷通訊了。我輕輕抱起凌香，環顧四周，發現書櫃角落有個空出來的矮櫃和一張矮桌，便將兩個物品確實併攏，作為她臨時的休憩小床。重新來到裝有魔魂環的箱子前，心中湧起陣陣複雜難解的情緒，高興、放心、擔憂、緊張、害怕、期待，諸多念頭宛如漩渦一般相互交纏。無形之中，我對眼前的法寶感到不安。

緩緩打開阻隔其間的玻璃收藏盒，抽出書櫃裡的宣紙充當裹巾，小心翼翼地將長條型的板狀物——魔魂環取了出來。

「不要動！」

來自背後的聲音彷彿隔著口罩一般，聽來有些含糊。透過魔魂環的鏡相反射，我看見幾道黑色的身影，來者的胸前均有醒目的黃色閃電標記。

「我是雷霆特勤隊第一八四中隊第一分隊的隊長。」女性指揮官的聲音鏗鏘有力，讓我想起昔日出外勤時的認真版學長。「白穎辰，我現在以違反《超常機密法》有關洩漏雷霆特甲級機密之罪名將你逮捕，請舉起雙手，乖乖配合偵查程序。」

我舉起緊握魔魂環的雙手，輕嘆口氣，此時除了苦笑還能有何表情，萬萬想不到走到最後一關依然功敗垂成。另一位雷霆隊員朝我靠近，正要伸手接過魔魂環，一股電流般的刺痛自左眼發散，轉瞬蔓延全身。

「啊啊——！」

這是怎麼回事？

「……這下糟了。」背包中的泡泡熊冷不防低喃一句。

糟糕？什麼東西糟——

「啊啊啊啊啊——！」

左半身劇烈的刺痛令我中斷思緒，張開嘴用盡全身力氣嘶吼，瘋狂的叫喊逐漸被野獸般駭人的低沉嚎聲取代。整條左臂脹痛得像要爆裂開來，我驚訝地看向雙手，只見指甲與指頭越來越長，上肢突然擠破袖子，露出猛暴的青筋。

佔據肉體的惡魔，竟在這節骨眼失去控制，發生嚴重的魔附失控。

「全體人員，」雷霆小隊長揚聲高喊：「準備電擊槍！」

小巧的塑膠方塊接二連三襲擊而來，逼哩逼哩的聲音響徹雲霄，除了有些刺眼之外，並不感到電擊的疼痛。脫離大腦控制的左臂扯開黏附在身上的小方塊，猛然施力，像一串肉粽似地將整列雷霆隊員甩飛出去，力道異常強大，讓人不禁想起神美那身惡魔軀體的物理實力。

這種貨真價實的惡魔，絕非電擊槍、橡膠彈或閃電小刀所能應付。正規隊員認知到這點，改弦易轍，旋即將掛在背後的致死性武器轉到身前。

好吧，看來我被認定成高威脅異種了……

突然一陣撕扯般的劇痛，偏過頭檢查，赫然發現左邊背後逐漸長出一對蝙蝠般的酒紅色翅膀。

「開槍！」

一聲令下，數枚點50 AE大口徑子彈擊穿我的胸口與腹部，硬幣大小的孔洞中冒出鮮血，向外噴濺，眨眼便在地面累積一大灘血泊。然而，這些穿透身軀的孔洞卻逐漸癒合，不出三秒便已完全恢復，這是我用惡魔契約換來的最強異能，出神入化的高速復原之力。

雷霆隊員們被眼前難以置信的畫面震懾，驚訝得亂了陣腳。

「這不是你們第一次見到復原能力，更不會是你們無法面對的敵人！」

帶頭的隊長一邊大吼，一邊打開地上的黑色包袱，取出一柄槍械般的武器，除了擁有火箭筒般的超大口徑，還有由蒼溟容留司編列，代表著「緊急重要」風險管制等級的「巽地級」符號……這些傢伙居然想拿致命的兵器對付我！

正常理智要我往門的方向衝，擁有自我意志的左半身卻不贊同上述想法。

「等等！不——」

不及說完，左背的蝠翼猛然一揮，將身後的雷霆分隊長拍飛出去，她手中的兵器掉落於地，我抬起腳來向下跺，竟然將無堅不摧的槍枝輕易踏毀。

『學弟，你失控了！』

「不是我失控，是我的身體失控！」

『那還不是一樣！』學長的聲音受到雜訊干擾，斷斷續續的，語意有些模糊。『我和幼潔……馬上就到，不准殺死……任何隊員，聽見沒有？……斷手斷腳沒關係，就是不能殺人！』

「都不關心一下我會不會先死嗎？」

『你根本就死不了，說什麼傻話。』

可惡，這倒是真的。學長那「簡單」的要求，我也是極力避免的啊！要是不小心殺死正規隊員，即便是遭受魔附影響所致，別提歸隊無望，更可能不經審判，直接被扔進大牢——而且是比監獄更黑暗的那種神祕大牢。

眼角瞥見一名雷霆隊員取出實習時常看過的鈦合金電網，我的左半身顯然不知那東西的危險，一股腦地攻擊不斷開槍的先鋒壓制班。眼前他們正在執行「對具威脅性之未知生命體」的第一類攻擊流程，由壓制班先以大口徑武器吸引目標，再由後方的科研班與特殊班交互使用專門兵器或特殊異能趁勢追擊，而我體內愚蠢的惡魔則完全被雷霆的基本戰術牽著鼻子走。

奮力牽制自己的左臂和翅膀，我將身子移往木門，不願放過任何趁隙逃跑的機會。此時，掉落腳邊的魔魂環，正閃爍著令人不安的金色光芒。

冷不防地，左胸出現一抹火焰般的血紅微光。

「學弟，讓你久等啦！」

學長的聲音並非來自通訊器，伴隨他爽朗熱情的開場白，兩道足以貫穿人體的尖銳風龍捲自敞開的大門突襲而來，我的左臂和翅膀依其意志側轉，以詭奇的異變左身迎接強力的攻擊。

大門方向，雷霆的最強候補生汪幼潔，抿起嘴角直直怒瞪著我。

周圍的正規隊員見到能力者出現，紛紛讓出道路，宛如摩西過紅海般向兩側整齊排開。學長露齒微笑，雙手抱胸，左掌泛起微微紅光；幼潔並不打算給魔附於我的惡靈任何反擊機會，張開雙手，將挾帶猛烈衝擊的風牆推了上來。

體內的惡魔無法擋下這記攻勢，風牆直接撞上我的臉，險些一擊昏厥。

「妳想殺了我啊！」

「我分不出來現在的你算是惡魔還是人類啊！」

「那也別……哇啊！」

左足一蹬，我的身子彈至三公尺高，腰部傾斜，巨大的異變左臂向幼潔揮出砲彈般的一拳，她用纏繞手臂的風龍捲輕鬆擋下，幾乎不費吹灰之力。

幼潔哼笑一聲，細瘦的右手旋起風流，飛快朝我左頰揮來，所幸反應夠快，驚覺不妙之下還能趕緊喚起泡泡態的水魔之力，才勉強避開致命的一擊。

「妳果然想殺了我！」

「嘖。」

「這個『嘖』是什麼意思啊！」

即使正被惡魔附身，外加水魔之力，我也不認為能擊倒戰鬥經驗豐富的幼潔……慢著，我幹嘛擊倒她？眼前的僵局，讓雙方陷入苦撐，附於左身的惡魔始終蠢蠢欲動。

「不知道同樣的方法有沒有用。」我以施展水魔之力的右手，緊緊拉住亟欲揮舞的左臂。不過，強制驅散的話會讓這傢伙轉而尋找另一個目標。

「不會啊。」學長指向我腳邊的地板，「這次我們有『那個』。」

望向金光閃閃的魔魂環，不禁皺下眉頭。倘若這東西真能汲取魔能並封印邪靈，的確可以導向不同的結果。

也只能賭一把了。

我屏住氣息，開口道出咒語：「我藉由永生的主、真實的主、神聖的——」

沒想到左臂猛然扣住下巴，將半張臉攫於掌中，不僅無法發聲，竟連口鼻都被掩住了。嘗試以附著水螺旋的右手掙脫，卻也無能為力，真正的惡魔力量完全不是契約換得的半吊子功夫所能比擬。

「笨蛋小辰，你根本就沒佈好驅魔陣！」

幼潔高高躍起，踏著風流腳板飛快奔來。

我的身子向右轉，酒紅色的蝠翼使勁揮拍，掃起狂烈的強風，幼潔揚起左手，以自身氣流抵銷翅膀帶起的惡風，隨即扭轉手腕，旋起一道又一道高速旋轉的龍捲。

她的龍捲逐漸聚攏，揉合成一柄足以劈山斬岩的青綠色銳利風刃。

「唔唔唔唔——！」

難以出聲且無力反擊的我竟也失去即時抗議的權利。

不管怎麼看，萬一被那柄利刃砍上身來，縱然擁有高速復原能力，也得先痛個半死。她顯然故意無視疼痛之類的「小細節」。

開什麼玩笑，這真的會死人啦！

「放心，這刀下去不會死人。」幼潔揚起嘴角，右臂一甩，青綠風刃化為比我還高的八尺長度。「這樣的刀，才會死人。」

「唔唔唔唔唔唔唔唔——！」

體內的惡魔完全不顧我這宿主哭爹喊娘的抗拒，在幼潔延伸風刃的同時，以左足為重心將全身體重壓上腳板，藉由重量的向心力，使翅膀和左臂得到更多迴旋空間。

惡魔大臂猝然揮出，我的身子旋轉半周，以迅雷不及掩耳之速甩出翅膀，幼潔俐落地閃身而過，並未被順勢而來的攻擊震懾，繼而以左手的龍捲作為驅動力，加速飛向旁側躲開這波攻勢。

在她身後，透過學長的引導，特殊班的成員正著手繪製術式需要的魔術圖陣。雖說驅魔術仰賴高度的專業知識和虔誠的中心思想，若只是畫陣圖，倒不需要什麼資格，如同母親所言，魔術圖騰連三歲小孩都學得會。

為了爭取時間，我用水柱營造反作用力，將身體推往幼潔的反方向，更以右手的水流干擾左臂的攻擊。幼潔接連閃避惡魔的巨拳，抓住空檔正欲反擊時，我右掌上的水柱因重心不穩，意外打中她嬌小的身軀。

雖只在空中踉蹌一秒，她身上的淺藍色襯衫卻濕透了。

「小辰你這個變態！」

「這是意外啊！」

「嘖！」她掩住透出衣服，一覽無遺的青蘋果色胸罩。「把眼睛給我閉起來！或者乾脆給我挖掉！」

「現在不是講這種話的時——」

身體突然受到翅膀拉扯，朝幼潔的方向摔。她咬牙咋舌，十指交疊，在我進入伸手可及的範圍時，抬起交握的手，由上而下朝我頭頂賞來一記念不出名字的強力攻擊。

她的十根手指結合朝向外頭的指關節，附加層層風板，儼然化為無比堅硬的現成榔頭。摔回地面的過程中，我還以為頭蓋骨全碎光了。

「真是的。」

幼潔一腳踩上我變異腫大的左掌，通紅雙頰，以手臂掩住胸部，右手的風刃則緩緩滑向我的頸項。

「不知道把頭切掉能不能解決問題。」

「等一等，這樣不就白拿魔魂環了嗎？」

「這與我無關。」

「和我有關啊！」

雖然伏於地面，身下的翅膀仍用力拍開幼潔的風刃，她向後一跳，瞪著我說：「這傢伙真的很不安分，根本無法驅魔。」

「確實有點困難。」在旁觀戰的學長思忖半晌，「小潔覺得該怎麼處置？」

「滅了他。」

「嗯。」

「喂！」我不禁慘叫：「『滅了』也未免太過分，而且學長還『嗯』了一聲！」

「順勢而為嘛。」學長聳肩傻笑。

我可不想因為看到青綠色的胸罩而死去──雖然很可愛。

特殊班繪製的魔術陣已慢慢成形，儘管有細節上的瑕疵，符文和圖像卻沒什麼大錯，姑且能夠正常使用。我和學長對望一眼，他豎起拇指，點了點頭。

剩下的問題，是如何讓這傢伙乖乖待在這個圖陣內。

幼潔持續和我左身的惡魔纏鬥，雖然略佔上風，卻無法壓制對手，更無法騰出至少三十秒的空檔。泡泡熊百無聊賴地坐於魔魂環旁，神情自若的悠哉模樣，簡直把眼前的戰鬥當成院線好戲。

正規隊員們在學長的指揮下，紛紛取出圍捕的高密度能量網，那是由純能量構成的巨大鐵絲網，唯一知道的是，時至今日並沒有任何生物成功突破脫逃。如此強大的設備有個問題：建置特別費工，開展也相當耗時，無法在目標高速活動之時進行捕獲。能量網必須搭配能力者，換言之，必須有幼潔這種等級的前線人員加以牽制，靜待目標疲累疏忽時再加以困牢。

不過，附於體內的傢伙究竟是以我的體力，還是以來源不明的異種體力為基準，實在難以確定。

在這一來一往的攻勢中，幼潔身形失衡導致雙腳不穩而絆了一跤。短短一秒之內，她纖瘦的身軀暴露於毫無防護的危險之中，我體內的惡魔抓住大好良機，不顧自身重心未穩，拉起我的身體猛衝，準確朝幼潔的頭顱襲去。

「幼潔！」我開口叫喊：「快躲開！」

幼潔雙眼圓睜，呆望著我。她聽見了，腳卻不聽使喚；距離太近，難以迴避。

轟地一聲巨響，廳堂的大門伴隨周圍的牆垣，被前所未見的強烈衝擊震垮。

眼前一閃，只見睜著血紅眼眸，開展烏黑羽翼，頂起曲形羊角，腳踩鮮紅高跟鞋的神美，隻手架住我狂襲上前的壯碩左爪，神情嚴肅，凜然而立。

雷霆眾人被眼前的奇異景象震懾，唯獨學長一人露出不合時宜的微笑。以神美的力量，就算不用咒法魔術，也能輕鬆壓制簽立惡魔契約的我。

見到她的身影，頓時安心不少。與我四目相接時，她俏麗可人的精緻臉蛋，漾出一抹淺淺的微笑。

「我藉由永生的主、真實的主、神聖的主驅逐你……」

念出咒語的同時，變異的左臂肌肉猛然收縮，神美飛快上前揪住不受控制的惡魔之手。透過臂膀拉扯的程度，能明顯感覺體內的惡魔對神美強悍的實力感到畏懼，那是不屬於我的絕望與無助。

等級過於懸殊的戰鬥，任誰都會害怕。

「人類的大敵、死亡的導引、謊言之父、邪惡之源，人類的誘惑者，痛苦的製造者，我以我主之名，鄭重將你驅逐！」

隨著驅魔咒語的朗誦，體內惡魔越發躁動，翅膀猛力揚起亟欲飛天。見我誦讀遭受干擾，神美眉頭一皺，稍加施力，將我一把扯回地面，雙腳才剛落地，兩道風龍捲突然旋起，牢牢纏住我的腳板。

同時面對神美和幼潔兩名大敵，體內的邪靈顯然疲於應付，只能胡亂甩動左臂、扭轉頸部，試圖阻止朗誦。下一秒，作為支援的雷霆隊員朝我射出束縛用的合金細索，分別綑住我的左臂和左腳，左腳似乎打算甩開合金索，神美卻立刻蹲低身子，伸出右腿，以紅色高跟鞋又尖又直的細跟踢擊我的脛骨。

「痛、痛痛痛死啦——！」

無視我的慘叫，神美抬眼瞪我，說：「咒語！」

「……」我咂咂嘴，「你要屈服於大能的手下……」

這個沒血沒淚的傢伙根本是惡魔吧——不對，她本來就是惡魔。

絲毫不給竊據體內的惡魔任何機會，神美收回右腳，以漂亮的掃堂腿把我絆倒在地。由於幼潔的龍捲仍然旋於腳踝，所謂的「摔倒」只是向側歪斜，以整張左臉貼地。

「妳們兩個存心玩我吧！」

「「「「咒語！」」」」

「……啊啊！可惡！」

這次居然是廳堂裡所有人齊聲對我發難，就連素未謀面的正規隊員，都對我高聲大喊「咒語」二字。

這世界果然很殘酷，人們總會自動站在美少女那邊。

「地獄諸魔對主恐懼，天上的異能天使、大能及宰制天使都屬於祂。」

以臉接地的我，用極為悲慘的姿勢持續唸咒。剎那間，左身湧起一陣撕心裂肺的劇痛，彷彿有把尖錐扎入體膚，更在體內旋轉幾圈似的，讓我痛得咬牙切齒，停止誦讀。原來驅魔時對目標對象造成的痛苦，是真實存在的；靈體和肉身的撕扯，解離的過程，儼然是場烈焰的洗禮。

這才明白，惡魔真的是被驅魔術式扯出體外的。

冷汗浸濕全身，我強忍著疼痛繼續誦念：「退出去吧！以聖父、聖子及聖神之名，藉此聖十字架的記號，讓位給神聖的神吧！」

神美緊抓我的左腕，張大黑色羽翼，將我蝙蝠般的翅膀牢牢壓制於地面。她右腕上的銀鍊不知何時環繞我的左腿，被惡魔佔據的部分全被箝制，動彈不得。

「這是我主的十字聖號，祂是主，是永生永遠的王！」

最後的咒語一出口，前所未有的痛楚瀰漫周身，彷彿要將我撕裂、絞碎、擰斷似的，各處關節同時遭受連綿不絕的劇痛，我弓起背高聲嘶吼，眼前一黑，幾乎昏厥。

驅魔術導引體內蘊藏的魔力，結合龐大的咒術力量催化解離，藉以驅散邪靈。伴隨我這似人似魔的淒厲慘叫，肉身漸有脫離遭受控制的感覺，意識也正在重塑。

取而代之的，竟是逐漸在半空中集聚的酒紅色異樣形體。

不同於神美，不同於十年前所見的惡魔，眼前的異種不具人形。牠的軀幹長有四足，上身卻有雙臂；蓄著長鬚，卻有乳房；生有羊角，卻長著蛇尾；未生雙翼，卻能飛於半空。

令人不安的異形邪靈，渾身散發反秩序、反常理、反真實的駭人氣息。

好不容易奪回自由意志的我，翻滾一圈離開原地，朝泡泡熊的方向衝，伸手要抓魔魂環的瞬間，怪異邪靈驀地揮出沉重的前臂。這條臂膀比我剛才腫脹的左臂大上一圈，簡直像是肉身構築的衝城柱。神美大步躍起，揮動羽翼擋在我前方，與邪靈迎面對撞，沉重的鈍響傳入耳中，劇烈的衝擊將神美摔飛出去。

不只是我，就連學長和幼潔也被眼前狀況嚇得愣住。

無人能敵的神美居然被打飛了……？

幼潔率先回過神來，「小辰，魔魂環！」

我定了定神，連滾帶爬地撲向泡泡熊的位置，金黃色的板狀物就在她身邊。

準備觸碰魔魂環的瞬間，泡泡熊低聲說了句話。

「你會後悔的。」

我的指尖碰上冰冷的金黃表面，剎那間，魔魂環發出比烈日更為刺眼的白光，瞬間襲來的光線讓視線不住閃爍，約莫持續數秒。

視線遭到竊佔，難以言喻的暖意慢慢湧起，體內游移那股象徵魔力的涼意正逐漸消失。

不知過了多久，我眨眨眼，取回視覺。

近在眼前的是動也不動的絨毛熊娃娃。

「泡泡熊？」

沒有回應，儼然只是普通的布娃娃。

握住不再冰冷，甚至略微發燙的魔魂環，我緩緩撐起身子，抬起頭，卻被眼前景象震懾得無法動彈。

一瞬間以為自己受困於夢境之中，花費數秒才明白，原來惡夢已然化作現實。

忍不住渾身打顫，彷彿靈魂也在顫抖，猛烈襲至的憤怒和洶湧而上的恨意，交纏成混沌深沉的漩渦，中斷一切思緒。

我邁開蹣跚的腳步，走向呆愣牆角的神美。

雙膝跪地的她，眼眸依然豔紅，頭上仍是那對羊角，背上亦是漆黑雙翼，不同的是，她腰部後方那條長滿細毛、尖端生著毛球的黑尾巴，以及那頭宛如鮮血流瀑的豔紅長髮。

望向她噙著淚水的閃爍眼眸，內心的疑惑逐漸明朗。

她抬起頭，眼角淚珠成串滑落，似乎想要說些什麼。

──然而此刻說什麼也沒用了。

我一把揪住她的頸項，使勁將她──將眼前的紅髮惡魔壓倒在地。

十年份的憎恨，十年份的怒火，十年份的破碎靈魂。

我高高舉起右臂，亟欲揮拳，眼眶遽然一片濕熱，氤氳模糊的視線中，看見她流淌淚水、令人憐惜的模樣，我終究放下了拳頭。

無論有多憤怒，無論有多憎恨，仍然無法攻擊對我體貼保護、此刻卻滿臉悲傷的紅髮少女。

「兇手……」

聲音攪成一團，含糊得彷彿只說給自己聽。

淚如雨下的我，將延宕十年的指控，送還給她。

「妳這個殺人兇手……」

# 第九節　扭曲的思緒

彷彿靈魂缺了一角，端坐椅上的我連抬頭的意願都沒有。

陰暗無光的空間裡，瀰漫沉重混沌的氣息。經過七日的拘禁懲處，使得我對光線極為敏銳。

上次來此，是養護中心魔附事件的懲處檢討會，前來接受長官的處分。

這回，我要的是答案。

長桌的對面，是神情凝重的張弈弦學長。

「被懲處人白穎辰實習生，即日起，解除加諸於你的拘禁處分。」學長手持一張單面印刷的書面，念道：「經查，被懲處人破壞退隊之保密協定，違反雷霆特勤隊有關祕密行動之規範，經最高委員會決議，一致認為不再適任機密任務，故於解除拘禁處分之同時，永久褫奪被懲處人的雷霆人員身分，並記為累犯，再行違序將處以永久監禁，不得假釋。」

學長沉沉地嘆了口氣，放下紙張，望著我搖頭。

對於已被退隊的我來說，再多的懲處也毫無意義。

「分隊長，請准許發言。」

「說吧。」

「分隊長您……學長一直都知情嗎？」我抬起頭，由於眼皮很重，無法順利聚焦。「你們一直都知道，神美就是當時在場的紅髮惡魔嗎？」

學長緊皺眉宇，闔上雙眼，沉吟半晌才給出最簡單的答案。

「是的。」

「為什麼……？」望著他，我覺得有些疲憊。「為什麼不告訴我？」

學長沒有答覆。

我咬著牙，握緊雙拳。

當初加入雷霆的唯一目的，便是置身異於常人的世界，搜尋那位不屬於世界表側的黑暗住民。

而我一直以來想找的人，竟是雷霆始終知曉的目標。

「白穎辰實習生，我個人並非直接知悉此事，有些細節必須向你確認。」

學長盯著我，全身上下散發出不容質疑的氛圍。

「學弟，你在找的是殺母仇人，而非名為月神美的惡魔，對嗎？」

「是的。」

不過，這兩者有何不同？

學長點了點頭，說：「那還有什麼問題嗎？」

「學長，你並沒有給我答案。」

「不，是你沒弄清楚問題。」

正要開口，卻被他嚴肅且剛正的眼神壓了回來。假設我不清楚目標，又怎會進入雷霆特募專校，又怎可能在退學後想方設法只為歸來。

「我沒記錯！她是當時在場的惡魔……」

「你的確沒記錯。」

「為什麼不告訴我？為什麼要隱瞞神美的事情？難不成是要我自己找到答案嗎？這也太不合理了！」

「如果你想知道的是『真相』，有件事我可以告訴你。」學長的眼眸始終緊緊盯著我。「月神美，就是十年前你親眼目睹，並一路記憶至今的紅髮惡魔。」

果然沒錯，儘管我對許多過往的印象至為模糊，唯獨那頭紅髮，絕不可能忘記。

由恨意銘刻的畫面，宛如難以抹滅的烙印，時時呈現眼前。

「然而，」學長伸出食指，「這只是你知道的其中一項事實。」

難不成所謂的事實有很多個？

似乎發現我皺起眉頭，學長慢慢攤開五指。

「光是擁有一項事實，無法拼湊真相。」

「可是……」

「你是否親眼見到神美妹妹——親眼見到那時的女孩殺死你的母親？」

我答不上來。

雖然沒有，但當下整體的氛圍全導向這個答案。彼時，母親身受重傷，費盡心力維持驅魔術式，神美就在那裡；雙手沾滿鮮血的她，必定是以雙掌作為利刃刺擊母親，如此簡單的現場邏輯，一望即知。

對於我的沉默，學長點了點頭。

「十年前，剛滿十八歲的我，晉升為正規隊員的第一個任務便是安置神美妹妹。聽好，我對十年前發生的事並不是完全瞭解，但在那一兩年間，雷霆最菁英的情搜部隊早把你和神美妹妹的資料挖了個遍，甚至執行現場交叉比對和模擬鑑定。」他的身子向前一探，雙手握拳壓上桌面，微皺眉頭緊盯著我。「你以為，我是那種找到殺人兇手，還會將她安放在希望之塾的人？」

學長無意間顯露的怒氣，讓我不禁嚥下唾沫。

「把你拉進我的分隊，並不是巧合。」他調整身子，直立坐正。「正因為知曉十年前的慘案，上級才把你安排給當年參與調查的我。」

「為了監視？」

「你看看你，這什麼扭曲的想法。」學長露齒一笑，鬆開雙拳，身子靠上椅背。「雷霆是收容你的人，自然清楚你有什麼能耐，對你的個性更是瞭若指掌。說到底，我們比誰都想幫忙，不只是為了你，更是為了神美妹妹。」

「為了神美……？」

「你能明白獨自困在未知世界的孩子，以為自己害死救命恩人時，會有多絕望嗎？」

「救命恩人？」

學長垂下眉毛，露出溫暖的微笑。

「你的母親，保護了所有人哦。」

我的母親……

閃過腦海的畫面，是她倒於血泊的姿態，除此之外全是空白。

「穎辰，你記得自己就讀哪間小學嗎？」

這什麼問題？有關聯嗎？

「師呈小學。」

「不對，那是你在事發之後轉進去的學校。」

「咦？」

「你記得自己當時住在哪裡嗎？」

「地址的話，有點……」

「區域就好，北？中？南？」

「臺、臺中？」

學長搖搖頭，說：「那是事故之後，因為偵查和訴訟等原因，才將你轉入南臺中家扶中心。」

「這……」

「那麼，你記得自己母親的名字嗎？」

「當、當然！」正要開口，腦中竟是一片空白。「咦？」

「請告訴我。」

「我、我想不起來……」

學長面無表情，點了點頭，彷彿一切都在預料之中，了然於心。

「你腦袋中關於十年前的記憶，因為喪母的強烈衝擊，產生局部缺失。」他斂起五官，表情略顯嚴肅。「這一點，我們在你入隊時馬上就察覺了，你的大腦沒有受損，卻想不起神美、母親和十年前的事件。」

「不對，我只是……」

想不起來？不對，我根本不記得那些資訊。這不可能，我理當知道那些事的，我在夢境中很清楚的看見那些畫面，此刻卻無法從腦海挖掘出任何影像。

「神美妹妹在十年前那起事件的參與程度並不明朗。」學長彷彿猜到我想說的話，舉起手，加以阻止。

「學弟，如果你想找到當時殺害母親的人，有件很重要的事情得跟你說清楚、講明白。」

他的眼神堅定，宛如浪來不移、天塌不動般，伴隨強大意念的視線，傳達著強烈的無聲訊息。

「名為月神美的女孩，並不是殺害你母親的人。」

這句單純的話語猶如朗基努斯之槍，對擅自審判的我進行靈魂的制裁。

我的肩頭不住打顫，舉手壓住下顎，試圖阻止牙列互相撞擊。

學長靜默不語，推開椅子，哐的一聲，將一支銀幕滿佈裂痕的紅色智慧型手機擺上桌面。

「這是在九降南院撿到的手機。」學長笑了笑，「我想，你應該知道它的主人是誰，離開之前，願不願意幫忙物歸原主呢？」

對於如此拐彎抹角的請託，我也只能苦笑。將我的反應視為肯定，學長展露笑顏，推門離去。

獨自呆坐幾分鐘，好好梳理脈絡，才起身離開陰暗的會談室。

雷霆知道神美是惡魔，也知道她十年前曾出現於我的住家，即便如此，學長依然否定神美是殺人兇手的可能，而我卻武斷地指控她，不分青紅皂白地傷害了她。

神美不是我的殺母仇人。

立於空蕩蕩的密閉長廊，有種將被黑暗吞噬的錯覺，每次踏出的腳步聲，都被陰鬱沉悶的空氣悄然吸收，消失無蹤。沒有聲響，沒有靈魂，只有我虛空的肉身，和扭曲的思緒。朝著光明處前進，跨著沉重的步伐，漫無目的地遊蕩，直到雙腿向空白的大腦罷工，才僵直地倚靠冰冷的牆面，默默想起神美溫暖的雙手。眼眶一陣溫熱，我使勁擠壓眼皮，將泉湧而出的淚水壓回心底。失望、後悔、懊惱，各種負面情緒攪在心頭，讓我痛苦萬分，一直以來，靠著深深的恨意支撐生存的意志，如今感到茫然空虛，不知所措。

我不認為自己犯錯。我沒有錯。沒有錯，卻為何產生如此椎心的苦痛。

貼著牆壁緩緩跪下身去，膝蓋撞上地板，發出哐地一聲鈍響。沉重的聲音，反應著此刻沉重的心情。

一陣急促的腳步聲傳來，熟悉的嬌小身影映入眼簾。

「喂，小辰！」幼潔搖晃我的肩頭，「怎麼了，你沒事吧？」

望著她肩頭的舊傷，頓時想起養護中心的任務，想起貿然簽訂的惡魔契約，想起自己對於力量的渴望，以及意外引發的崩毀事件。

「幼潔，妳還好嗎？」

「慢著，」幼潔不禁失笑，「明明是我先問你有沒有事，居然反過來關心我。嗯……你指的是這些舊傷嗎？沒事啦，皮肉傷而已。」

「抱歉……」

「你果然怪怪的。」幼潔拍拍我的臉，「學長訓了什麼狠話？需不需要我甩他幾個巴掌？」

「學長只告訴我事實。」

而我難以承受的，也正是事實。

幼潔投來狐疑的目光，左看右瞧，彷彿在尋找什麼。

「不用看了，我是本尊。」

「是哦？」幼潔露齒一笑，「我還以為誰戴了你的臉皮面具，正準備找出縫線位置一把撕爛呢！」

「我有這麼反常？」

幼潔使勁點頭，「從未看過你如此陰鬱的表情。」

「我也是會憂鬱的好嗎。」

「即使從小到大在我面前一次也沒有過？」

「……我很會忍。」

「或很會演。」

「這我就不知道了。——從妳的角度看，我演得好嗎？」

「還不錯。」

幼潔搖頭輕笑，鬆開揪住我肩頭的手，掩住窄裙慢慢起身。抬起頭，我仰望著她。「雷霆有什麼新指令嗎？」

「沒有。」幼潔聳聳肩，「候補生部隊的行動沒什麼變化，正規部隊倒是組成一個特別小組去圍捕了。」

「那我們呢？」

「你歸隊了？」

「——更正，妳和學長呢？」

「原地待命。」

合情合理的處置。在九降南院中，因為我的觸碰而意外啟動魔魂環，將神美、幼潔、學長和泡泡熊的異能全封印了。不知何故，唯有那隻擁有蝙蝠羽翼的酒紅邪靈，在千鈞一髮之際衝破建物逃過一劫。

幼潔和學長因此喪失特殊異能，地位變得與零能力的丙級人員無異；泡泡熊原先寄宿的布娃娃，此刻只是個略顯髒汙的舊玩具，完全看不出曾經附著自稱上級惡魔的靈物。

「妳們的異能回得來嗎？」

「難說。」幼潔聳聳肩，搖了搖頭。「目前看來是沒辦法。」

「魔魂環呢？」

「當然在科研班手上囉，雷霆和蒼溟那群書呆子怎可能放過研究清羅天宮七法器的機會。」

「九降家族沒意見？」

「你覺得呢？」

應該很有意見吧……

外界對雷霆的觀感總是負面居多，即使九降集團是雷霆檯面下的贊助者，本質上也不過是岌岌可危的合作關係。雷霆特勤隊的科研班和蒼溟容留司的管制單位最多只能依法扣押魔魂環四十八小時，該怎麼利用，全靠這群書呆子了。

「真的很抱歉。」

「幹嘛又道歉了？」幼潔不禁皺起眉頭。

「身為能力者的妳們，突然沒有異能一定很困擾吧……」

「啊？」她歪著頭，「為什麼？」

「特殊異能是種身價啊。」

「……所以？」

「失去能力的妳，會被貶為丙級人員的。」

「哦。」幼潔微微皺眉，將頭歪向另一邊。「所以？」

真是難以溝通的傢伙。我大嘆一口氣，不再發言。

「雖然由我來說顯得有點奇怪……」幼潔拍拍我的肩，淺淺一笑。「小辰，我認為異能本身毫無意義，這世上比能力重要的事情很多，能力只是用來輔助自己、幫助別人的，不是用來炫耀或排資論輩的。」

「能力的高低，會影響雷霆給予的地位與評價。」

「確實如此，但雷霆的地位卻無法改變我們身為人的價值，不是嗎？」

幼潔彎下腰，伸出右手。我遲疑了幾秒，握住她的手，一股暖意自掌間傳遞過來。她稍加施力，手拉著手，幫我站穩腳步。

「對我來說，與你、前輩和小美共度的短暫時光，比待在雷霆的這些年還要快樂。某程度來說，甚至更有意義。」

「即使最後一場空？」

「即使一場空。」

「儘管受了很多傷？」

「儘管受了傷。」

「甚至連能力都沒了？」

「甚至沒了能力。」

無論怎麼反問，她總是用堅定的目光回望我。

這就是能力者與零能力者的差異嗎？能力者並非凡事游刃有餘，而是刻意留心關注更重要的人事物；零能力者如我，光是追求力量便已耗盡心神，遑論其他。

「這樣有解答你的疑惑嗎？」

是什麼蒙蔽了我的雙眼？心底給予自己的提問，令我泛起笑意。

「沒有。」

幼潔嘟起嘴，滿臉不悅。

「雖然沒有，」我摸摸她的頭。「但我心中少了很多疑問。」

幼潔半闔上眼，低聲發出貓咪般的嘟噥，試圖閃避我的撫摸。事情還沒解決。雷霆的最終目標與我無關，我的任務自始至終只有一個——用盡全力，保護身邊重要的人。

「幼潔，我也覺得跟妳們在一起的時光，比什麼都重要。」

「咦？這、這樣啊。」

「我、妳、學長，還有……」

曾幾何時，那個脾氣古怪的女孩，成為不自覺想呼喚的對象。我犯了錯，錯怪數日來始終陪伴身旁，總是不問理由為我而戰的她。

我不知道十年前的真相為何，或許初次見面時，她就已經……

思及至此，頓時覺得自己像個混蛋。

「幼潔，妳什麼時候才會滿腦子想著同一個人？」

「同一個人？」幼潔歪著頭。

「沒錯，同一個人。」

「嗯……」她沉吟半晌，說：「逐漸意識到自己喜歡對方的時候吧。」

原來如此。輕嘆口氣，我拍拍幼潔的肩。

「呃，小辰，你今天有點奇怪。」

「放心，我和平常一樣。」

一樣遲鈍，也一樣愚蠢。

直視前方，我跨出內心踏實的第一步。

我可不管身為能力者的她們有多淡然，自己親手招致的惡果，就該抬頭挺胸負責到底。我的中心思想很簡單，被人奪走的東西就一定得搶回來。

「幼潔，我去拿個東西。」

「什麼東西？」

「這還要問嗎？」

我揚起嘴角，丟下一臉狐疑的幼潔，頭也不回地向前走。

「當然是屬於我們的東西。」

★　★　★

——「為什麼你如此不受教？為什麼你得不到神的愛？」

熟悉的辱罵，熟悉的責備，在我沉思之時總會不自覺浮現腦海。母親的教誨對我來說，與上帝的話語同等分量，沉重卻甜蜜的言語，是負擔，也是責任，更是我賴以生存的一切。

人因食用知善惡樹而違背神意，卻也因知曉善惡而有接近上帝的機會。神若全能，世上就不該有善惡；有善惡，可知神非全能。神是有瑕疵的——至少我的母親，以及我所信奉的正十四會，是如此教導的。

神的瑕疵，必須由我們彌補，由最有資格的我們，補完神的不全。

此時此刻，距離最終成果僅剩一步。

距離神，只差一步。

「祭教官。」一聲呼喚將我從沉思拉回現實。「您看這個。」

穿著科研班實驗白袍的少女，指著密閉於強化玻璃中的金黃板狀物。

「魔魂環外圍，覆蓋著無法穿透的能量，簡直就像——」

「自我保護機制。」

「是、是的。」被我搶話的女孩楞了一秒。「若要正確辨識能量成分，需要特甲級機密的解析工具。」

「准。」

「咦？」女孩睜圓雙眼，「可是特甲級機密需要經過總會決議……」

我瞪向她，她駭得縮起肩膀。

「現在，一隻擁有強大力量的邪物正潛伏於某處，始作俑者『狂信者』甚至連影子都找不著，我們的弟兄在外犧牲，數個月來死傷突破三位數……妳覺得眼下重要的是程序，還是人命？」

她緊抿小嘴，好似隨時要哭出來一般。

我搖搖頭，嘆一口氣，輕輕拍了她的頭。

「別想那麼多，好歹我也是特甲級人員，對於規矩的基本尊重還是有的。這次是特殊狀況，妳儘管放手去做，其他事情由我負責。先把弟兄性命保住，再來應付上面的老頭，懂嗎？」

「是！」

女孩打開通訊裝置，向總務科申請特甲級的解析工具。

真可笑。人類的性命，相對於神，相對於神的領域，相對於我們對神擔負的責任，渺小得有如草芥。

若保住神，保住全知全能的神聖之靈，救贖的樂園就會降臨；到那時，痛苦將會消失，生死不再有所區別。

人類沐浴於樂園的瞬間，是生是死，還有什麼分別？

背上的幻痛，時時提醒著上帝與母親的教誨。

自有記憶開始，疼痛就是我的伙伴。我沒有童年，也不需要童年，我是神最忠誠的僕人，是一肩扛起神之偉業的卑微僕從。母親給予的痛楚，教會給予的毒水，是喚起吾等敬意的必要元素。

那時我還很小，不知道打在背上的，究竟是什麼東西。

「媽。」我不斷哭，不斷地喊叫。「媽，我痛啊，好痛！」

「會痛才對。」

我們的信仰中，疼痛是獨特的苦難。人類生來有罪，失去身於樂園的權利，理當感到痛苦。

有朝一日，我們得把樂園找回來。

「媽，為什麼只有我們承受這種痛苦？」

「孩子，我們是特別的。」我記得母親手掌的溫度，以及她柔和悅耳的聲音。「我們是神最疼愛的僕從，受的寵愛比誰都多，負的責任也比誰都大；我們必須找回樂園，為了大家，為了人類，也為了神。」

「那為什麼不讓所有人類一起痛苦呢？」

「我們可以，但我們不。」母親輕輕拂過我的臉。「因為我們仁慈。」

「為什麼要仁慈呢？」

「我們是神的代言人，神並不在人間，神在我們心中。我們的所作所為，全代表著神的意志。」

我拉著母親的手，說：「大家一起痛苦的話，樂園會不會更快回來？」

母親和藹的笑靨蒙上一層陰影，她皺起眉頭，揙來一巴掌。

我犯錯時，母親什麼也不會說，只會揙來相應的巴掌數，讓我用肉身記住各種錯誤的嚴重程度。我愛著母親，卻比誰都怕她；我明白她的教誨，卻不明白她是否愛我。

正十四會追尋的是七罪惡與七美德，神因有了善惡，而擁有瑕疵。十四會對罪惡與美德的定義並無善惡之別，只追尋真正的樂園，尋找真正的「回家」方式，以及來自於神的最終救贖。

我滿十五歲的七日後，母親帶著亢奮的情緒返家。

「恩平，我被選中了。」

「真的？」

「神的旨意還能有假？」母親的表情扭曲了一秒，旋即又堆起笑容。「猜猜看，媽是哪一種？」

我思考半晌，說：「勤、勤勉？」

預期會甩來巴掌的我，半瞇起眼，做好準備。

巴掌並未落下，看來我答對了。

十四會迎接樂園的儀式之中，最典型也最重要的就是「十四門徒禮」，這是一般教會不可能有的典儀，更不是一般信徒應該擁有的權利，這是最接近神、最受神疼愛的我們才能享有的特權。

十四門徒禮的祭祀典儀需要十四名象徵七美德與七罪惡的門徒，要獲選為十四門徒，除了得從小修習十四會的核心信仰，更得顯露相應的善惡特質。終日埋首經典，無時不自我施加痛苦，勤勉於施奉教義的母親，比誰都有資格成為七美德之一「勤勉」的受選門徒。

「母親，請問儀式何時開始？」

「現在。」母親淺淺一笑，從墨色皮包取出一把純白無瑕的象牙匕首。「恩平，由你負責執行典儀。」

十四門徒祭的核心不在於受選門徒的參與，而是他們的心臟。依據神聖的教義，供奉對應七美德與七罪惡之門徒的心臟，施展神聖典儀的術式，便能開啟樂園大門。樂園降臨之後，善與惡的分界將會消弭，眾生罪人也將重回神的懷抱，進入樂園享受至高的救贖，失去心臟的門徒，則會獲得神之賜福重獲新生，以「空心者」的身分領導凡人。

母親的微笑不只代表對我的期待，更充滿對於樂園的嚮往。雙手不住發顫的我，嚥下唾沫，接過匕首。母親衝著我笑，展露前所未見的狂喜之色。迎上那副笑顏，我低下頭，緊盯銳利的匕首。面對我親愛的母親，心中驟然湧起強烈的恐懼。指頭無力，肌肉僵硬，匕首驀地滑落掌間掉落地面，清脆的鏗鏘聲響將我從混亂的思緒中拉了回來。

伴隨而來的是母親的巴掌，一個接著一個，如大雨落下，毫不停歇的巴掌。

「為什麼鬆手？你不相信神嗎？你懷疑樂園的存在嗎？」

臉頰的疼痛使我想起神的教誨，想起自己的使命。

「神的旨意與十四會教義」她說：「你相信嗎？」

「我相信。」

「你堅信嗎？」

「我堅信。」

「那就撿起匕首，完成典儀。」

母親指向地面，抬頭挺胸，瞪視著我。我彎下腰，毫不遲疑地拾起那把精緻的象牙匕首。匕首的握柄刻有象徵十四會的十四枚向心十字，每個十字皆為短頭朝內、長尾朝外的形狀，十四枚十字環成一輪圓圈。十字圍成的圈內有對翅膀，左為羽翼，右為蝠翼，那是善與惡的形態，也是天使與惡魔的象徵。

雙手緊握冰冷的匕首，抬起頭，迎上母親半覷起眼，盈滿喜悅的笑臉。

凝望她的笑容，眼眶不覺有些模糊。

「為了樂園——」

尖銳的匕首深深刺入母親的胸口。

我已不再害怕，我明白這是為了更崇高的理念，為了補全神的瑕疵，為了回歸救贖的樂園。

我的手向右邊挪，母親撐著微笑，因過度忍耐劇痛而用力喘著氣，任憑匕首切割。匕首將母親的胸膛橫劃開來，鮮血沿著我的雙手汩汩流出，滑入袖口，滴落地面。母親立定不動，雙掌合十，維持沉穩平靜卻明顯虛弱的呼吸，闔上雙眼，靜候死亡來臨。

我深吸口氣，在心中與母親道別——願我們能在救贖的樂園相見。

使勁一扯，匕首將母親的胸膛完全割開。

母親雙腿癱軟，朝我的方向趴倒；我趕緊扔下匕首，右掌伸入胸膛的創口。她的心臟維持頻率持續鼓動，但我明白，母親的靈魂已經回到神的身邊，這副肉身只是毫無意義的軀殼。

手中握住仍舊跳動的心臟，往外拉扯，撕裂血管的聲響，像極了搓揉塑膠的噪音。握住那顆心臟，不自覺地因奉行母命而感到開心，更因完成神指派的任務而安心。再也不需要害怕，因為樂園即將降臨。

我將母親的軀體平放在桌面，找出簡便冷凍箱，置入仍在鼓動的心臟，妥善保存。洗淨手上的血液，取出母親隨身攜帶的大針和縫線，自小修習縫合訓練，為的就是這一天。

母親的胸口縫合完成之時，身為十四門徒的她，將以空心者身分重返人間。

空心者是行走於世的聖人，是神的分身，是至高的彌賽亞。

一針一針，精心地將胸膛縫合回去。少了心臟的胸口空蕩蕩的，依據教義，空出的位置是神靈即將寄宿的場所，至為神聖。

完成最後一針，收束線結，我雙掌合十，朝向母親的遺體祈禱。

「歡迎回來，母親大人。」

回應我的卻是沉沉的靜謐。

時間一分一秒地逝去，無論怎麼呼喚，母親就是沒能甦醒。

在那一刻，我明白了。

我拾起象牙匕首，猛力揮下，在母親臉上刻劃三個字：「假道者」。她不是受選之人，不是神的代理人，不是神選的彌賽亞，她只是個無用的平凡人。

我用匕首搗爛她的臉，更將整副軀幹砍得支離破碎。

「騙子！」

我才是神的代理人，我才是真正的門徒，我才是神選的彌賽亞！

緊握母親的心臟，隻身前往曦鳶里的十四會大教堂，無視進行禮拜的眾人，我當著數百名信徒的面，將母親的心臟吃進肚內。在他們紛紛嘔吐之時，我舉起神聖的象牙匕首，一一刺穿他們的胸膛。殺光所有信徒後，一位肩掛大紅披風的聖人走了出來，僅此一眼，我便明白那是真正的先知，是真正的彌賽亞。

「神的旨意與十四會教義」他朝我大展雙臂，說：「你相信嗎？」

「我相信。」

「你堅信嗎？」

「我堅信。」

我擰住匕首的刃部，將握柄轉向前方。

聖人微揚嘴角，接過匕首，用動聽的嗓音說：「為了樂園。」

匕首深深沒入我的胸口。

死亡是很奇妙的體驗，空泛、虛無、漆黑、幽暗，任何詞語都無法描述飄浮於伸手不見五指之黑暗時，通透且輕盈的純粹平靜。死亡沒有時間的概念，沒有空間的侷限，一切的一切都將化為烏有，每個意念，每道思緒，都只是懸浮的清煙，似真，似假，非真，也非假。

如此寧靜的所在，雖不一定是樂園，我卻享受其中。

沒有痛楚，沒有悲傷，什麼都沒有，只有自己。

「教官。」

端坐於控制臺的女孩回過頭來，打斷我的回憶。

「魔魂環的能量解析完成了，外部包覆的純能量並非法器之原生能量，而是由汲取的能量自動構築的防衛機制。」

「能夠分析性質嗎？」

「可以。」女孩敲擊鍵盤，「裡面蘊含數十種性質不同的異能，辨析之後，與雷霆檔案庫資料相合的有張弈弦分隊長、汪幼潔候補生和您的能量，另外還有屬於管制對象亦即類目第七四八號的能量。」

「七四八號……」

「報告教官，類目第七四八號就是登記姓名為月神美的紅髮惡魔。」

想不到魔魂環連純種惡魔的能量都能汲取。

「內存能量佔多少百分比？」

「七成以上。」女孩揉揉眼睛，說：「管制對象的能量便佔了五成以上。」

看來已非常足夠了。隱藏內心的狂喜，我覷起雙眼，仔細端詳螢幕的數據。

「教官，由於已完成能量解析，我也大致掌握了魔魂環的運轉方式。」女孩抿起嘴，眼神游移，似乎有些猶豫。「那個……張弈弦分隊長和汪幼潔候補生的能量，是否要先行歸還呢？」

看來他們有向科研班提出相關申請，儘管所佔比例不高，也不是必要的成分，但有總比沒有好。可惜的是，此刻沒有正當理由否決這項合理的申請。

我沉吟幾秒，假裝思考之貌，說：「直接歸還吧。」

「是。」

接受門徒的奉心儀式，我才明白自己的真正使命。這個世界無處不是反神、反智、反秩序的罪人，其中更有老、弱、殘、孺這種廢人存在，無異增添召喚樂園降臨的困難。

開啟樂園的大門之前，有必要為世界秩序貢獻心力。

利用這些廢人進行魔力與降魔的實驗，搭配雷霆部隊的實戰數據，交叉修正。透過持續不懈的實驗，可逐漸找到正確的培養手段，亦即，佔據能力者或異種的肉身，以被附身者為食糧，學習、複製、重塑新的形體，帶著新取得的力量尋找下一個魔附目標，長此以往，便能達到無人能敵的強度，最終即可創造跨越一切阻礙的最強守序者，保護我，保護聖人，完成至高偉業。

偶然之間，我的惡魔邪靈成功附身在汪幼潔和白穎辰身上，吞噬了超越靈體能夠負荷的力量，成為幾近無敵的強悍邪靈。如此詭奇多變的異種，使我的計畫由假說的實驗階段，昇華為實證的操作層面。

不能控制的東西只是無用的廢物，只有為我所用的才是真正的力量。

眼前的魔魂環，正是控制、汲取並重製這頭異種邪靈的重要關鍵。

「教官，張弈弦分隊長與汪幼潔候補生的能量完成解析並確實歸還了。」

「很好。」

「教官，還有一件事……」女孩吞下口水，怯生生地說：「請問，為什麼魔魂環裡會有您的能量反應呢？」

她注視我的雙眼，微微縮起肩膀，似乎有些害怕。

「妳在怕什麼呢？」

「我、我怕自己問了什麼奇怪的問題……」

「這有什麼好怕的呢？」我揚起嘴角，走到她的椅背後方。「為什麼要為自己比較聰明這件事，感到恐懼呢？」

右手輕輕貼上她小小的頭顱。

「夏娃正是吃下知善惡樹的果實，獲得凌駕眾生的智慧，才遭受神罰。」

「教、教官？」

指頭緊握，手腕一旋，女孩白皙漂亮的頸子隨即朝著不自然的角度旋轉，頭顱向下低垂，虛無的瞳孔直視前方，活像一具被人玩壞的洋娃娃。

拿起掛在椅背上的黑色長袍與大圓扁帽，凝視帽子中央以羅馬數字寫成的「十四」，向我的神無聲祈禱。

望向玻璃隔離室，我咧嘴一笑，舉起右臂使勁揮打，手臂伸展宛如甩動的長鞭，準確擊中透明的高強度玻璃。清脆的巨響伴隨絲網般的龜裂，幾秒之後，比人還高的玻璃應聲破碎，晶亮的白色顆粒飛散四周，細細碎碎地散在死去的女孩身上，猶如雪片灑落肩頭，使我不禁被眼前畫面感動，彷若親見北國銀白世界的夢幻美景。

踏過滿地的碎玻璃，對著黑色銀幕整理儀容，轉轉脖子，拍拂袖口，進入發出警報的隔離室裡，伸手抓起置於中央的魔魂環，將其貼近手腕，長條形的板狀法器好似擁有己身意識，沿著手腕環成一周。

魔魂環完成著裝的瞬間，我抬起頭，雙腳輕輕一蹬。
衝破樓層，沒入蒼穹藍天。

# 第十節　贖罪之路

警報響起時，我和幼潔雙雙停下腳步，面面相覷。

架設於長廊牆邊的投影螢幕顯示象徵第三階段「異地級」的紅色警報，標明了應變流程，卻沒述明理由。幼潔微皺眉頭，唸出跑馬燈的字句：「特殊班人員即刻前往臨時管制區，應變班人員儘速前往科研班第一實驗室……」

「管制區裡有什麼危險物品嗎？」

雷霆總部每個月都會將管制目標移轉至負責收容的蒼溟容留司，不可能留下什麼難以處理的麻煩。

「有啊。」幼潔的表情沉了下來。「當然有。」

「人？」

「算是吧。」她打開腕環機，連接至部隊的內部網路。「你參與過杏恩養護中心事件，應該有聽說最近的優先任務。」

「魔附現象？」

「沒錯，惡魔附身的現象，彷彿呼應北部頻繁發生的超常事例，在機場捷運劫持事件之後大量出現，次數之多，簡直堪比夏日慶典。雖說能夠鎮壓，我們卻沒有足夠的驅魔師，因此捕捉回來的目標大部分都……」她在腕環機投影畫面中輸入兩道密碼，指頭一滑，將新的畫面覆蓋至牆上的公告螢幕。「暫時由第二至第六臨時管制區收編監管。」

雷霆的臨時管制區擁有高科技監控設備，是全球罕見的高規格監禁空間，收納過數百種超常異種，雖比不上蒼溟容留司，安全性卻仍值得肯定。

「既然放在管制區，應該沒什麼大問題吧。」

「是這樣就好了。」幼潔抬頭望向警告標示，說：「總之，身為候補生的我，以及『前』實習生的小辰，現階段沒有被指派任務。」

望著跑馬燈的最後一段，我笑了笑。「硬要說的話，倒是有撤離此地的任務。」

她也回以一個笑靨，「辦不到吧？」

「辦不到。」

我和幼潔交換眼神，便邁開腳步朝原目的地奔跑。

科研班第一實驗室是應變班的任務範圍，同時也是研究魔魂環的場所，是我們正要前往的位置。假設科研班真有解析魔魂環的方式，應該有辦法解放封印其內的異能，包含學長、幼潔、神美的力量，和消失無蹤的泡泡熊。

轉過兩個大彎，穿過螺旋樓梯，向下走了兩層。雷霆總部的地下設施規模相當於一個臺北市信義區，而且這還只是單一樓層的面積。儘管有九降集團作為後盾，綜觀中央政府各機關的規模，雷霆實在豪氣過頭了。

抵達科研班所在的地下十六層，映入眼簾的是為數眾多、設備齊全、紀律嚴明的應變班武裝人員。

一個巽地級警報有必要動用這麼多武裝人員？

幼潔小跑上前，拉住一名頭戴防護面罩的正規隊員。

「發生什麼事了？」

「妳是……汪幼潔候補生？」

雖然隔著面罩無法看清他的表情，卻可從語氣感受到應變班成員對能力者的敬重與畏懼。他指向不遠處的掛牆螢幕，說：「就在剛才，警報提升為玄煌級了。」

在蒼溟容留司編列的風險管制等級中，代表「急迫危險」的玄煌級，僅次於代表「極端危險或難以控制」的末日級別擎天級，是非常少見的防衛規格。

嬌小的幼潔輕踮起腳尖，亟欲環顧四周卻被數量龐大的應變人員擋住，她緊皺眉頭，哼出鼻息，雙手叉腰果斷放棄。

「到底有什麼提升風險等級的因素？話說回來，第一實驗室的魔魂環——」

砰地一聲巨響，左前方的堅固牆面突然爆炸崩塌，一批批怪異人影跨過殘壁而來。

魔附者！

我連忙張開右掌，意在驅動水魔之力卻什麼也沒發生，這才猛然想起，經過魔魂環刺眼光芒的洗禮，自己恢復為零能力者的殘酷事實。體內不再擁有魔力，自然無法驅動法術，這點對幼潔來說亦是如此。

重武裝的應變班部隊對著高速衝刺的魔附者扣下扳機，殺傷力強的爆破彈紛紛擊中率先進入的人形異種，同時也有六成以上的彈藥打在後方的灰白牆板，快速出現一個個顯眼的黑色坑洞。應變班是雷霆防護層面最重要也最強悍的部隊，儘管面對前所未見的局面，依然臨危不亂，穩住陣列，嘗試以強大的火力壓制敵人，阻其進入。

從服裝判斷，這群魔附者全是雷霆的行政人員，似乎被獨特而相異的惡魔寄宿，外觀、力量和動作各不相同，差異甚大。應變班等於同時面對數十、數百個截然不同的個體，必須隨機應變。一面擬定戰略，一面調整火力，困難程度可見一斑。

先前被幼潔喊住的那名應變班人員，關注前線突發而至的戰火，毫不猶豫地舉起手中長槍，朝我們揮揮手，快步加入同伴的行列。

「妳不是說魔附者都監禁在臨時管制區嗎？」

「是這樣沒錯，但……」她望向有如潮水一般，洶湧而至的魔附異種，緊皺眉頭。「難道是管制失效？若是如此，恐怕整個總部都淪陷了。」

幼潔正要衝入戰場，卻被我一把拉住。她的兩道細眉皺成銳利的倒八字，怒目瞪視，發出無聲抗議。

「妳想去哪裡？」

「這還用問？當然是去幫他們啊！」

「那是特殊班的工作。」

「對，所以——」

「妳已經沒有特殊異能了，記得嗎？」

幼潔張著嘴，無法反駁，只能頹然垂下雙肩。

馭風者汪幼潔，最強的雷霆候補生，面對任何棘手的狀況總是奮不顧身率先衝到最前線，然而，殘酷現實擺在眼前。沒有力量，就沒有保護人的能力；現在的她與常人無異，面對超常事例，同樣無計可施。

「儘管如此，我也不能放下他們不管！」

皺緊眉頭的她，目光堅定，全身散發令人震懾的浩然正氣，以及先前擁有特殊異能之時，威風凜凜的強烈自信。冷不防間，瞥見她左腕上異常的空氣流動。

「幼潔，」我指著那道氣流，「妳的手！」

她抬起左手，圓睜雙眼，對腕上難以理解的異狀感到訝異。

風的流動，是馭風者汪幼潔獨一無二的特殊異能，一道道細小且不斷茁壯的風龍捲逐漸成形，沿著她的手腕攀附整條臂膀，宛如蜷曲的小蛇般不斷旋轉。

幼潔的雙眼又是驚喜，又是不解。

四目相接時，我點點頭，揚起嘴角，面帶微笑。

「去拯救他們吧，雷霆最強的候補生。」

她以燦爛的笑容回應我的鼓勵，隨即雙掌向下，施展巨大的龍捲，擎起嬌小的身軀，彷彿生了一對翅膀似的，飄浮在半空中。

雙臂一張，明亮耀眼的青綠風刃成對出現。

魔附者彷彿感應到強大的敵人，紛紛抬起頭來，仰望正將風流聚集起來的嬌小女孩。數名生有變異翅膀的魔附者一躍而上，想在攻擊來臨之前先發制人，與此同時，應變班的後衛成員則率先投出數張大型電網，展翅飛翔的魔附者閃避不及，全數被一網打盡，緊接著傳來刺耳的高伏特電流聲響，和激烈刺鼻的焦味。在幼潔的風牆打散敵陣的同時，我穿過紛亂的戰場，朝第一實驗室的方向前進。我想，魔附者們短時間內難以突破由能力者與應變班組成的防衛部隊，別說突破，沒有直接被幼潔剿滅就算幸運了。

通過幾間空蕩蕩的實驗室，視線所及之處，除了散落一地的器具和紙張之外，別無他物。身為實習生的我，並不清楚科研班的單位配置，尤其是收容機密物件的第一實驗室，更是禁區中的禁區。放眼望去，只見大大小小的純白隔間，區分不同功能的小辦公室，實在無法判別魔魂環究竟位在何處。

跑過一間間無人的科室，翻過一張張凌亂的辦公桌，先不提沒見到魔魂環，連相關的資料都沒找到。這在以保密著稱的雷霆都算罕見，何況是數小時後就要歸還的研究物件，沒有趕緊留下大量的研究報告，實在不像雷霆一貫的機會主義作風。

來到最深處的實驗隔間，裡頭架滿線材繁複的高科技電腦和琳瑯滿目的特殊儀器，中央的控制臺桌邊則坐著一名女性，似乎因太過疲憊而趴在桌面上。

「妳好。」

為了避免嚇到對方，我刻意踏出腳步聲，慢慢接近。

「妳好？」

睡著了嗎，居然一點反應也沒有。

來到她身後，映入眼簾的景象令人反胃作嘔，我摀住嘴，吞回險些出口的驚叫，同時忍住胃幽門急速竄升的食物殘渣。這位年輕女性，頭顱以不正常的角度彎曲，整個頸椎都扭斷了。

控制臺前方理當有堵高強度的隔離牆面，玻璃已不復見，角落四散雪花般的尖銳碎片。隔離空間內有個等身高的鐵架，立於鐵架前方，正感到納悶，驀地覺得光線有些不同，特別亮，也特別刺眼，仰頭望去，直通地表的大洞立刻給出答案。

馬上啟動腕環機，找到設定於常用名單的號碼，摁下食指。

才剛接通，人像投射的瞬間我便開口：「被偷走了！」

「啊？」投影出來的學長，清晰呈現一頭霧水的模樣。「你在說什麼？」

「學長，魔魂環被偷走了！」

他的位置在管制區外，看來雷霆總部各單位都已遭受攻擊，入侵程度雖不明朗，從風險等級驟升至玄煌級的情況判斷，最高委員會大概將這起事件判定為近乎末日的滅世級別。

身在地下，無法得知地表狀況，或許外頭早已毀天滅地，化為煉獄也說不定。

我咬著牙衝出實驗室，越過數個大小不一的隔間，返回前廳的戰場。

「幼潔！」

響亮的聲音被室內激烈的戰鬥掩蓋，幼潔顯然聽不見這聲呼喊。看來，接下來的路程只能倚靠毫無力量的自己了。

隨手拾起棄置在旁的實戰提包，雖未確認裡頭物品，僅憑外觀判斷，似乎與學長慣用的隨身包一模一樣，不加思索，提了就走。

穿越科研班緊急通道，沉重的鐵門讓我升起莫名恐懼。一個人能做的事情有限，過去身於分隊一員，總是藉由團隊合作才能完成任務，仔細一想，單獨執行的機會與場合，可說完全沒有。

我需要伙伴，而那名伙伴也正等待著我——至少我是這麼希望的。

從地下十六層起算，還得往下二十多層。

『學弟，你聽得見嗎？』

學長的聲音透過通訊器傳入耳中。

「聽見了。」

『所幸注射在耳道的隱藏通訊器沒被取出呢。』學長笑了笑，說：『看來九降南院的事件把大夥兒搞得人仰馬翻了。』

耳內的通訊器是潛入九降南院時設置的，在學長來訊之前，我也以為被押回雷霆總部後已遭沒收，真是不幸中的大幸。

「幼潔呢，她也聽得見？」

『理論上可以，但小潔可能正在戰鬥，你得叫得用力點兒。』

「她不是正忙著嗎？」

『用她不得不回的訊息就好啦。』學長竊聲嘻笑，『好比說……』

「小時候曾因為尿急而一起上廁所的事？」

『咦，有這種事？』

『白穎辰你這傢伙啊啊──』幼潔的聲音簡直要把我的耳膜震破了。『你在鬼扯什麼東西啦！』

『還真的回應了。』學長噗嗤一笑。

「幼潔，」無視她的抗議，我正經八百地說：「魔魂環被偷走了。」

『我有聽到啦！』

「那至少回應一下嘛。總而言之，我要去一趟臨時管制區。」

『管制區不是……特殊班……』幼潔的聲音斷斷續續的，不太清楚。『魔附者就是從那……危險……我覺得……等……』

「幼潔，我聽不清楚妳的聲音。」當然，我明白她想表達什麼。「不管妳說什麼，我都必須跑這一趟。」

『確實，你確實該去一趟。』學長停頓一秒，說：『若是行有餘力，幼潔也一起去吧，眼下這種局面不是打倒魔附者能解決的，魔魂環才是關鍵，不管到底是誰把東西帶走，都絕不可能拿來做善事。』

同感，竊取者必定明白用途，甚至知曉裡頭封印什麼，進而打算利用……

等等，某個極為怪異但頗合邏輯的念頭，突然靈光一閃。

「學長，在我和幼潔說明之前，你不知道魔魂環的詳細資訊，對吧？」

『當然。』學長的語氣像是在說：都什麼時候了還在問這種傻話。他說：『那是特甲級的機密，連甲級都不是的我，何德何能知道此事。』

「就算在魔魂環落入總部之手，機密等級也不會修改，對吧？」

『那當然。』學長停頓幾秒，說：『為什麼突然問這些？機密等級的各項事宜你應該也很清楚……』

他說到一半就停止了，恐怕學長也注意到不太尋常的問題。

『學弟，是某個人將魔魂環的訊息提示給你的。』

「沒錯。」

『那個人有資格知曉特甲級機密。』

「是的。」

『那個人是總長嗎？』

「不是，而且也不太可能。」

倘若總長有意奪取魔魂環，根本只需透過私交，直接與九降家族交涉還更快、更隱密些，如此大費周章地拐彎抹角，過於浪費多餘的時間人力，不像是老謀深算的總長作風。

學長也同意我的說法，喉頭發出一聲沉吟。

『這麼說來，就是無法下令部隊執行此等任務的人囉？』

「要不是礙於身分，要不就是為達目的，必須由我……」我皺著眉搖頭，說：「不對，是必須由我們這種自願脫離雷霆的人，技術性地迴避總部指示，暗中行動，擅自潛入九降南院奪取魔魂環。」

『難道是為了避開政治問題？不，這無法解釋繞那麼大圈的理由……慢著。』學長的聲音變得有些困惑。『幼潔，妳是不是也取回能力了？』

『學長也是？』

『學弟，和你簽約的惡魔呢？』

「泡泡熊？」我嘗試呼喚水魔之力，卻沒有反應。「沒有回來，大概還在魔魂環裡。」

學長彷彿陷入沉思，一時沒有回應。

『學弟，我對現在的狀況有點想法，不過……很不妙。』

「怎、怎麼說？」

『盜取魔魂環的人，除了物品本身，可能還需要封印在內的東西。』

「裡面的東西……」

我倒抽一口氣，登時明白學長的言下之意，邁開腳步，三步併作兩步跑，沿著階梯向下衝刺。

神美、神美、神美——！

魔魂環的啟動並非意外，我伸手觸碰法器為的是封印強大的邪靈，而為了壓制那頭異種生物，神美強悍的力量是不可或缺的。換句話說，神美與邪靈同時在場的狀況不是巧合，那位幕後人士瞭解雷霆正規部隊的實力，知道當下就算擁有大量人員和能力者幼潔，也不足以應付駭人的邪靈。

神美必須在場，而她也必定會在場。

樓梯通道空無一人，沒有雷霆人員，也沒有魔附者，空蕩蕩的階梯只有我響亮的腳步聲。沿著階梯向下，我的心也隨之沉落谷底。究竟該用什麼表情面對神美？該用怎樣的姿態？這番莫須有的指責又該如何彌補？身為罪人的我應該如何懺悔，而她憑什麼得接受我的懺悔？

數百個問題，宛如扎於喉頭的魚骨，又似貫穿心窩的木樁。

我用最快的速度穿越彷彿永無止盡的螺旋長梯，轉過一個又一個階梯平臺，終於抵達位於最下層——地下四十層的臨時管制區。那扇沉重巨大的防核鐵門，讓暫時監管超常異種的區域搞得像個末日避難所。

我在門旁的觸控面版輸入自己的機密編號，嗶嗶兩聲，顯示紅色錯誤訊號。

「學長，我的機密編號不能用了。」

沒有回應。

通訊器一片死寂，不知是因為所在位置太過遙遠，還是管制區周圍設有訊號干擾系統。又或者，學長與幼潔在戰鬥中倒下了……

沒時間猶豫，更沒時間等待，只得回到上一層，進入地下三十九層。

這是從未踏入的陌生樓層，外門一推就開，似乎不是特別重要的單位。寬廣的空間，乍看之下很像動物實驗室，沿著牆壁整齊排列的數十個養護室卻無聲地否定我的猜想。每個玻璃隔成的養護室各自裝載外型各異的不明生命體，之所以用「生命體」相稱，是因為我無法判別那些是什麼生物。既非人，亦非動物，有呼吸，也有心跳，其餘一概不明。

掛在牆上的投影畫面放映著模糊不清的毀損影像，那是一名四肢變異的男子，身體變形的模樣活像一隻史萊姆，無法想像那副身軀擁有骨骼。其他的投影畫面也充斥令人不安的畫面，蛇首人身的蛇泥偶、靛青色的怪鳥和澈底魔附的老人，簡直就是妖怪與異種的大觀園。

此處看來是某種生命研究單位，細加思索，不禁背脊發麻。

我舉目四望，覓得一處遠離養護室的位置，推開辦公桌與鐵櫃，騰出一坪大小的空間，放下肩頭的帆布隨身包，確認裡頭之物。如我所料，這個提包和學長在杏恩養護中心任務中攜帶的小包一模一樣，裝滿常見的雷霆器具，各式裝備一應俱全。

取出正方形的黃盒子時，不禁咧嘴一笑。

前輩們總說，綠豆糕會帶給雷霆人員最美好的回憶。

這下我可沒辦法否定了。

將綠豆糕置放在淨空的地面，我憋住呼吸，摁下中央的小紅點，隨即模仿學長的動作，頭也不回地拔腿就跑。傻瓜才會再懷疑綠豆糕的威力。

算準十秒，雙手一撐，翻越眼前矮小的鐵桌，順勢推倒桌子充當現成的掩護。

砰——！

符合記憶的震天巨響，像要轟開整個樓層似的，炸得樓板劇烈晃動，好似隨時就要崩塌。我跳過鐵桌，往前衝刺，對準地上猶如人為切割的圓形爆破孔洞，毫不遲疑，一躍而下。

如此莽撞的行為，立刻招來可怕後果。才剛落地，眼前便是數道巨大、高聳、冰冷的鐵網隔間，這些外觀普通的鐵線網顯然通了高能電流，加上天花板和牆角邊的自動機槍，不愧是擁有最高規格的機密監管區域——臨時管制區。

可惜那已經是過去式了。

四周鐵門無一例外地大大敞開，電腦操控的電子鎖遭到破壞，任憑危險的管制物在外遊蕩。所謂的管制失效，原來是這麼回事。

只見通往管制區深處的狹道上，三名魔附者正逐漸接近。

四周並無戰鬥的跡象，既沒有雷霆的彈痕，更沒有其他生物留下的蹤跡。

神美還在這裡——如此確信的我，凝望前方不見盡頭的偌大空間，深吸一口氣，無視朝這裡狂衝的三名魔附者，向著前方飛快奔跑。

我可沒能力同時對付三個魔附者。

「但你們也追得太看不起人了！」

我一邊狂奔，一邊抓出隨身包裡的綠豆糕，按下紅鈕，往腳跟後方丟擲，一連重複五次。魔附者們的距離正逐漸縮短，但也只是一時的。

砰、砰、砰、砰、砰——！

五道爆炸聲自背後傳來。

隨便亂扔的炸彈當然不可能剛好命中，但至少能拖住那群人不人、鬼不鬼的惡魔，試圖拉開彼此距離。奔跑途中也不忘搜索，經過的每間管制室都空無一人，不知神美有沒有被蒼溟容留司標註正式的「類目編號」，也不知道她被安置於哪個監禁隔間，甚至連是否在此都不確定。

然而，伴隨我奔跑的是沒來由的自信，彷彿誠摯的信仰一般，既無道理，也無理由，只想往前奔去，莫名舒暢的心情，令人忘卻難以脫身的殘酷困境。

或許正向思考的加持，可以換來意想不到的天降神蹟。

數不清經過多少間控制室，才看到某扇敞開的管制門外，倒臥一名靜止不動的魔附者。

我毫不猶豫地停下腳步，雙腳一蹬，越過地上昏厥或死亡的異種，以雷霆制式的標準翻滾正確著地，進入門內。緊追而來的三名魔附者，以詭奇的高速移動方式步步逼近，我抓住門緣，哐啷一聲關緊管制室的鐵門，抓出提包裡的強力磁鐵充當簡易鎖，卡死整扇門。

轉身正要繼續搜索，眼角餘光掃到一處陰暗角落，只見神美蜷曲身體坐在地上，環抱雙腿，抬頭望來的赤紅眼眸閃爍靈動，神情充滿恐懼。明明是長了羊角、生有羽翼、披著紅髮的惡魔，實在不該露出這種表情。

可惜的是，此刻任何話語都不足以表達我的想法。

她的肩頭輕輕震顫，圓睜的雙眸泛出淚光，背後巨大的烏黑羽翼緊緊收束，像要隱藏自身一般；就連那條毛茸茸的尾巴也蜷曲著，尾尖小小的毛球反倒顯得有些可愛，與嬌弱可憐的姿態形成奇妙的反差。

那一身深褐色囚禁服，左胸繡有七四八的數列，昭示著已被蒼溟編入管制類目的不爭事實。

我單膝跪地，緩緩張開雙臂，神美嗚地輕聲驚呼，把頭埋入膝蓋，渾身顫抖。

「對不起……」她的聲音彷若蚊蚋。「對不起，我不是故意瞞著你……」

神美仰起頭來，垂著眉尖，水汪汪的朱紅大眼沒了原來的肅然殺氣，顯得楚楚可憐。我的雙手接近她的肩膀，她向後蜷縮，卻因身在角落而力不從心。

神美指向自己的赤紅眼珠，捧起一束鮮紅長髮，說：「等、等一下，我現在沒辦法控制力量，不能碰我……」

「沒事的。」

「咦、咦咦……」

發現我仍不斷靠近，神美接連眨了幾回眼睛，左顧右盼，摸不著頭緒。她的指尖輕輕抵住我胸口，搖著頭，滿臉疑惑，視線不住游移。

「真的不行，就算用打的也不行……」

「就說了沒事。」

一把將她擁入懷裡，正想輕撫她的背部好好安慰，如同事先預料，體內強烈炙熱的慾望和淩駕理智的衝動急遽醞釀，這股情緒絕非自然生成，卻也不至於無法壓抑。

好吧，我得承認，超難壓抑的……

「好、好了……」我吁出長長的一口氣，雙手擺上她的肩頭。「抱歉，剛才已經是極限了，差不多三秒。」

她歪著頭，似乎不懂我的意思。

「三秒，是我撐得住的極限。」

「啊、啊啊……」神美唰地漲紅雙頰，「我明白了。」

「妳還好嗎？」

「咦？」她縮起肩膀，眉頭垂成八字。「不生我氣了嗎？」

看見她怯弱的姿態，想起自己過分的行為。我抬起手，花費十二萬分的力氣，努力忍耐內心洶湧而至的情慾，用拇指輕輕撫摸她的臉頰。

輕柔的動作似乎很癢，她一邊閃避，一邊像隻貓咪般瞇起雙眼。

「會癢嗎？」

「不會，我才不怕癢——」她還沒說完，我便輕彈她的耳垂。「啊啊！」

「不是說不怕癢嗎？」

「一點點啦——啊！很癢啦，別鬧了！」

我稍微放輕力道，不再欺負她。

神美低垂雙眼，抿起下唇，忍受我的觸碰。

「穎辰，對不起。」

「妳不是都叫我小白的嗎，沒事幹嘛改口？」

「因為這才是正確的稱呼嘛……」

「原來還有所謂的正確稱呼。」我輕聲笑了，隨即斂起五官。「神美，該說對不起的是我，不是妳。」

「才不是。」

「我說是，就是。」

「很癢啦！」

「神美，」我捧住她的臉，「對不起。」

她抬起雙眼，眨了眨那對赤紅的眸子，看來是無法理解我態度上的轉變。一時半刻難以細說從頭，只能稍微解說從學長那裡得知的「事實」，雖然不一定為真，但至少比我的偏見公正一些。

神美低垂著頭，靜靜聆聽，不發一語。

簡述完畢之後，我重重嘆了口氣。「總之，是我的錯。」

「不是的……」

「妳並沒有殺我的母親，這點絕不會錯。」

「是我殺的……」神美再次抬頭，眼眶中豆大的淚珠同時落下。「是我殺的！我沒有阻止……我……」

她說著說著變泣不成聲，實在聽不清楚，正欲追問，一道沉重的鈍響自鐵門的方向傳來。

三位魔附者顯然不願放棄我這自投羅網的肥羊，過去的事情只好暫時留在過去了，眼下當務之急是找回魔魂環。雙手搭上她的肩，直視那雙紅寶石般的晶亮眼眸。

「神美，我有一件重要的事情要說。」

她一邊流淚、一邊點頭的表情，可愛得完全失去應有的威嚴，實在想不透長了一堆奇怪特徵的惡魔，竟能展現如此迷人又清新的氣質。

該不會是魅魔無形中的影響力吧。

「神美。」

「嗯……？」

「我可以親妳嗎？」

「咦咦，什麼東西？」

「抱歉，剛才腦袋有點當機。」

「那、那就好。」

「所以，」我搔搔後腦，露齒一笑。「可以嗎？」

「當然不可以！」

「為什麼？」

「還問為什麼……」神美指著自己的血紅大眼。「就說我現在處於這種狀態，沒辦法控制力量，肢體接觸的話會——」

才不理妳呢。

我在她住不了嘴的唇瓣上，輕輕啄了一口。

她還來不及推，我已向後退去，擺出「三」的手勢。

「三秒，我的極限。」

「……幹嘛那麼得意。」

神美的臉脹得比葡萄酒還紅，看不出究竟出於害臊還是微嗔，或者更糟。應該不是發怒吧？來不及細思，只聽得身後傳來巨響，回頭一望，三名魔附者正試圖將堅固的管制鐵門撬開。

「啊，對了，魔魂環被偷囉。」

「什麼？」神美忍不住提高音量：「你怎麼現在才說！」
「剛才不是說有很重要的事情嗎。」
「你也太離譜了——」
神美的雙頰再次刷上緋紅，甩甩頭，輕捶地面，對著冰冷地板發怒。
「現在的妳，打得過那些傢伙嗎？」
「這還用問？」
「不行？」
「當然可以！」她白了我一眼，「魔魂環只有取走魔能，而我平常根本就沒在使用。」
「那妳的魔能都用來做什麼？」
「要你管。」
「嗯，」我的手放到她肩上，「再一次好了。」
「不要啦！」她一把將我推開，但力道不大，顯然是刻意放輕。「我的魔能平常都用在隱藏惡魔特徵上啊，不然你以為翅膀、尾巴、紅髮和紅眼要怎麼隱藏。」
「這麼說來，先前看到的力量，都只是單純的……肉體能力？」
「嗯，差不多。」
「嚇死人，還沒施展魔術就把大部分的敵人打趴了。」不禁回想自己使用過的水魔之力，沉吟半晌。
「如果妳驅動魔力施展法術，會是原來的幾倍強？」
「幾倍？」她歪著頭，「幾十……不，幾百倍吧。」
「真的超可怕，一人就能征服世界。」

「把人家說得像大魔王也未免太過分了！」

「大魔王如果站在人類這邊，那可不是普通的有趣。」

回頭確認鐵門的破壞程度，趕緊將提包內的裝備通通倒在地上，除了閃電小刀能收在腰後作為備用之外，恐怕只剩伏特槍和綠豆糕勉強可用。神美起身時，低頭俯視自己的深褐色管制服，默默嘆了口氣。管制服的樣式相當單調，男性兩件式，女性一件式，換言之，神美全身上下只有一件連身服，怎麼看都不是適合戰鬥的裝束。

望著她的上半身，我伸出右手緩緩靠近。

眼角察覺我的可疑動作，神美警覺地向後一跳，遮起胸口，拉住裙襬。

「你、你想做什麼？」

「確認一下而已。」

「確認什麼？」

「確認妳有沒有穿內衣褲……」

她揚起翅膀直接揮打過來，我連忙抱頭防禦，跳向一旁。

「這種反應才是我認識的神美嘛，剛才那種嬌柔可憐的模樣，毫無強悍惡魔應有的氣魄，光是看著都會起雞皮疙瘩。」

神美鼓起腮幫子，「這話未免說得太難聽了。」

「沒辦法，現在需要的不是可愛版的妳，而是霸氣版的妳。」

「可、可愛……」神美捏捏自己的臉頰，甩甩頭，拍拍耳朵，呼出一大口氣。「你知道魔魂環在哪裡嗎？」

「不知道。」

「知道是誰偷走了嗎？」

「不知道，嗯……也不算不知道。」

稍微將我略感懷疑的內容簡單說明，神美一邊聽，一邊盯往越來越傾斜，像是隨時要倒下的管制鐵門。她扭扭手臂、動動腳踝、展展雙翼，做著極為陽春的暖身運動。

「坦白說，究竟是誰偷走魔魂環，對我而言並不重要。」

「是哦？」

「究竟為了什麼理由而偷，也不重要。」

「是哦？」

「我單純不喜歡有人拿我的魔能來做壞事的噁心感覺。」

「這樣啊。」

「死小白，再敷衍一句我就把你打進水泥牆！」

「抱歉，對不起，我錯了。」我擺擺手，露齒一笑。「雖然是個聽起來很扯的懲罰，但妳絕對可以不費吹灰之力地辦到，實在太可怕了！」

神美白了我一眼，以銳利的眼神示意「知道就好」。

我倆同時望向鐵門，說時遲，那時快，伴隨清脆的哐啷聲，鐵門受到強大外力衝擊，向內倒下。雙手各持一把伏特槍的我，對猛撲而來的兩名魔附者扣下扳機，連續擊出電擊彈，由於早已調到最大強度，就算是體格強健的魔附者，也不可能毫髮無傷。當然，光憑伏特槍的威力無法壓制這些異種，反正身為零能力者，本就是裡側世界的配角。

真正的主角現在才要登場。

神美瞪直火紅雙眸，展開墨如夜色的漆黑羽翼，彷若鮮血流瀑的秀髮隨風翩飛，赤裸的白皙雙足猛然一蹬，騰空躍起，雙翼齊舞，以迅雷不及掩耳之勢向下俯衝。

不加掩飾的惡魔之力，展現壓倒性的絕對強悍。

豔麗的朱紅身影，猶如輕盈飛舞的彩蝶，綻放純粹的美。

# 第十一節　巴弗滅

抵達臺中醫院的頂樓時，整個中區早已陷入一片混亂。

視線可及之處，臺灣大道、五權路、三民路等交通要道擠滿疏散的人群，全副武裝的夜鷹特勤隊與維安特勤隊列陣其中，執行指揮與局部壓制，相對於專責超常事例機密任務的雷霆特勤隊，他們才是第一線專門處理恐怖攻擊的關鍵衛隊。

中央政府顯然是把這起事件定調為恐怖攻擊了。

幼潔踮起腳尖，眺望遠方。「這樣根本看不清楚魔附者在哪裡。」

神美收合雙翼，指著靠近臺中車站的某處。「應該在那邊。」

臺中車站周圍的道路，一輛輛冒著煙的汽車翻倒在旁，範圍廣闊且數量龐大，極為慘烈，尋常的魔附者沒有造成如此光景的強大體能，唯有曾與我們對峙的龐大邪靈才能辦到。

幼潔嘆了口氣，用拳頭猛敲我和學長的頭。

「兩位男士，你們是要暈多久？我們都站著聊多少句了！」

「誰、誰叫妳們直接飛過來啦……嘔！」

學長說到一半突然一陣作嘔，險些把翻騰的胃中之物吐出來。我則環抱下腹不發一語，深怕一張開嘴，剛才狼吞虎嚥的午餐就全浪費了。

有了神美壓倒性的力量，雷霆總部的魔附者根本不足為懼，離開監禁神美的管制區後，我們先行協助學長和特殊班人員脫身，再前往科研班大廳與幼潔會合。等到通訊恢復，才得知包含雷霆在內，中央政府的維序部隊正在臺中市中心與酒紅色的邪靈交戰。非但如此，各地的醫院、育幼院和養護中心均竄出大量魔附者，雖以老人、幼童或身障者居多，超越凡常的怪力仍讓維序部隊窮於應付。

雷霆總部最高委員會將巨大的邪靈稱為「巴弗滅」（Baphomet），以歐洲中世紀女巫崇拜的土種惡魔為名，可說是至為貼切。

位於霧峰區的曦鳶里與市中心相距甚遠，為了快速抵達，神美與幼潔分別以黑色羽翼和清風龍捲將我和學長拉上天際，以堪比世上飛行速度最快的游隼，飛越二十公里以上的距離，從郊區鄉間來到鬧區都心。追求高速的代價，是不諳飛行的我與據稱患有懼高症的學長，甫一踏上醫院頂樓便雙腿癱軟，腹中翻騰，靠牆嘔吐。

幼潔挑著眉說：「為什麼是停在臺中醫院而不是臺中車站？」

神美聳聳肩，瞥向我說：「是小白要在這兒降落的。」

「因為太害怕所以提前著陸？」

「才不是……」我勉力抑制翻湧而上的噁心感，摀著嘴說：「我們的目標又不是巴弗滅，何必一股腦地衝去跟他玩。」

「嗯——飛在空中時，某人叫得像隻可愛的吉娃娃呢。」神美瞇起眼笑，「還哭著要我改成公主抱。」

「這樣我就不用往下看啦！」

該死的神美，飛在空中時居然把人夾在腋下，我又不是貨物，可惡。

望向她笑咪咪的俏皮模樣，我沉著臉說：「妳過來一下。」

「咦？」她眨眨眼，「你想做什麼？」

「來就對了。」

「……好可怕，我不要。」

「嘖。」

原本想用滿是嘔吐物臭酸味的嘴巴親她，可惜戒心太高，無法如願。

協助臉色鐵青的學長站直，我眺望遠方，一面確認巴弗滅的位置，一面尋找理應在這附近的傢伙。

巴弗滅最早附身於幼潔體內，杏恩養護中心是我們第一次遭遇黑袍牧師「狂信者」的場所，他將惡魔植入人體，以幾近「量產」的方式創造魔附者，不只是魔附事件的始作俑者，更是巴弗滅的創造者。

這頭巨大的怪物顯然是目前最強大也最有價值的魔附異種，就算臨機應變，他也必定有所作為。而他手上，握有對我們來說最重要的東西——魔魂環。目前仍不清楚他如何解除臨時管制區的最高機密鎖，唯一可知的是，因為狂信者一連串的魔附事件，才使雷霆總部不得不收容超過負荷的大量魔附者，間接導致管制失效後的內部動亂。

我想，超前的安排全是為了終將落入雷霆之手的魔魂環，如此高瞻遠矚的縝密計畫，實在令人害怕。

我瞇起眼，四處觀望，掃視每個街口。狂信者一定在附近，在這最後也最重要的一戰中，他必定會在巴弗滅身邊，確保一切順利。

猝然間，一股凜冽冰凍的寒意席捲全身，四周瀰漫著惡意的肅殺氣場。

臺中州廳深藍色屋頂上，身穿純黑色滾金邊的開襟長袍，狂信者的黑色圓扁帽簷低遮，完全遮蓋鼻梁上方，紫色薄唇微微上揚，露出令人不寒而慄的冷笑。在其身後正與維序部隊纏鬥的巴弗滅，無視一切的挑釁姿態，囂張得讓人反感。

倒是他左腕發出金黃炫光的神聖法器，即使相隔數百公尺依然清晰可辨。

「完全不打算躲的敵人，真令人生氣。」

幼潔氣得呲牙裂嘴，或許她對養護中心那次交手耿耿於懷，又或者勾起遭到魔附的不好回憶，顯得相當忿忿不平。

「他越有自信，就對我們越有利。」明知不可能被聽見，我仍壓低聲音說：「記得，我們的計畫不是要打倒他。」

神美點點頭，表情格外嚴肅。

「學弟，」學長從隨身袋取出輕便噴射背包，拋來給我。「別忘了，現在的你甚至比我還弱。」

「這點我可是比誰都還明白。」

我露齒一笑，接過背包甩到身後，熟練地解開安全設備的防護鎖。

學長的發言讓神美投來略顯擔憂的眼神，回望她的紅色眸子，我抿起嘴唇點點頭，儘管無法預測可能發生的狀況，只要妥善分工、積極合作，狡詐多端的狂信者和幾近無敵的巴弗滅也並非打不倒的敵人。

——至少我是如此堅信的。

「別忘了。」我站上臺中醫院頂樓的矮牆，「目標只有一個。」

神美已穿上血紅高跟鞋，幼潔也戴上防風護目鏡，二人交換眼神，分別自左右兩側拉起不斷顫抖的學長，一起踏上矮牆。此時臉色慘白、雙唇發紫、年紀最大、領導經驗最多的學長，豎起拇指，露出強作鎮定的堅定眼神。他瞇起雙眼眺望遠方，手指一彈，兩道光芒順勢而出。一道黑色的細微光線在狂信者胸口閃爍，另一道白色的強烈炫光在他左腕附近閃耀，看來那個魔魂環是真貨，無庸置疑。

「若是有小隊名稱，現在就能喊口號了呢。」幼潔露齒而笑。

「臨時想一個不就好了。」我轉過頭，遠眺狂信者，說：「希望之塾小隊，出動——！」

「「「誰跟你希望之塾小隊！」」」

就知道會有這麼熱烈的抱怨。

神美揚起漆黑羽翼，幼潔旋起雙掌龍捲，兩名強悍的能力者同時飛上天際。我和學長面面相覷，沒有時間猶豫，只得跟著跳下醫院大樓。我誠實的內心雖對憑空跳躍感到十分抗拒，然而一想到是自己的計畫，也只能啞巴吃黃蓮，乖乖遵循。

我瞇起雙眼等待時機，隨著飛翔的風聲接近地面，耳裡傳來學長淒厲的慘叫，讓人不忍細聽。背包束帶發出嗶嗶警示聲，我按下腰間按鈕，唰地伴隨轟隆巨響，噴射裝置順利啟動。飛於半空，雙眼緊盯臺中州廳的屋頂，只見狂信者依然掛著冷笑，對於即將到來的接近戰似乎頗為期待。

身為零能力者的我，思忖著該如何獨自面對可怕的異能怪人。

飛快的烏黑身影挾帶鮮紅殘像，與我交錯，衝向狂信者。神美的右拳以肉眼難以追趕的速度送上前去，狂信者雙足立定不動，手臂卻變得無比細長，像條鞭子一般猛甩而出，以同等快速的揮打迎擊。

幼潔趁勢飛到狂信者身後，雙臂大張，八個前所未見的巨大龍捲同時旋起，直朝敵人圍去。看這規模，她顯然沒考慮到神美也會遭受波及，讓我捏了把冷汗。

但也僅僅「一小把」冷汗。神美已然收起雙腿，羽翼打直，全力向下急速俯衝。

狂信者抬頭仰望八方包圍的風龍捲，斂起笑容，側轉身子應對，幼潔旋即握緊右拳，在他腳下施展數枚小型漩渦龍捲，封鎖敵人的行動，令人目不暇給的凌厲攻勢，讓狂信者恨恨地咬起嘴角，雙肩一動，如同鞭子般柔軟的長臂拍上州廳屋頂，藉由反作用力高高躍起。

神美不知何時已在他頭頂的位置，守株待兔，封鎖向上脫逃的通路。

狂信者挺起胸膛吸了口氣，雙臂以逆時針迴旋高速轉動，彷彿把手臂當成臨時擺葉，用以抵擋強勁的龍捲。即便看似十分費力，卻結結實實地打散包圍周身的風龍捲，一一化解危機。趁他準備返回屋頂時，我扣下腰間按鈕，關閉噴射背包，利用下墜產生的加速度，自斜上方四十五度角的位置踢出一腳。

狂信者正想抵禦，卻被盤桓於身後的神美牢牢扣住頸部，她以右手掌心飛快貼上對方慘白的臉頰。

狂信者起初不懂她行為的意義，微露邪笑，幾秒後才神情大變。

神美擁有的誘惑能力正在敵人體內發酵，受到魅魔之力干擾，狂信者陷入失控的肉體不斷震顫，顯然無法擺脫緊扣己身的紅髮惡魔。

狂信者正想反擊，我的腳板已狠狠踢上那張終於沒了笑容、表情越發緊繃的邪氣臉孔，俯衝的速度加上引力作用使狂信者摔飛出去，翻滾幾圈跌落屋簷，撞斷臺中州廳簷邊的旗杆。

正欲追擊，狂信者咬緊牙關大手一揮，把我甩飛出去，只得連忙啟動噴射背包，以免撞上對街公寓。

絲毫不給反擊機會的神美，抬起頭向遠處大喊：「幼潔，就是現在！」

立於稍遠位置的幼潔抬高右手，數枚小龍捲在旗杆周圍生成，纏住狂信者的四肢。

——目標只有一個。

既不是打倒狂信者，也不是牽制巴弗滅，只需輕輕觸碰魔魂環，啟動汲取能量的反向機制，釋放神美的魔力、泡泡熊的靈體和所有封印其中的異能，便能一舉扭轉戰局。

沒有魔魂環封印的能量，無論狂信者有何計畫，都將歸於失敗。

確認對方遭到束縛，神美飛展雙翼向下俯衝，迅速來到狂信者身旁，睨視初次見面的強敵。在他揚起引人不適的邪笑時，她蹲下身子，伸手觸摸魔魂環。

我瞇起眼，等待那道比烈日刺眼的奇異白光。

然而，萬籟俱寂，周遭萬物毫無改變，理應散射的炫目光芒並未出現。

神美的掌心確確實實地按壓在魔魂環金黃色的符文表面，與九降南院當時的狀況並無二致，無阻隔地赤手碰觸魔魂環，應當能夠重啟隱藏其中的神祕機制。

理當如此才是……

神美杏眼圓睜，帶著惶惑神情望向我，半張開嘴，似乎對這狀況感到疑懼。

難道說，計畫失敗了？

「小美，後面！」

狂信者突然掙脫束縛，揮甩長臂擊向神美，她立刻展開雙翼飛起，漂浮於半空，大惑不解地緊盯魔魂環。幼潔重新架起風龍捲的包圍網時，狂信者已站穩腳步，以迅雷不及掩耳之速揮擺手臂，眨眼間便擊散所有龍捲。

對手沒有變強，而是幼潔與神美開始不安罷了。

這樣下去會輸——不，可能會死。我們需要新的計畫，或是備案……

「學長，」我按住耳窩的通訊器說：「計畫失敗了。」

『失敗？』

「神美接觸魔魂環，卻沒發生預期中的能量釋放。」

『那我這邊……』

「請學長按照原訂計畫行動，我再想想辦法。」

到底是哪個環節出錯了？

在九降南院時，難道不是因為直接觸碰魔魂環，意外驅動隱藏於法器的力量，才將周遭能量全數汲取並牢牢封印在內？現在的情勢與當時究竟有何不同？

神美和幼潔持續奮力與狂信者纏鬥，雖然得以壓制敵人，但是計畫失敗的此刻，攻勢顯得七零八落，沒有更積極的作為，只能一來一往攻防，陷入僵局。

『學弟！』耳內的通訊器傳來學長的聲音：『注意背後！』

一聲轟然巨響自背後傳來，成排成列的低矮公寓如骨牌倒下，破碎的磚瓦飛散開來，瀰漫空中的水泥粉塵活像來自北方的霧霾。煙霧後方，比原先增大五倍的巴弗滅推倒數棟樓房，將沿途建物、道路、車輛全數踏毀，夷為平地。放眼望去，竟能從臺中州廳的位置直接看見火車站，破壞力無比驚人。

「神美！」我大喊：「阻止巴弗滅！」

神美聞言，皺起眉尖轉過身，擺動雙翼衝向體積堪比一座小巨蛋的邪靈魔物。擁有四足、雙臂、蝠翼的巴弗滅猛揮巨拳，即便她側身閃避，仍被拳頭帶起的強風捲飛出去。原訂計畫中並不需要正面迎擊巴弗滅這頭近乎無敵的混沌邪靈，可惜的是，這個半路殺出的程咬金，已然成為眼下的頭號危機。

幼潔的風龍捲自地面旋起，團團包圍巴弗滅，牠則搧動巨大蝠翼以單純的物理力量，輕易抵擋這波攻勢。幼潔咂咂嘴，準備後退，卻被赫然現身的狂信者阻擋去路；此時，背對太陽的神美大展羽翼，雙掌朝前俯衝而下，直接撞擊巴弗滅的胸口，拍揚羽翼，回身使勁一踢，打算一舉擊倒這匹巨大怪物。

只見邪靈踉蹌幾步，旋即併攏異常粗壯的四隻腳，穩住身體。

牠喘著大氣，發出震天怒吼，揮出左爪一把揪住飛襲而來的紅髮惡魔。

神美的力氣比不過身形龐大的巴弗滅，就這麼被高高攫起，難以掙脫。邪靈張大鼻孔噴氣，翻動厚唇發出低吼，收束十指，嘗試擰死掌中的少女。我趕緊啟動噴射背包，朝巴弗滅扔出一枚綠豆糕，伴隨著轟然巨響，牠擰擠的左手頓失力氣，神美抓準時機脫身逃出，卻馬上被邪靈強壯的蝠翼甩飛。

壓倒性的力量隨時可在瞬間將我們擊垮，絕不能繼續與牠纏鬥下去。

直視巴弗滅混沌的漆黑雙眼，我不禁想起泡泡熊說過的話。

——「你會後悔的。」

為什麼她會這麼說？那時我做了什麼嗎？

此時與彼時究竟有何差別？我只不過伸手……

慢著，原來如此！

我茅塞頓開，忍不住哼笑出聲，緊張的情緒霎時得到抒解，腦袋裡混沌的迷霧豁然開朗，思緒清晰，多餘的擔憂已不復存在。

全新的計畫，正在腦中成形。

『學弟，』學長的聲音明顯緊張。『這裡快撐不住了，特殊班還需要十分鐘才會抵達，是不是應該——』

「學長，你那邊的工作完成了嗎？」

「算是完成了吧……但狀況已經改變了，不是嗎？」

「確實如此。」我笑了笑，「但結果不變。」

我向上噴射，轉了個方向遠離巴弗滅和狂信者，懸浮於遠處觀察大局。

幼潔取出風刃，與狂信者進行激烈的接近戰，一來一往數十個回合多次交鋒，雖佔不了上風，卻也沒被對方壓制，勢均力敵且密不透風的攻防，讓人觀察良久仍找不到介入的時機。

被巴弗滅擊飛而撞進臺中火車站的神美，使勁撥開壓在身上的磚瓦碎片，費力撐起傷痕累累的身軀，再次揮動雙翼返回空戰現場，強忍痛楚的表情令人十分不捨。

若連最強的神美都敗下陣來，代表我們只剩一個選擇。

「神美，」我飛到她身邊，「妳說過自己驅動魔能施展術式的話會強上數百倍，對吧？」

「是沒錯，但現在沒辦法取回魔力了。」

「不一定。」聽見我的話語，她微皺眉頭，感到不解。我說：「妳能使用的最大範圍、最大威力、最高等級魔術是什麼？」

「你問的是名稱，」她回身朝巴弗滅踢出一腳，歪著頭，「還是形態？」

「都可以。」

神美骨碌碌轉了轉眼珠，思忖半晌，說：「有個叫做『煉獄狂火』的魔術，範圍大概……」她指向遠處的臺中公園，「大概比那個公園小一點點，確切威力得看施展當下的魔能總量。」

那樣的程度應該足夠。我覷起眼，點了點頭。

「神美，」我取下腕環機，遞了過去。「時機一到，打開我收藏在最愛列表裡的唯一一個連結。」

「不能直接給我信號嗎？」

「依據情況，到時可能無法發出信號。」

「這是什麼意思？」

「記得，目標只有一個。」

「剛才不是已經試過了嗎——」

「再試一次。」我啟動噴射裝置，凝視她的雙眸。「神美，相信我。」

神美定睛回望，噘起唇瓣，神情堅定地輕輕點頭。得到她的信賴，我才扣下開關，噴設裝置轟地一聲加速飛行，直朝臺中州廳猛衝。

緊盯纏鬥中的幼潔和狂信者，我一面尋找空檔，一面打開六枚綠豆糕。神美很快便超越我，宛如獵鷹一般急速飛翔，準確閃避幼潔施放的風龍捲，直接闖入狂信者的防守範圍。

巴弗滅持續朝臺中州廳前進，雖有四隻粗壯的大腳，卻像無法負荷龐大笨重的身軀，步行速度極為緩慢，活像空有巨蛋規模的蝸牛。狂信者在巴弗滅逐漸靠近的同時，放棄積極進攻，改為消極防守，稍加收斂，等待行動笨拙卻威力強悍的邪靈擊潰我們。

「幼潔，機會可能只有一次，妳得照我的話去做。」

幼潔一個閃身，以包覆龍捲的左掌接下狂信者快速的鞭子長臂。

「我不是一直……都在……」她咬牙撐起那記攻擊，「照你的話做嗎！」

「同樣的方式，再試一次！」

「啊？」

她轉過頭，隔了數十公尺，緊擰眉宇瞪視著我。隔空對視幾秒，她嘆了口氣，搖搖頭，重新面對眼前的狂信者。

「真拿你沒辦法，我就再試一次。」她沉下臉，「失敗的話就打你一拳。」

「不帶風？」

「當然帶風。」

會死人的啦……

不料神美趁著狂信者收斂攻勢的空檔，施加全身之力將他撞開，伸手揪住相較之下嬌小許多的幼潔，不顧對方抗議，大手一揚，把她扔往車站反方向的五權路附近。狂信者對神美的突發行為感到意外，反手擋下她強力的拳頭，旋即微蹲身子，利用起身的作用力揮出長鞭般的上鉤拳。這記快速反擊被神美的黑色雙翼擋下，同一時間，飛奔而至的幼潔抬起雙手，召來八道堪比摩天大樓的天柱龍捲。

幼潔的臉頰和頸部已被汗水浸濕，大口喘氣，顯然即將用盡力量。

我將噴射裝置切換至節電模式降低噪音，沿著百貨大樓的牆面飛行，悄悄繞到狂信者後方的死角，靜待時機。

神美放棄周旋，雙手接連揮出重拳，和他展開近距離互毆。你來我往的肉搏戰讓貴為女性的優雅氣質喪失殆盡，卻是極其有效的牽制，加上她與生俱來的魅惑之力，使得狂信者難以施展應變手段，只能強硬吃下幾記拳頭，以求掙脫。

這波攻勢中，幼潔並未搭配束縛用的小龍捲，而是放手一搏，生成前所未見的超巨型摩天龍捲。這種暴露周身的危險舉動，建立在信任神美絕對能纏住對手的基礎之上，而狂信者也確實處處提防神美的觸碰，每次交手都分外小心。

狂信者過於消極的行動模式很快便被神美摸透，她的攻勢越發綿密，空檔越來越少，速度也越來越快，頃刻便讓對手出現行動破綻。不知不覺間，幼潔的數道巨型龍捲已然近在眼前，他提腳一躍急欲脫逃，神美卻大展雙翼將其籠罩，伸手揪住他的腳踝。

剎那間，與魅魔肌膚接觸帶來的情慾狂潮，讓狂信者渾身震顫。

迅疾掩至的八道摩天龍捲，螺旋狂風直直襲向州廳，古蹟的屋頂和窗戶全被掀翻，磚瓦玻璃散在旋風之中，劃破神美和狂信者的衣服和皮膚。即便白皙的臉頰已有割傷，神美依然緊抓對手腳踝，奮勇苦撐，瞇眼點頭，給予風暴外的幼潔一道明確暗示。

神不知鬼不覺地，周邊突然生成一個個小巧龍捲，宛如快速旋轉的繩索，將狂信者牢牢束縛。

除了招數稍有改變，整體戰略和原來的計畫如出一轍。確認狂信者已被龍捲綑住腳踝，神美才鬆開雙手，目光移往魔魂環。

狂信者帽簷下的紫色薄唇咧了開來，笑得異常開懷；然而，神美卻半瞇眸子，迎上對方的冷漠視線，嫣然一笑，說：「你以為我們會重蹈覆轍？」

伴隨爆破般的轟然巨響，我啟動噴射裝置，以最快的速度衝刺。狂信者對我的現身感到訝異，似乎並不明白我們葫蘆裡賣些什麼藥。

接近目標時，我毫不遲疑地將指尖伸向魔魂環，輕輕觸碰。

金黃色的符文表面仍是那般冰冷，然而不同以往的是，一切看似毫無變化，我卻充滿自信地闔上雙眼。彷若時間靜止，隔絕眾生靈魂，四方籠罩著靜謐的帷幕。為了躲避即將到來的眩目白光，為了迎接至為重要的成功佈局，絕不能有任何疏失，更不能有絲毫遲疑。

一如預期，即使閉上雙眼，隔著眼皮也能覷見一道閃爍的白光。

握住凍寒如霜的魔魂環，我取出藏於腰後的閃電小刀。這是雷霆特勤隊最基本的配備，更是必須從搖籃帶進墳墓的基礎裝備，教科書的話語，竟貼切得像是專為這一刻量身訂做。

提起手臂用力揮刀，溫熱的液體噴濺於我的臉上，隨即低喝一聲，飛快踢出右腳，將狂信者被小刀切斷的左腕踹飛出去。

只見狂信者用長鞭般的右手緊緊壓住左腕的斷面，咬牙狂吼，仰天長嘯。

「神美！」我回頭大喊：「魔力回來了嗎？」

轟的一聲，數十個宛如地獄之火的球狀烈焰，朝巴弗滅龐大的身軀飛去。神美用華麗的青藍火焰回答我的問題，取回魔力的她，姿態優美且行動敏捷，接連替換十多種火焰術式，成功封鎖巴弗滅的行動。

神美深吸一口氣，水藍色的炙熱烈焰攀上那頭赤紅長髮，逐漸蔓延周身，直到完全被火包覆，她便揚起熾燄羽翼，彷彿重獲新生的浴火鳳凰，以前所未見的速度朝巴弗滅撞去。

砰轟一聲，超過數萬噸黃色炸藥的衝擊力，震開了市中心的空氣。

巴弗滅笨重巨大的身軀被撞退數十公尺，無論怎麼立定，都沒能撐住。神美重複同樣的攻勢，逐步加強力道，一次又一次地繞行與衝撞，意欲將其推向後方。非但如此，她更利用攻擊的空隙，數度伸手觸碰巴弗滅，可惜魅魔之力無法動搖這頭不具意識的邪靈，並未產生顯著效果。

將神美強力的攻勢當作掩護，我沉住氣，亟欲尋找安全的侵入點，等候時機，帶著魔魂環接近巴弗滅。麻煩的是，每次接近都被足以遮天蔽地的蝠翼甩開，倘若難以貼近對方，計畫便無法執行。

隨著戰局拖長，巴弗滅不但越來越強悍，也越來越沒有趁隙下手的機會，就算等來援軍，能否成功封印已成未定之數。

計畫失敗了——至少原訂計畫和修正後的計畫全已破毀。

不過，自始至終我都保留一個「保險」。

「我藉由永生的主……」

才剛唸出驅魔咒，神美立刻停止動作，皺著眉頭望向我。

「小白，你在做什麼？」

「執行原訂計畫。」

原訂計畫沒有驅魔的環節。

「這才不是原訂計畫！」

「我們不能讓這個大傢伙繼續逛大街。」我屏氣凝神，吁了口氣。「必須像九降南院那時一樣，施展驅魔咒，將牠強制驅散。」

「這東西哪能這麼簡單驅散。」

「我知道。」

我怎麼可能不知道。

言談之間，巴弗滅顯然對於力量超群的熾燄魅魔感到畏懼，發出震動耳膜的低吼，始終駐足不前，不敢貿然進攻。

我揚起嘴角淺淺一笑，說：「藉由驅魔術造成的短暫空檔，搭配妳強大的魔術威力，就有機會一次終結。」

神美凝視著我故作泰然的眼眸，沉默不語。

不知是否接受我的說詞，她點點頭，將目光重新聚焦於巴弗滅身上，綻開羽翼，以充滿魄力的架勢急速襲向夢魔般的龐大魔物。

我瞥向繪製於火車站外的數十個巨大驅魔陣，繼續誦讀驅魔咒。

『學弟，』耳中傳來學長的聲音。『你的惡魔契約有恢復嗎？』

由於是一對一的獨立通訊，信號格外清晰。

「應該沒有。」我張開手掌，確認毫無反應，笑道：「更正，完全沒有。」

『這代表快速復原能力也……』

「是啊。」

『你確定不跟神美妹妹和小潔說明白？』

對此，我選擇沉默。

「真是的。」學長嘆了口氣，「雖然我答應幫忙執行這個備案也很有問題，但眼下這種情況，你的方案恐怕是唯一能拯救表側世界的方法。」

「預先請您指導正規部隊繪製驅魔陣果然是對的。」

「居然給我用敬稱。」學長輕聲笑了，「記住，我可是百般不願意啊。」

「學長。」

「幹嘛？」

「謝囉。」

這個備案是我剛愎自用的獨斷獨行，有了學長的幫忙確實助益良多。

通訊切斷時，神美依然按照原訂計畫，持續將巨大的巴弗滅推往臺中火車站。

邪靈此刻的所在位置，就在為數眾多的驅魔陣中央。

「妳要屈服於大能的手下，我們呼求聖名之時，妳要恐懼……」

一字一句清楚地朗誦至驅魔咒末段，我瞇起雙眼，注視巴弗滅醜陋的五官，將噴射裝置的機能調整到最高速模式，雙腿一伸飛衝向前。

「因聖父、聖子及聖神之名，藉聖十字架的記號，讓位給至高的神吧！」

道出最後一句咒文，巴弗滅笨重的身軀開始顫抖，龐大的肉體發出怪異的震動，張開大嘴吼出不應存在世間，莫可名狀的驚駭怪聲。

我緊握閃電小刀，攫住魔魂環，頭也不回地衝入那張血盆大口，闖進滿是惡臭與酸腐氣味的噁心腔道。

舉起刀子刺入其中，奮力抽出，再補一刀。或許來自體內的攻擊讓牠無法招架，能夠清楚感覺邪靈垂死掙扎時，甩動身軀的激烈搖晃。

「……白。」

神美的聲音斷斷續續地傳入耳中。

我的耳朵浸於翻湧的酸水而逐漸腐蝕，連帶使得耳內通訊器失去部分功能。

「穎……」

她的聲音變得好遠好遠。

手中冰冷的魔魂環毫無動靜，果然光是進入邪靈體內，仍不足以汲取魔能。巴弗滅太過強大，毫無魔力的我，施展驅魔術的效果微弱至極，沒能確實催化靈體與肉身的分離。

必須有更強大、更致命的攻擊，才能將強悍的邪靈澈底解離。

所幸，此時此刻達於這個標準的絕對力量，早已備妥。我輕嘆口氣，感覺己身肉體正在消逝，取出始終帶在身上的紅色智慧型手機，揚起嘴角苦笑。

任誰也料想不到早已落後的機種，竟在此時派上用場。

開啟螢幕，畫面上的神美以月兔小美的姿態綻放燦爛笑靨，看來格外溫柔美麗。點選主畫面中最醒目的應用程式，啟動直播的連線畫面，開啟前鏡頭，輕輕揮手。

才剛啟動，右上角的觀看人數便顯示著「１」。

真是個聽話的好女孩。

「神美……」連說話都覺得吃力。「還記得我的要求嗎？」

輕咳一陣，口中滲出血來。

我將魔魂環迎到鏡頭前方，晃了晃。

「這就是我的信號，妳知道該做什麼的……」

外頭的狀況不得而知，視線越來越模糊，唯有抓住魔魂環的手，違背自由意志一般使盡全力地緊握。

即使失去意識，即便喪失性命，手都不能離開魔魂環。

唯有這點，必須確保。

唯有這點……

一股漸進式的溫熱蔓延周身，眼前視野越來越白，也越來越模糊。

炙熱的青藍火焰包圍住我，靈魂彷彿正受烈火洗滌，由內而外得到昇華。

緊握口袋裡的十字架墜子，眼眶慢慢濕潤。

白色的光芒瀰漫開來，霎時彷彿回到十年前，我人生中最美好的時光。

記憶深處，我坐在父親最愛的老舊鋼琴前，彈奏德國作曲家約翰・塞巴斯蒂安・巴赫的《G弦上的詠嘆調》，母親雙手放在我的肩頭，小巧可愛的神美倚在身旁唱起歌來，每個人都在笑，好一幅幸福的畫面。

我的琴聲聽來流暢悅耳，神美的歌聲更是宛轉悠揚，母親瞇起眼笑，張開雙臂將我們擁入懷中。

我悄悄牽起神美的小手，額頭輕輕地相靠。

透過她火紅的眼眸，我看見一個充滿愛的美麗世界。

# 第十二節　空心者

睜開雙眼，白茫茫的一片，宛如純淨潔白的全新畫布。

緩緩撐起身子，覺得腦袋沉甸甸的，彷彿什麼人為我綁上千斤重的鐵塊，頭昏腦脹，一時難以專注思考。定睛觀察環境，純白的床鋪給人冰冷的感覺，右側有道拉簾，門邊附有廁所，看來是間病房。

左側的躺椅上有本厚重的精裝書，書本旁則躺了個皮膚白皙，留著烏黑長髮的少女，正發出細微的呼吸聲沉沉入睡。望著她的身影，心底不禁泛起一絲暖意。

瞥見矮桌放了盤切成兔子狀的梨子，忍不住噗嗤一聲，被可愛的模樣逗笑。拿起盤子邊的小鐵叉，不知什麼緣故，一時竟握不穩這小小的物體。

鐵叉滑落，發出響亮的鏗鏘聲。

少女發出微微的低吟，揉揉眼睛，睡眼惺忪地望向我，烏黑圓潤的大眼睛明亮靈動，漸進睜大的雙眼，伴隨大開的唇瓣，在在彰顯她的驚喜與詫異。

「穎辰！」

神美揪住我的肩頭前後輕晃，恰到好處的力道相當體貼，不至於讓剛恢復清醒的我再度昏厥。她的眼眶掛著淚水，泛出淚光的眸子楚楚動人。彷彿想要掩飾失態，她瞥向掉落地面的鐵叉，略帶嬌嗔地噘起小嘴，彎身拾起。

「醒來就只知道吃。」

「餓了嘛，我有什麼辦法。」

神美鼓起腮幫子，兩隻手不停揮打過來，卻一點兒也不疼。

「你為什麼要那樣做！」她緊皺眉宇，含著淚光擺起微慍怒容，使勁擰我。捏的位置恰好在腰部邊緣處，讓我痛得差點跳起來。

「你一直叫我照原訂計畫做……」神美擰得更為用力，咬著牙說：「哪裡是原訂計畫！原訂計畫是取回魔魂環裡的力量，再把法寶帶到巴弗滅身邊將牠永久封印，不是嗎？」

「就說計畫出了瑕疵嘛……」

實在一言難盡，解釋起來太過複雜，但不解釋恐怕又會更加複雜。

「所謂的瑕疵，是指魔魂環沒有順利啟動的狀況？」神美的口氣不像詢問，瞠目瞪視的模樣根本就是質問，令人背脊發麻。「就算無法啟動，貿然衝進敵人體內是哪門子戰術？這也算戰術？弦哥哥說，因為沒有近距離在巴弗滅附近啟動魔魂環的機會，所以你選擇了這個下下下下下下下策……」

學長居然把我早有預謀的致命底牌攤出來了。

神美雙眼圓睜，指頭再度用力一扭，掐得我臂膀全麻。

「既然有這種計畫，為什麼不一開始就跟我說——！」

她的聲音近乎尖叫，突如其來的怒火嚇得我肩頭一縮，打起寒顫。儘管語氣咄咄逼人，悄悄滑落的淚珠卻背叛了她。望向那雙盈滿淚水，又氣又怨的眼眸，千頭萬緒浮到嘴邊，一時之間卻開不了口。

她吸了吸鼻子，「你幹嘛不說話？」

「對不起。」

「我又沒有要你道歉！」她不斷拍打我的肩膀和手臂。「幹嘛不跟我討論，幹嘛一個人亂做決定，幹嘛拿自己的性命開玩笑！」

「痛、痛死了……喂！喂喂喂，神美！」

「幹嘛！」

「我有個很重要的問題。」

神美停止雨點般密集的捶打，抹掉淚水，微擰眉宇。她猶豫半晌，才緩緩移開身子，小心翼翼地說：

「什麼問題？」

「我可以親妳嗎？」

「不行！」她連忙後退，「就知道你又要胡來！」

「對不起嘛。」我拉住她的手，「所以……可以嗎？」

「就說了不行！」

她踢起雙腿，打算連人帶椅地向後退，卻被我牢牢抓住，無法如願。注視那雙揉合困惑與緊張的眸子，我稍加施力將她拉了過來，兩人距離近得絕不可能迴避時，神美慢慢闔上雙眼。

眼前的小惡魔果然可愛到了極點。

我忍著笑意，將那支紅色智慧型手機，貼上她誘人的唇瓣。

神美瞪大雙眼，晶亮的眸子驀然化作火紅烈焰。

「你——」

她漲紅了臉，擰眉咬牙，舉起微微打顫的右手。

在我即將面見上帝的剎那，房門被人打開了。說時遲，那時快，我身子一翻溜到床下，連滾帶爬地朝門的方向逃。

進門的幼潔舉起手中的水果籃，漾起燦爛的笑靨說：「今天的小辰還好嗎——咦、咦咦？」準備鑽出房門的我，恰好竄進不知為何居然穿了緊身短裙的幼潔腳下，抬起眼，見到一抹非常適合她的蘋果綠。

隨之降臨的是莫可名狀的極致黑暗。除了痛，還是痛，痛痛痛痛——！

那十五秒只能用兩個字形容：地獄。

「哈囉——」學長探頭進房，揮舞手中的牛皮紙袋。「學弟有沒有當個健康寶寶啊？」

癱在床上的我，眼冒金星，渾身無力。見此光景，學長先是望向倚靠牆邊注視窗外、噘起嘴角的長髮女孩，再瞅向躺在椅上、脹紅雙頰的短髮女孩，忍俊不禁，咧開嘴笑。

「不愧是學弟，一起床就開後宮。」

「我才不是小白的後宮！」、「憑小辰這色胚還想開後宮！」

神美與幼潔同聲駁斥，惹得學長開懷大笑，無法自拔。

我白了他一眼，撇撇嘴說：「在我沉睡的期間，你們每天都帶著如此驚人的活力來探病嗎？」

「當然囉。」

「請不要造成醫院的困擾。」

「我們想讓你在睡夢中感受到生命的躍動嘛。」學長放下牛皮紙袋，瞇起左眼露齒一笑。「在場的兩個人可是準備放棄你了呢。」

「兩個？」在場的有三個人吧？

「沒錯，兩個。」

學長揚起嘴角，努努下巴。順著他指示的方向一望，發現不斷以眼角偷瞄的神美，以極大幅度的動作甩過頭去，真是教科書級的「此地無銀三百兩」。

「你得慶幸小美不離不棄呢。」幼潔哼了一聲，說：「換作是我，早就幫你氣切了。」

「妳那個叫殺人，不叫氣切。」

「殺你不是殺人，只是『處理』。」

「太過分了吧……」

不知不覺間，周遭氣氛回復以往輕鬆自然的狀態。

彷彿我從沒住院，彷彿我從沒惹她們生氣……不，她們大概還在氣。

幼潔指著矮桌上的牛皮紙袋，「那是什麼？」

學長嘿嘿地笑，故作神祕地朝她眨了左眼，抓起寫有「雷霆候補生受訓資料」字樣的牛皮紙袋，用力塞到我懷裡。牛皮紙袋的收件人欄位，寫著「破邪師」和「焱魔女」兩個代號。

「這是給我的？」

「也可以給神美妹妹呀。」學長望著神美笑，「對總部來說，妳們兩個都是堪比『祕砂』的可貴資源。」

「請不要擅自把人當成稀有礦物。」我瞅著紙袋，嘆了口氣。「候補生啊……還以為能直升正規成員呢。」

「少做美夢，我也才剛晉升而已，你還早一百年呢！」

幼潔雙手抱胸，嘴上毫不留情。

無論如何，毫無特殊異能的零能力者，不經實習直接以丙級人員的資歷進入候補生部隊，已是前所未有的特殊榮譽，儘管如此，理當雀躍的我竟然猶豫了。

將紙袋放回矮桌，決定把複雜的人生岔路交給未來的自己。

「話說回來，學長……」提問時總覺得口乾舌燥。「請問臺中火車站的事件最後怎麼樣了？」

「你是指『臺中車站封城事件』？」學長斂起笑容，說：「事件解決了，目前蒼溟正在執行資訊封鎖，詳細的狀況得等天央研究院發布調查結果。」

「狂信者呢？」

「下落不明，積極追緝中。」

「泡泡熊呢？」

「下落不明，暫時擱置中。」

「巴弗滅呢？」

「當場擊斃，現正清理中。」學長聳聳肩，「當然，這部分你是親身體驗過的……沒錯，『親身』體驗。」

面對如此明顯的挖苦，我也只能撇嘴挑眉，有苦難言地吞下來。若是笑出聲來或出言反駁，絕對會被神美猛毆一頓。巴弗滅雖然已被消滅，狂信者卻下落不明的情勢，猶如芒刺在背，留有疙瘩。

「魔魂環呢？」。

「送交上級，消息不明中。這次大概會直接封鎖，不再研究了吧，畢竟都弄丟過一次，實在很難給九降家族交代。話說回來……」學長覷起雙眼從頭到腳端詳著我，說：「你到底是怎麼回事？」

「衝著人問『怎麼回事』也未免太沒禮貌了。」

「那我具體一點好了。」學長輕輕喉嚨，裝模作樣地說：「學弟，你是怎麼在足以熔斷人骨的青藍烈焰中毫髮無傷的？」

經學長一問，我才掀起白色薄被稍加確認，如他所言，全身上下完好無缺，不僅沒有傷口，連細微的痠痛都沒有，宛如未曾參與戰鬥一般，毫髮無傷。

「學弟，你的甲方——泡泡熊沒有回復那個惡魔契約，對吧？」

凝望自己的右掌，試圖運行體內的能量，卻毫無反應。

「等等，那小辰不就沒有快速復原的能力了？」

「是啊，」學長低喃思忖。「這到底是怎麼回事？」

默默立於窗邊的神美凝視著我，靜靜的，不發一語。

泡泡熊的契約並沒有隨著魔魂環釋出能量而自動恢復，確實有點奇怪，依據社會通念，綜合商業習慣，甲乙雙方簽定契約後即便一方消失，甚或死亡，都不影響原契約的效力。

莫非民法契約比惡魔契約還要嚴格？

不對，泡泡熊被封進魔魂環後，我確實失去了水魔之力，由此推論，惡魔契約的交換條件自那時起便處於停止的狀態。當我再次觸碰魔魂環，成功解放裡頭所有能量，連神美都恢復原有的魔能，按理來說泡泡熊的契約也該重新生效才是。

驚覺契約效力並未恢復，登時感到背脊發涼；畢竟那個瞬間，我的犧牲已成必要的驅魔流程，僥倖存活不僅是不幸中的大幸，更是離奇中的離奇。

「啊！」神美的驚呼打斷我的思緒。「小白，今天是星期幾？」

我歪著頭，確認腕環機的數字，說：「星期六。」

「糟糕，今天是小佳的生日！」

神美手忙腳亂地收拾起病房裡的物品，她將幾罐保養品和矮桌上的藥袋塞進包裡，輕皺眉頭，無聲地責備依然端坐病床的我。

我指著自己，「稍微提醒妳一下，我是個大病初癒的人。」

「所以呢？」

看來是沒有掙扎餘地了。我搖搖頭，嘆一口氣，踏上冰冷的乳白地板。

神美從黑色提包中取出紅色高跟鞋，俐落地套上雙腳，抬起頭來與幼潔交換盡在不言中的眼神。兩道達成合意的視線，勾起恐怖的回憶，讓人冷汗直流。

學長與我面面相覷。見到他逐漸發青的臉色，讓我頓時安心不少——畢竟還有人比我更害怕。

說時遲，那時快，神美臂膀一張，使勁將我攬入懷中。她蹬起雙足高高躍起，張開華麗的漆黑雙翼，一股清甜誘人的香氣襲了上來。

下一秒，我們已在天際翺翔。

烏黑的羽翼，浩瀚的蒼穹，乍現的晨曦，交織在光明與黑暗之間，宛如一場渾然天成的彌撒，虛無飄渺的朦朧混沌令人沉醉。

仰望神美凝視前方的凜然神情，我將手掌置於左胸，試圖感受狂噪的心跳。然而，奇異的空洞取代了理應存在的怦然鼓動，我瞪大雙眼，極力壓抑湧上心頭的無邊恐懼。

空蕩蕩的胸膛底下，心臟彷彿未曾存在一般，消失得無影無蹤。

全書完

# 書末彩蛋　蒞臨南院的九降大小姐

儘管市中心發生了足以列入世界災難奇觀的攻擊事件，我仍準時在上午六時抵達九降南院，為預定前來的維修人員提供清潔方面的協助。

住在宿舍的我雖未受到災難影響，西澄高中倒是很有人性的放了幾天假。

由於是南院最菜的工作人員，我總在天色剛亮就來報到。正想進去警衛室打卡報備，卻注意到未曾謀面的一對男女站在門邊。

見我走近，女孩朝我恭敬地鞠躬，她繫在鬢髮上的鈴鐺發出叮鈴清響。

「您好，早安。」她走上前來，臉上掛著柔和的笑容。「請問您是宅院的工作人員嗎？」

我瞪直雙眼，嚇得說不出話來，嚥下口水時，感覺唇瓣正在顫抖。

「請、請問……」

「您請說。」她的聲音好似天籟。

「請問您是……您是九降詩櫻大人嗎？」

「唔咦？」她眨眨眼，歪著頭說：「是的，我是九降詩櫻。請問您是……？」

「我、我我我我是路人——呃，不對，我叫郭凌香，是菜鳥裡的宅院——不對啦，是宅院裡的菜鳥。」

詩櫻小姐撝著嘴笑了，難以言喻的非凡氣質令人手足無措，異於凡人的美貌更是耀眼得無法直視，眼前這名女孩，從根本層面否定了我這種超級凡人。

詩櫻小姐身旁站著一位卓爾不群，身材英挺的少年，他身穿上白下黑的漢袍正裝，有張陽光又帥氣的俊秀臉龐。少年輕輕點頭，漾起不輸小姐的溫暖微笑。

「我原本預計八點會到，」詩櫻小姐面帶歉意說：「但車子不知道為何開這麼快，害我稍微提前了……」

「因為那個不是『車子』，而是高鐵。」少年嘆了口氣。

詩櫻小姐鼓起腮幫子的俏皮模樣，像極了含著兩顆栗子的倉鼠。

我發現警衛們不在崗位上，應該正在進行早晨的例行巡邏。宅院大門深鎖，長居於新北市新莊區九降大院的詩櫻小姐，恐怕因為沒有南院的大門鑰匙和通行密碼，無法直接入內。

「詩櫻小姐，假如您不介意的話，我能直接幫您開門。」

「這樣太不好意思了。」詩櫻小姐搖擺雙掌，「我慢慢等就好。」

「佛祖啊……」感嘆之餘，我掏出口袋裡的六把鑰匙，走向旁門說：「詩櫻小姐是九降家的大人物，讓您站在外面吹風，我可能會掉腦袋。」

「咦——？那、那我得跟您們的主管談談。」

花了將近三分鐘時間向她說明這只是玩笑話的同時，內心早已被小姐純真而溫暖的氣質折服，活脫脫像個迷妹的我，無視小姐堅持等候的要求，逕自打開旁門，領她入內。

帶著詩櫻小姐穿越廣闊的宅院，我竟班門弄斧地介紹起庭園的造景，不知是真的對南院不熟還是出於禮貌，小姐始終維持暖陽般的笑顏，聽得津津有味。

來到最深處的廳院，詩櫻小姐注意到嚴重的屋舍毀損，抬起下巴半張開嘴，似乎有點驚訝。

「請問，這是前天那起事件造成的嗎？」

「這個嘛……」我不禁苦笑，「其實我也不太清楚。」

「發生什麼事了嗎？」

「我好像被什麼人襲擊了，那段期間一直昏迷不醒。」

「那還真是——哦，我的天。」詩櫻小姐的掌心輕輕倚靠我的左頰。「沒事的，氣流很順，請放心。」

身為九降家最具代表性的首席靈巫，詩櫻小姐的道法與靈力無人能及，許多靈術甚至被謠傳為個人專屬的特殊能力，並非常人所能掌握。幾個月前的機場捷運劫持事件和特二高架斷橋事件，正是由人稱「御儀姬」的小姐出手，才能順利化解。儘管詳情不明，小姐身為全國性甚或全球性英雄人物的身分，已是無庸質疑的既定事實，此刻她輕撫我臉頰的關心之舉，簡直堪比人間菩薩，令人傾心。

引領兩位客人進入毀壞的廳堂，裡頭居然站著一位不明人士。

身型特別嬌小的女孩，留了一頭海藍色的及肩短髮，皜白的肌膚加上湛藍的雙眸，活像是來自北國的精緻混血兒。

見到我們，女孩揚起嘴角綻露笑靨。「放心，我也剛到。」

「沒人問妳，」白衣少年冷冷地說：「而且我不相信。」

藍髮少女哈哈大笑，「還是一樣嘴上不饒人呢。」

正想詢問她的身分，詩櫻小姐欠了欠身，柔聲說：「明明是我的家，卻還讓妳久等，真的很不好意思。」

「沒關係啦，誰也無法控制高鐵的速度嘛。」藍髮少女笑了笑，用手肘輕推白衣少年，說：「怎麼沒想到跳下車去推呢，說不定能快一點。話說回來，搭高鐵可要多加小心，萬一有人撞進去可就不妙啦。」

「世上哪有這種蠢傢伙。」

白衣少年咂了咂嘴，藍髮少女則回以意味深長的微笑，兩人的言談瀰漫一股友好卻又互不相讓的微妙氛圍。說來，我也認為沒人會去撞高鐵，又不是山林野獸。

詩櫻小姐在一旁微笑，並未參與毫無邏輯的對話。白衣少年長嘆口氣，說：「妳把我們叫來這裡，總不會是要說這些亂七八糟的話吧？」

藍髮少女嘻嘻笑著，微覷雙眼瞥向我，說：「現在方便說？」

「可以的。」詩櫻小姐朝我笑了笑，對她說：「這位是我們家的工作人員，保密的部分絕無問題。」

這句話讓我感動得險些腿軟跪下。佛祖啊，世上竟有如此完美的女孩……

藍髮少女挑起左眉，聳聳肩，說：「總之，先歸還屬於妳們家的東西。」

她從掛在腰間的黑色提包裡取出一個金黃板狀物，這個閃耀炫光的物體，正是南院遭逢突發事件時，被政府暫時扣押，名為「清靈卦扇」的神聖法器。雖然名為卦扇，一般工作人員卻找不到將其展開的方式。

見到卦扇的瞬間，白衣少年和詩櫻小姐同時斂起笑容，定睛凝視。

小姐伸手接過，說：「我能請問為什麼東西在妳手上嗎？」

「不行。」藍髮少女漾出微笑，「這是床尾事項。」

這種完全不把詩櫻小姐放在眼裡的態度，著實無禮。

對此，小姐卻點點頭說：「我明白了，不要緊的，東西順利歸來就好。」

相對於小姐的柔軟身姿，白衣少年的表情明顯變得更加嚴肅。

藍髮少女雙手叉腰，向後一望，確認門的方向，說：「發生在臺中車站的事件，妳們應該也注意到了——不，應該說『感謝二位協助』才對。」

「不過是些著魔的怪人，沒什麼大不了。」白衣少年聳聳肩，「這次妳的媒體控管還真失敗，網路上到處都是那頭怪獸的高畫質影片。」

「命定如此，我有什麼辦法。」藍髮少女撥了下髮側，說：「雖說提前淨空車站周圍的空間，卻沒辦法阻止從遠方拍攝的好事者。目前打算營造『影片出於偽造』的輿論風向，多半會和特二高架斷橋事件一樣被人當成都市傳說。唉，雖然早知掩蓋不住，果真面臨狀況時還是挺困擾的。」

小姐憂心忡忡地垂下眉宇，說：「有什麼我們能做的嗎？」

「有啊。」藍髮少女露齒一笑，「請繼續協助維護北部地區的安全。」

「好的。」

「喂，妳也答應得太快了。」白衣少年出聲發難：「應該先叫她解釋那些飛來飛去的東西是什麼吧？」

「有些是人唷。」藍髮少女露出小惡魔般的笑容。

「原來不全是人哦……」

「當然啊，人又不會飛。」

「那怎麼還會有人……」

藍髮少女哈哈大笑，拍了拍白衣少年的肩。

「姑且把她們當成……中部地區的好夥伴！嗯，沒錯，好夥伴！」

他們的對話聽起來簡單，卻又讓人滿頭霧水，話題完全超出我的理解範圍。我想，藍髮少女應是某機構或某組織的重要高層，不只能與小姐平起平坐，還擁有足以控制媒體、影響輿論的政治力量。不過，我實在無法相信這張稚嫩臉龐的主人，擁有如此驚人的權威。

「郭小姐，」詩櫻小姐對我說：「我們接下來要回主廳，您要一起來嗎？」

「啊！」我擺擺手，說：「承蒙您的邀請，但我得先整理這個地方……」

「好的，」小姐淺淺一笑，「那就麻煩您了。」

她們離去時，我定睛凝視詩櫻小姐美麗的背影，直到再也看不見為止。

真是夢幻的一天，誰也想不到，只是提早一點上班，竟能碰上這等好事。在九降南院工作的人，多半無緣一睹傳說等級的家族成員，更別提平日勞心事務，工作繁忙且位階尊貴的詩櫻小姐。

飄飄然地徘徊於廳堂，忽然有種「朝聞道，夕死可矣」的滿足之感。

準備打掃時，注意到位於書櫃角落，埋在磚瓦木塊下的奇妙物體，那是個小毛布，深棕色的模樣好似絨毛玩具的一部分。狐疑之際，耳中傳來沉穩緩慢的腳步聲。

崩塌半毀而略顯陰暗的廳堂內側，一道嬌小細瘦的身影悠悠乍現。

「妳好啊。」

那是揉合嬌嫩和誘惑的女性聲音，來者身材矮小，外觀像個小孩，聲音卻成熟得挾帶些許風塵味。女孩懷中抱著一個髒兮兮的熊娃娃，隔著黑暗，那雙閃動的烏黑眸子格外明亮。

女孩的笑容有種異樣的魔性。她伸出右手，掌心向上直對著我。

「想不想跟我簽個契約？」

書末彩蛋　蒞臨南院的九降大小姐　完

# 【後記】　羈絆鴛鴦的光與影

「聖眷的候鳥系列」共同世界觀第二個子系列終於堂堂登場！

距離開疆闢土的系列首作《玄靈的天平——白虎宿主與御儀靈姬》（下稱《天平Ⅰ》）已過一年，龐大的候鳥系列宇宙終於步入第二個，也是最重要的環節：「推出共同世界觀的子系列」，這意味著未來各個人物的聯繫不只存在於前後作品，更與平行出版的子系列有所關聯。《虛無的彌撒——破邪異端與炎魅魔女》（下稱《彌撒》）就是如此重要的作品，不只在強調本土的候鳥系列添加一些源於西方的奇幻元素，也以輕鬆易讀的方式闡述我對「種族歧視」和「刻板印象」的想法，更將沉穩細心的驅魔師和俏麗強悍的惡魔引入雁翔與詩櫻的陣營，希望大家喜歡！

本書得以順利出版，必須不厭其煩地感謝長年支持我寫作的父母——尤其是勞心勞力為我校稿到不眠不休的母親、專文探討書中社會議題的「愛波」業珩和「招財貓」尹崇恩會計師、專文推薦的ＮＩＨ訪問學者啟瑞和我的堂弟、按讚支持「秀弘今天依舊寫不出來」粉絲專頁的讀者、讀過《天平Ⅰ》、《玄靈的天平Ⅱ：蛛絲、冰晶與熾燄的大地》（下稱《天平Ⅱ》）和《純粹理論：狂狷丞樹的滑坡實證》（下稱《純粹理論》）的眾多讀者、信任「聖眷的候鳥系列」的秀威出版社和買下本書的各位。

感謝大家的支持，讓我能與各位一起踏上這段漫長的旅程。

★★★　以下文字保證會劇透，請務必先讀完本書　★★★

二〇一五年三月十日，緊接著《永夜後的湛藍》（《天平I》的前身）的原稿，我選擇了「天使與惡魔」的奇幻題材，著手撰寫以神美為女主角的長篇作品（俗稱「神美篇」），同年四月二十八日完成初稿，定名為《虛無的彌撒曲》（下稱《彌撒曲》），於隔日即四月二十九日投稿參加當年度的輕小說新人獎。

想當然爾，並未進入決選，遑論得獎。

《彌撒曲》的情節與今日版本截然不同，女主角神美雖然一樣是善良的惡魔，整體故事風格卻屬於哥德式的鬱美懸疑小說，不只有連續殺人事件，更有與宗教相關的邪典儀式，根本是克蘇魯神話小說（笑）。由於使用的元素太多，需要調查和鋪陳的內容太過複雜，創作過程非常痛苦，使我一直無法下定決心重啟。在《天平》獲得肯定，成功擠進某新人獎決選之後，二〇一六年三月二十一日及同年七月三十日我分別開啟了兩次內容不同的神美篇大綱，全都沒有完成；直到二〇二〇年一月十日才重振旗鼓，以戰慄膽怯的心情重啟「聖眷的候鳥系列」，著手最新版本的神美篇創作，並在二〇二〇年二月四日完成至今最完整的原稿，定名為《虛無的彌撒》，最終成為各位手中的實體書。

由於這是一本令我非常痛苦的書，冷知識的總量比其他作品多上數倍（喂），在此稍微提幾個吧。

第一，承前所述，神美篇的流變非常混亂，光是已完成的原稿就有四種版本，最早也最無趣的第一版《彌撒曲》和最終的《彌撒》幾乎只剩人物名稱相同，反派人物、核心主題和主線故事截然不同，比方說，本書反派「狂信者」、亦正亦邪的泡泡熊，甚至連穎辰身為雷霆專校學生的設定，都是全新的元素；第二，魔魂環這項寶物在《彌撒曲》中專門用來幫助神美控制魅惑之力，與其他人物的計畫無關，也與《天平》的清羅天宮七法器毫無關聯；第三，由上一個冷知識可以發現，《彌撒曲》的神美無法以魔能自主控制魅惑之力，因此常會意外誘使穎辰或其他男性攻擊她，非常具有畫成本子的潛力（喂）；第四，本書的多元世界觀出自泡泡熊的嘴，從她的用詞可以發現其他世界的存在，在《彌撒曲》中，則是由其他世界的人物主動揭露這項事實；第五，《天平》最早的書末彩蛋，是李輕雲將拍到神美惡魔姿態的模糊相片交給雁翔的橋段；第六，穎辰現在的姓氏，在最早的版本中是神美的姓氏，此外，穎辰在《彌撒》初稿完成時的姓氏也與現在不同，由於我會避開討厭之人的姓氏，所以常有這種基於「避嫌」的改動。

由於《彌撒》與《彌撒曲》的差異太大，幾乎每個細節都是冷知識呢（笑）。

第七，按照我的原訂計畫，本書應該是首次介紹「臺中市霧峰區曦鳶里」的作品，包含西澄學院、九降南院、正十四會、正序會和希望之塾育幼院等機構在內，都是出自本書；然而在出版社的安排下，本書無法早於《純粹理論》，使得後者變成初次描述這些地點的作品，雖說是個不太重要的更動，姑且也算一個不為人知的小細節。

第八，本書原稿出爐之後，虛擬實況主Vtuber（Virtual YouTuber）相關產業變得非常熱門，曾經有將月兔小美從網紅直播主改為虛擬實況主的想法，然而，神美必須保持「紅髮紅眼的外觀」尋找可能保留記憶的穎辰，要是掛上V皮就毫無意義了，只好作罷。此外，倘若維持月兔小美之名，改為虛擬直播主，恐怕會與另一個現存的Vtube混淆也說不定。

第九，本書初稿完成時，《天平》沒有以李輕雲為視角的外傳短文，《天平Ⅱ》也還沒出爐，因此本書的書末彩蛋便是李輕雲頭一次向沈雁翔和九降詩櫻透露「協助守護北區」的想法。

話說回來，這次的「大型都更現場」（語出我的堂弟）改到臺灣的另一個核心地區——臺中市，新莊終於逃過一劫了（並沒有）。如我先前在出版預告所說，神美和穎辰是中部地區的守護者，原則上和詩櫻等人一樣，會有自己專屬的「防守範圍」，這也是候鳥系列的一大特色，各個子系列會專注於特定地區，就當地人文進行更深入的拓展。

本書的書名雖有「彌撒」二字，內容又涉及天使與惡魔等基督教文化，故事本身卻與基督宗教毫無關聯，聚焦於「來自其他世界的生物，被人類的偏見賦予錯誤定義」的問題，主要用來補充「先天不可改變的刻板特質是否為可靠的評斷要素？」和「善惡究竟源於固有本質，抑或後天環境？」的主題。附帶一提，書中的驅魔咒語確實存在，參考書籍為天主教教務協進會出版社於二〇〇一年出版的《驅邪禮典》。

一言以蔽之，本書潛藏的主題就在神美身上。

神美存在著「來自其他世界的非人種族」、「無父無母的貧窮狀態」和「難以迴避的顯著外觀」等先天特質，明顯符合我國憲法平等權及大法官解釋實務運作時使用的「人力所不得控制之生理狀態」、「弱勢之結構性地位不易改變」和「歧視性效應」等類型化審查標準判斷參數，換句話說，神美這個人物應該受到更高密度的憲法平等權保障，是需要特別保護的存在。本書和《天平》一樣擁有非常「法律」的哲學課題，不只比例原則，更著重於平等原則，希望能給大家稍微不一樣的啟發。

事實上，雖然我認為每則小說都該擁有中心主題，卻不認為那個主題必須明確到可以「被人述說」。主題固然重要，但以書寫通俗小說為志向的人，實在不該綁手綁腳地期望自己寫出什麼富含哲理的偉大著作。通俗不代表「粗淺」，但絕對不可以「艱澀」，一切以有趣為取向，人物、故事和設定都要顧及「是否有趣」的最高指導原則——此處的有趣並非好笑或滑稽，而是能讓讀者持續翻頁、持續讀下去的「吸引力強度」。有不有趣，取決於作者的功力，即使看遍教學用的工具書，也比不上實際寫完數本長篇小說來得有用，如我一直以來的「勸寫」主張：通往出版之路，最快的方法就是大量閱讀和持續寫作。

子系列開始發展後，一個重要的問題也慢慢浮上檯面：跨作品的角色強度到底怎麼排序？這個問題在未來的大事件變得格外重要，在此之前，各位可以專注享受各書的樂趣，別想太多的好。以本書為例，撇除幾乎不死的巴弗滅，神美應該是戰力天花板，其次或許是幼潔，幾乎沒有力量的穎辰則無法排在前段。

至於神美與詩櫻、神美與雁翔、雁翔和幼潔、幼潔和書樗，誰強誰弱呢……？

★★★　以下文字沒有劇透風險，請安心閱讀　★★★

接下來是喜聞樂見（？）的道歉環節。

首先得向依然不厭其煩地幫忙繪製美麗封面的韭方老師道歉，由於神美的戰鬥外觀實在太過複雜，色稿階段時，我忘記提醒老師「神美的翅膀是羽翼而不是蝠翼」了……一般大眾對於惡魔的刻板印象是蝙蝠般的翅膀，但神美的設定非常特殊，並不是普通的惡魔，而是很不惡魔的惡魔（是在繞什麼口令），所以擁有一條可愛的毛尾巴和美麗的漆黑羽翼。在我猛然驚覺之後，韭方老師必須多費一層功夫才能改成目前的樣貌，光看就覺得很麻煩，造成老師的困擾，實在非常對不起！無論如何，候鳥系列的下一本書也麻煩您了！（喂）

其次必須向老是為了我的原稿勞心勞力的母親道歉，雖說這是一份相對近期的稿件，調整幅度只比《天平Ⅱ》少了30％，各種錯字和疏漏單靠我這雙眼睛實在難以顧及，讓您每次如此辛苦的校訂，實在非常抱歉！未來也會繼續將充滿疏漏的原稿拿給您審閱的，謝謝！（喂喂）

再來得向細心試讀原稿並撰寫推薦序的堂弟和啟瑞道歉，這次的原稿版本真不是普通的多，最終出版的內容可能有一成左右與你們讀過的版本不同，真的非常抱歉，老是拿半成品煩你們！未來幾本書也會繼續這樣打擾的！（喂喂喂）

當然也得向特地以深度剖析的方式撰寫推薦序的業珩與尹會道歉，兩位忙得食不暇飽，寢不遑安，能

讓兩位抽空書寫如此長篇的序文，實是三生有幸！兩位的大恩大德，本人日後定將湧泉以報！（為什麼又用這種古代語氣啦）

最後得向神美道歉，雖然您不像詩櫻那樣被大幅弱化，卻因為自身特質的緣故必須不斷隱藏實力，真是非常抱歉！不過，為了避免出現潛在的本子情節，還是請您稍微低調一點比較好呢～（喂喂喂喂）

讀完本書，各位應該能感受到「聖眷的候鳥系列」有多龐大，神美及其「種族」代表的實質意義，將在不久後的未來，對共同世界觀宇宙造成顯著的影響，希望大家稍微期待一下後續發展，靜靜等候全部人物齊聚一堂、So Say We All 眾人同心的大事件橋段。

感謝你們的購買與閱讀，我是秀弘，希望我們很快就能再見。

最後，讓我用漫威電影宇宙的片尾句子作為送別語吧！

——焱魔女和破邪師將再度回歸——

釀奇幻71　PG2838

# 虛無的彌撒
## ——破邪異端與炎魅魔女

作　　者　秀　弘
責任編輯　石書豪
圖文排版　黃莉珊
封面插畫　非　方
封面設計　吳咏潔

出版策劃　釀出版
製作發行　秀威資訊科技股份有限公司
114 台北市內湖區瑞光路76巷65號1樓
電話：+886-2-2796-3638　傳真：+886-2-2796-1377
服務信箱：service@showwe.com.tw
http://www.showwe.com.tw
郵政劃撥　19563868　戶名：秀威資訊科技股份有限公司
展售門市　國家書店【松江門市】
104 台北市中山區松江路209號1樓
電話：+886-2-2518-0207　傳真：+886-2-2518-0778
網路訂購　秀威網路書店：https://store.showwe.tw
國家網路書店：https://www.govbooks.com.tw
法律顧問　毛國樑　律師
總 經 銷　聯合發行股份有限公司
231新北市新店區寶橋路235巷6弄6號4F
電話：+886-2-2917-8022　傳真：+886-2-2915-6275

出版日期　2022年12月　BOD一版
定　　價　350元




讀者回函卡


**Printed in Taiwan**

國家圖書館出版品預行編目

虛無的彌撒——破邪異端與炎魅魔女 / 秀弘著.
-- 一版. -- 臺北市 : 釀出版, 2022.12
面 ; 公分. -- (釀奇幻 ; 71)
BOD版
ISBN 978-986-445-742-7 (平裝)

863.57 111017988